ill
力水
瑠奈璃亜
超難関
ジョンで
10万年修行した結果、
世界最強に
～最弱無能の下剋上～
3
モンスター文庫

「お菓子なのです!?」
「お菓子ぃ!」
ファフニール

「ホント!? ボクも食べたいのだっ!」
アシュメディア・カルーロス

「もう大丈夫だ。頑張ったな」
ジグニール・ガストレア

「ジグお兄ちゃん……」

マーラ

カイ・ハイネマン

# CONTENTS

# 超難関ダンジョンで10万年修行した結果、世界最強に～最弱無能の下剋上～③

力水

MONSTER bunko

# プロローグ

床には超高級なカーペットが敷かれ、絢爛な柱や壁、その財を尽くした煌びやかな部屋の中心に置かれた革のソファーで、数人の男たちが話し込んでいた。

「コリン卿、貴公の先ほどの話、真実なのだなっ⁉」

緑色の豪華な衣服にジャボを付けた貴族風の男が、身を乗り出して、目と鼻をマスクで隠した優男に尋ねる。

「心外ですねぇ、我ら、ダイスの調査が今まで誤っていたことがありましたか？」

マスクの優男、コリンは真っ白の手袋をした右手で紅茶を優雅に口に含みながら、正面の貴族たちを一瞥《いちべつ》する。そのマスク越しに光る眼球を向けられただけで、

「い、いや、すまない！　信じてないわけじゃないんだっ！」

慌てふためいて、ソファーに深く座りなおす。

彼らは、このアメリア王国の政治経済の中枢に位置する最高位の貴族。その彼らからしてもこの目の前の貴族だけは、一目置かずにはいられなかった。

コリン・コルターヌ、血まみれ伯爵の異名を持つ現役ハンターであり、四聖ギルドの一つダイスのリーダー。ダイスはコインやカードのような数合わせのギルドとは次元が違う。実際の戦力だけなら勇者チームにさえも匹敵するとも噂される最強ギルド。そして、このコリンのイ

カレ具合は、周知の事実。下手にこの男の気分を害すれば、何をするかわからない。そんな怖さがこの男にはある。

「だが、それが真実だとすると、先の戦争で獣王国の王族の生き残りを遂に見つけたってわけか！」

もう一人の貴族が、興奮気味に声を張り上げる。

「獣王国の重鎮をそそのかして攻め入ったはいいが、まんまと逃げられたからな。今度こそ失敗は許されぬ」

「しかし、仮に獣王の血統を捕縛しても、彼奴《あやつ》らが素直に従うものだろうか？　知らぬ存ぜぬを通されれば全く意味がないぞ？」

長身の貴族がカールした髭を摘みながら、そんな疑問を口にする。

「それは一理あるな。成立にはあのバベルが関与している上、世界会議で承認されている。れっきとした一国家である以上、攻め入るには正当な理由が必要だ。だが、今や彼奴らにとって獣王の最後の生き残りも、所詮、創始者の一族であるにすぎぬ。儂が彼奴らならば、無視を決め込むことだろうさ」

「それでは捕らえても意味ないではないか！」

一人の貴族が落胆の声を上げると、次々に室内にため息が漏れる。

「ええ、だからこそ駒を上手く使う必要があるのですよ」

コリンが口角を吊り上げて、歌うように発話する。

「コリン卿、出し惜しみはなしだ。卿には良案がおありなのであろう?」

長身の貴族の問いに、コリンはニンマリと悪質な笑みを浮かべつつ、

「ええ、まさに一石二鳥の策がね」

「その妙案とは?」

ゴクリと生唾を飲み込む貴族たち。

「争いの火種はね、大きくある必要はないんですよ。最初は小さくても、それに油を注げば大火となる。そんなものです」

「回りくどいのは、貴公の悪い癖だぞ。要点を言っていただきたいものだな」

長身の貴族の皮肉気味の言葉に、

「はいはい。エスターク公爵閣下の命とあれば」

コリンは肩を竦めると、大きく咳払いをして、

「獣王の血族の獣の子を捕縛して、その親に貴方たちギルバート王子派と対立する貴族を襲わせるんですよ。そうすれば、貴方たちの目の上のたんこぶを排除すると同時に、あの国へ攻め入る口実ができる」

人の道を外れた策を提案する。通常ならばそのような外法の策、受け入れられるものでは断じてない。怒り出してしかるべきもの。しかし――。

「そうかぁっ! エルディムの総議長は王の血族。その幹部も獣王の一族が多くを占めているのは周知の事実。その事実をもって、エルディムの我が国への宣戦布告とみなせば、あの忌々

しい国に攻め入る口実ができるのではないか⁉」

「ああ、我が国の貴族に犠牲が出たのなら、バベルを始めとする各国も口を出すまい！」

貴族たちは口々に、たっぷりの歓喜を有した賛同の声を上げる。そんな中、

「申し訳ありませんが、まだまだ甘いですよぉ。エルディムは獣王国とは全く異なる国。国籍の異なる身内が罪を犯したからといって、国レベルでその責を負わせることは不可能です。少なくとも国際的な取り決めとしてはね」

コリンは、その貴族たちが狂喜乱舞するのに水を差す。

「無理なら、なぜこんな話をしたのだっ！」

高位貴族の一人がたまらなくなって声を荒げると他の貴族たちもそれに追随する。非難の声がコリンに注がれる中、それらをエスターク公爵が両手を上下させることにより抑え込み、

「抜け目のないそなたのことだ。既に奴らをこの戦に引きずり込む算段は十分につけているのだろう？」

話の核心について問いかける。

「もちろん。一分の隙もない完璧な計画をね」

コリンが薄ら笑いを浮かべつつも、大きく頷き計画を話す。

「そうか……それなら、あの獣どもから、我らの奇跡を取り戻せるっ！」

エスターク公爵が立ち上がって声を張り上げると、歓呼の声が部屋中に繰り返される。

（全く、相変わらず人とは愚かな生き物ですねぇ……）

コリンのこの呟きは、その喧騒に紛れて消えていった。

◇◆◇◆◇◆

そこは薄暗い質素な部屋。その本と紙束の山しかない執務室の木製の机で、髭を生やした黒髪の巨漢の男が羊皮紙を読んでいた。そして、その口から洩れる笑い声。

「宰相閣下?」

年配の側近の一人が恐る恐る、その意を尋ねる。鋼の精神と称されるほど普段冷静な男の顔は、未だかつて一度も目にしたことがないほど強烈な狂喜に歪んでいたのだ。

「いや、なんでもない」

アメリア王国宰相、ヨハネス・ルーズベルトは様相をいつもの鉄仮面に戻し、報告書を提出してきた諜報員、草に視線を向けると、

「カイ・ハイネマンは、ローゼマリー殿下のロイヤルガードとして此度の王選に参加するのだな?」

噛みしめるように確認する。

「……」

呆気にとられたような表情で半口を開けている草に、

「どうした?」

ヨハネスは、いつもの感情に起伏のない口調で問いかける。

「申し訳ございません！　その報告書を、こうもあっさり信じていただけるとは思いませんでしたので！」

「このタイミングで、お前が私に偽りを述べるわけがあるまい。それに報告のいくつかは私の下まで上がってきていた。こんなこともあるのだろう」

ヨハネスには独自の情報網があるのは周知の事実。そもそも、このアメリア王国内でこの男が知らぬことがあるなどありえない。だから事の経緯は既に把握しているとは思っていた。それでも、此度の報告書に記載されているあの非現実的な内容をこうも簡単に信じるとは夢にも思わなかったのだ。

「ヨハネス様は、あの御方のロイヤルガードの就任を認めるつもりですか？」

その草とは思えぬ発言に、年配の側近が眉を顰《ひそ》める。それはそうだろう。草が崇拝すらしている宰相の前で一介のロイヤルガードに過ぎない者に敬称を使うという、通常は天地がひっくり返ってもあり得ぬ話だから。

「当然、認めるつもりだ」

「あの御方はこの世の摂理の埒外《らちがい》に座す存在ですっ！　あの御方が王選に参加すれば――」

「ああ、本来のゲーム自体が成立しなくなるだろうな」

ヨハネスは、まさに草が危惧していた事実を指摘する。

「それを知ってなぜ、お認めになるのですか⁉」

含み笑いを浮かべながらも口を閉ざすヨハネスに、

「どうやら、既に動き始めておられるようだ。お止めしても無駄、なのでしょうね……」

草は大きなため息を吐くと、何かを振り払うように頭を左右に振る。そして――。

「ヨハネス様、暫しの休暇を頂きたく存じます」

恭しく頭を下げた。

「何を勝手な――」

怒号を上げる年配の側近をヨハネスは右手で制して、

「理由を聞こう」

ヨハネスの有無を言わせぬ言葉に、

「私も表舞台に立ちたくなったのです」

草は熱の籠った口調で返答した。その草の瞳の奥には、今まで見たことのないような強烈な光が灯っていた。

「いいだろう。お前の好きに動くがいい。ただし、カイ・ハイネマンについての報告だけは逐次してもらうぞ？」

「お望みとあらば」

胸に手を当てて一礼すると、草は背を向けて部屋を退出する。

「よろしかったのですか？」

「……」

年配の側近が困惑気味にヨハネスに尋ねてくる。

「構わんさ。むしろ、都合がよい」

ヨハネスのその返答に、年配の側近は右手で顎髭を摘まんで何やら考え込んでいたが、

「貴方はそのカイ・ハイネマンという輩を使って何をなさろうとしているのですか？」

率直にその王国一の頭脳とも称される宰相の意図を確認する。

「むろん、王の選定だ」

「ギルバート殿下とルイーズ王女殿下のロイヤルガードに誰が就任したのかは、ヨハネス様もご存じでしょう？　ゲームが成立しなくなると仰ったのは、宰相閣下ご自身のはずです」

「ああ、通常の意味での王位承継戦は成立しなくなる」

「通常の意味と言いますと？」

「始まるのだ」

ヨハネスは立ち上がると窓の傍へ向かう。

「何がです？」

「アメリア王国史上、最高の王を選ぶためのゲームがだ！」

外の景色を眺めながら、両腕を掲げるとたっぷりの歓喜の籠った声を張り上げたのだった。

◇◆◇◆◇◆

――グリトニル帝国天上御殿

グリトニル帝国、帝都グニルの丁度中心にある巨大な塔のような建物――グニル宮殿。建築、魔術、その他、様々な分野における世界の最先端の技術で作られた、まさに帝国繁栄の象徴。

その最上階の天上御殿の玉座に、征服帝、アムネス・ジ・グリトニルが傲岸不遜の様相で踏ん反り返っていた。

「此度の徴集の理由、貴様ら分かっておろうな？」

アムネスは玉座にまで緩やかに延びる階段の下で跪く四人の男女を見下ろしながら、低い声で訊く。

「例の灰色髪の餓鬼の件ですかい？」

赤髪の巨人の問いに、

「馬鹿を言うなよ。たかが、子供一人ごときに僕ら全員が呼び出されることなどあり得ない」

坊ちゃん刈りにした小柄な男性が小馬鹿にしたように、鼻を鳴らすと、

「ああっ⁉　だったら、なぜ陛下は俺たち全員を招集したってんだっ⁉」

「さあ」

坊ちゃん刈りの男性のあっさりとした返答に、

「ラムネラぁ、てめえ、この俺様をおちょくってんのかぁ？」

赤髪の巨人は額にいくつもの青筋を張らせて隣のラムネラを睨みつけながら、語気を強める。

「そのつもりはないよ。でもぉー、売られた喧嘩は買うよ」

「止めろ」

アムネスの背後で柱にもたれかかっている左目以外全身、黒ずくめの男が制止の言葉を吐くと、赤髪の巨人は舌打ちをし、ラムネラは両方の掌を上にして肩を竦《すく》める。

「俺から説明していいか？」

「構わん。フォー、お前から報告せよ」

フォーから求められて、アムネスもそれを許諾する。

「王国内で灰色髪の子供の情報を収集していた際に、偶然得た情報だ。ギルバート派の貴族どもがエルディムへの侵攻を計画しているらしい」

この場に列席していた重臣たちから、どよめきが漏れる。

「静まれ」

アムネスのこの声はさして大きいものではなかったが、喧噪の中の室内を響き渡り、次の瞬間、静寂が訪れた。

「エルディムって、あの獣王国の王族が建国した中立国家の？」

全身鎧姿の金髪の女が、黒ずくめの男、フォーに尋ねる。

「ああ、どうやら、奴らエルディムの全てを奪うつもりらしい」

「でもあそこって、世界会議で正式に国家として承認されているはず。奴ら、世界を敵に回すつもりぃ？」

年に一度、中立学園都市バベルで開かれる世界レベルの会議、国際連合会議。この会議では世界中の国々が出席して、争いの火種になりかねない重要事項を話し合いで決定している。数年前にバベルがエルディムという組織の国家の承認を提案して、連合会議で賛成多数で決議されたのだ。その会議で反対票を投じたのが、アメリア王国とこのグリトニル帝国の二か国だった。

「なんでも、獣王の血族を捕縛して、対立する自国の貴族を襲わせ、それを理由に、戦端を開く気らしいな」

「はあ？　馬鹿なの？　そんなの無理に決まってるじゃん！」

ラムネラが吐き捨てるように叫ぶ。

「いや、そうでもない。一つだけ手があるさ。ラムネラ、お前が奴らならどうする？」

ラムネラは暫し考え込んでいたが、遂にその方法に思い至ったのか、顔を嫌悪に染めて、

「流石はアメリア王国、悪知恵だけは働きなさる」

強い侮蔑の台詞を吐いた。

「ねぇ、それってどういうこと？」

全身鎧姿の金髪の女の質問を、ラムネラは不機嫌そうにあしらいながら、

「あとで説明するよ。それより、まさか、僕らにその糞貴族の支援をしろと？」

敵意剥き出しでフォーに問いかける。

「不満か？」

「そんな胸糞の悪い仕事、もちろん、不満さ。でも、陛下と我が国のためなら、やるよ」

フォーは苦笑すると、今までずっと沈黙を保っていた長身で白髪交じりの老人に視線を向け、

「剣帝殿も構わないか？」

その意思を確認する。

「是非もなし」

剣帝、アッシュバーン・ガストレアの返答の後、フォーからチラリと視線を向けられ、皇帝アムネスは軽く顎を引く。

「カイ・ハイネマンはどうするつもりだい？　フォーの見立てではそいつ、相当危険なんだろう？」

「ああ、若干事情が変わったからな。今回の件で大ぴっらにお前たちに動いてもらうわけにもいかなくなった。だから、カイ・ハイネマンには別の者を向かわせた」

「それは誰だい？　そのくらい教えてくれても罰は当たらないだろう？」

フォーは暫し考え込んでいたが、小さく頷き、

「エンズの師だ」

端的に答えを告げる。その名を聞いた途端、六騎将たちから洩れる驚愕の声。その声に含まれる感情は、それぞれ全く別物だった。

「いいのかい？　あの人を行かせれば、きっとカイ・ハイネマン、壊されるよ？」

「これは、奴がこの俺の右腕になれるかの試験のようなものだ。奴ごときで壊れるようなら、

それまでの男。無理にスカウトする必要はない。だが、もし、カイ・ハイネマンが奴を退けるだけの実力を持っているなら――」

フォーは言い淀み、皇帝アムネスに視線を向ける。アムネスは王座から立ち上がり、

「フォーと同等以上の超越者《トランセンダー》の獲得。それは我がグリトニル帝国が世界覇権に乗り出す時だ！」

熱い声を張り上げたのだった。

◇◆◇◆◇◆

透き通るような青色の海と真っ白な砂浜。その砂浜に置かれたビーチチェアに寝そべりながら、サングラスをした男が骨付き肉を噛みちぎっていた。男は半ズボン、半袖の着物の様相で、左手で桃色の髪をかき上げながら、眼前にある肉塊を眺めている。

『で？　それが、今回ヘマをやらかしたゴミか？』

男は震えながら跪く悪軍将校に問いかける。

『ティアマトとモーヴを始め、現界した悪軍の全てと音信が不通です。これは唯一、ティアマト軍と交信していた通信使でして、直ちにこれに制裁を――』

『違うなぁ』

桃色髪の男は報告していた悪軍将校の言葉を遮り、指をパチンと鳴らす。

『ぐぎっ⁉』

突如両手でガリガリと喉を掻きむしる報告していた悪軍将校。目、鼻、口から血が流れ始め、次の瞬間、ボシュッという音とともに破裂してしまう。

『まだまだ、役立たずのゴミはいるよなぁ』

脇に控えている複数の将校も苦しみだして、全身から血を流して破裂した。

残された将官、将校たちは跪き、ただただ震えるのみ。

桃色髪の男は椅子から立ち上がると、額を砂浜に擦り付ける将校たちの間を歩きながら、

『俺の顔に泥を塗る奴はこうなる。お前らも分かるよなぁ？』

穏やかな口調で語り掛ける。

『は、はい！』

『いい返事だが騒々しい』

最初に返答した男の頭を鷲掴みにすると、捻じるように引き千切る。首からまき散らされる鮮血。胴体は糸の切れた人形のように床へ崩れ落ちる。

『俺は言ったはずだよなぁ？　俺を現界させろと。これはそんなに難しいことかぁ？』

一人の将校に近づくと、その耳元で尋ねる。

『只今、その方法を模索しております。何分、六大将マーラ様クラスがお通りになるゲートとなると――』

『言い訳するな』

『ぐがっ！』

答えた将校の全身が直立するとその上半身が右回りに、下半身が左回りに回転していき、次の瞬間にはじけ飛ぶ。

『もう一度聞く。俺はいつ現界できる？』

『き、近日中には――』

『近日中っていつだよ？』

咄嗟に答えた将官の頭部が陥没し、あっさり絶命する。

『なぁ、いつ現界できる？』

『……』

返答すらできず震える将官と将校たちを、六大将マーラはグルリと見渡して、指を鳴らすと砂浜に出現する巨大な砂時計。

『これが落ちるまで待ってやる。それまでに俺の現界を成し遂げろ』

そう厳命すると、マーラの姿は跡形もなく消失する。

戦友の無残な亡骸を抱きしめてさめざめと泣く中、カイゼル髭の将官が近づくとその右肩を叩き、運よく生き残った悪軍幹部たちに、

『何としても生き残るぞ！』

そう言葉を絞り出す。

『ですが、六大将であるあの方を現界できるほどのエネルギーを短期間で見つけるなど、無理

に決まっていますッ！』

一人の将校が悲壮感たっぷりの表情で叫ぶが、カイゼル髭の将官はその胸倉を掴むと引き寄せて、

『だったら、どうする⁉ 今のあの御方は我らが忠誠を誓ったかつてのあの御方ではない！その砂時計が落ちれば、一切の慈悲もなく皆殺しになるんだぞっ⁉』

あらんかぎりの声を張り上げる。

『……もうしわけありません。自分も死にたくはないです！ でも、本当にどうすれば？』

将校のこの言葉に答えたのは、

『うちが手を貸してやるかしら？』

皆が知らぬ間に存在していた山伏姿で下駄をはき、背中に翼を生やした少女だった。

『波旬《はじゅん》様……助けていただけるとはどういうことで？』

カイゼル髭の将官が周囲を注意深く観察しながら、その発言の真意を尋ねる。

この前のみが白く、他が薄茶色の髪をおかっぱ頭にした悪神は波旬。マーラの『麾下王《きかおう》』の一柱《ひとり》。

『麾下王《きかおう》』とは、邪悪の中の邪悪、悪軍の最高戦力六大将に必ず存在する少数の最側近の呼称である。彼らはある時は六大将の手足となってその命を実行し、時には六大将の盾として守護する。その強度はまさに、この世の最強の一角。この波旬も、実質的にはマーラ大将の手足の役目を担っている。先ほどの将校たちの発言を理由に、滅ぼされたとしても全く奇異なことでは

ないのだ。

『そう、怯えるんじゃないのかしら。そこの悪質な大神様の張った結界のお陰で、マーラ様でもこの場所を認識できはしないのかしら』

腰に両手を当てると、将校たちの背後に半眼を向ける。

『悪質とは失敬だねぇ。僕はマーラほどじゃないと思うんだけどぉ？』

恐る恐る振り返ると奇抜なメイクをし、派手な服装をした道化師の姿の男が気色悪い笑みを携え佇んでいた。その姿を一目見て、

『ロプト大将閣下っ！』

この場の全員が跪く。この男は悪軍の最高戦力たる六つの柱のうちの一柱《ひとり》、六大将の中のまとめ役であり、最も悪質、邪悪、決して関わってはならぬと称される大神である。

『僕はマーラと違い優しいからね。楽にしていいよ』

『はひっ！』

気を抜くと昏倒しそうなほどの強烈な恐怖が、その言霊でほんの僅かだが緩和される。それでも視線を地面に固定したまま、ガタガタと震えるマーラ配下の将校たちを眺めながら、

『これほど信用性に乏しい台詞を初めて聞いたのかしら』

波旬《はじゅん》は呆れたように肩を竦める。

『そうかな。僕は結構本心だったりするんだけどぉ？』

『それより、本当に此度のゲーム版にあの最悪のダンジョンのゲートがあるのかしら？』

『確証まではないが、おそらくね』

『なら、うちは貴方の提案を受けるのよ！』

波旬《はじゅん》はロプト六大将にそう口にすると、カイゼル髭の将官たちを睨みつけ、

『もし、此度の件をマーラ様に知られればうちも制裁を受ける！　そしてそれはあんたらも同じ！　もう、あんたらはうちと一連托生なのよ！　だから、その大神様の指示通りに動くのよ！』

早口でそんな自己中心的な命を下すと、波旬《はじゅん》はその姿を消失させる。

『だってさぁ～、マーラの奴は厳しいからねぇ。僕の手を借りて動いたことを知られれば、烈火のごとく怒って、その砂時計が落ちる前に、君らを皆殺しにする。要するに、君らが生き残るための方法は一つだけってこと？　理解したかい？』

提案とは言葉だけ。結局のところ脅迫にすぎなかった。

『ええ、私たちは何をすれば？』

『そうそう、素直はいいことだよぉ。ゲーム版で僕が指示するように天啓を出すんだ。その上で、髭の君、僕が指示する通りに動いて欲しい。大丈夫、言われた通りに動けば、悪いようにしないさ』

『一つ、よろしいでしょうか？』

『ん？　なんだい？』

『ご指示の通りにすれば、マーラ様は本当に期限内に現界できるのでしょうか？』

『ああ、それだけは保証するさ』

これっぽっちも信じられない。それがこの場の全員の感想だろう。それでもこの提案は、波《は》旬《じゅん》と六大将ロプトの双方の命。拒絶すればまず確実に処分される。

それに、どのみち、期限内にマーラ様の現界ができなければ皆殺しなのだ。まだ、最後の望みができたことを喜ぶべきかもしれない。

（全く、どこまでも運がない）

己の不運さを呪いながら、

『分かりました。我らは貴方に従います』

カイゼル髭の将官は神妙な顔で大きく頷いたのだった。

◇◆◇◆◇◆

闇の魔王アシュメディアの居城——闇城玉座の間では、二つの勢力が睨みあっていた。

「分かってんのかぁ！　我らが神からの天啓が下されたんだぞっ！　しかも、今までのような朧なものではなく、はっきり具体的なものがだっ！　これに従わずしてどうするっ⁉」

全身傷だらけの禿頭で小柄、ローブ姿の男が声を荒らげる。この男は闇国最高幹部たる三魔将の一人、エーガ。元傭兵出身であり、粗暴な態度の男ではあったが、アシュメディアの前でここまで感情を剥き出しにするのは初めてだった。

「しかし、これ以上、その神様とやらに振り回されるのもなぁ。他力本願で掴めるものなど限られている。事実上、二度も失敗しているのだ。別の方法を模索すべきだろう」

　四本腕の巨人、ドルチェがエーガたち興奮している重臣を穏やかな口調で諭す。

「ドルチェ、貴様、人間どもに攻め入られた町がどうなったか、忘れたわけであるまいな⁉」

　そのエーガの言葉に、今まで冷静に傍観していた魔族たちからも、怒りの感情が巻き上がる。

　あれはアシュメディアも夢に見る光景だ。数年前にアメリア王国の勇者マシロの率いる軍は闇国へと大規模侵攻した。その際、複数の魔族の街が占領され、地図から消滅する。そう、文字通り消滅したのだ。街の住人である魔族たちは、兵士に一般人、女、子供、しいては家畜を含め、生きとし生けるものは皆殺しになった。建物は念入りに破壊された上、燃やされて更地となる。あれは、まさに、心を持たぬ怪物の所業だった。

「もちろん、覚えているさ。何せ俺の故郷も襲われたからな……」

　穏やかに答えるドルチェの感情がそぎ落とされた表情に、アシュメディアはこの時、強烈な不安を覚えていた。

「そうだ！　奴らは我らを家畜とすら思っちゃいねぇッ！　奴らを滅ぼさねば、滅ぶのは我らの方ぞっ！」

　エーガの搾り出すような悲痛な声に、部屋中から賛同の声が上がる。人への憎悪の言葉が飛び交う中、

「儂は、凶とやらの提案を受けるべきじゃと思う」

実に意外な人物から、本日の議題について到底信じられぬ意見が飛び出した。一瞬の静寂の後、豆が弾ぜたような騒々しさに包まれた。

「大老、それは正気か？」

エーガは片目を細めてアシュメディアの脇に控える青肌の老人にその真意を尋ねる。この男こそが闇国の大老――イエティ。アシュメディアの幼い頃からの教育係にして、知恵袋にも等しい御仁だ。

「もちろん、正気じゃし、本気じゃよ」

「ざけんなっ！　そもそも、天啓に従うことにしたのはあんたの発案じゃねぇかっ！　既にこの作戦で死人が出てんだぞっ！　今更そんな胡散臭い奴ら、信じられるものかっ！」

エーガのもっともな意見に、

「状況は変わったんじゃ。分かるか？　凶とやらは我らが王の寝室に忍び込み、机の上にその文の入った木箱を置いたのじゃ。しかも、誰にも気付かれずにな。こんな真似、仮に伝説の勇者とてできるとは思えぬ」

イエティは己に言い聞かせるように、そう断言した。

そうだ。朝起きると、アシュメディアの寝室のテーブルに小さな木箱が置いてあった。直ちに闇の国、№２の地位にある大老であるイエティに相談する。当初アシュメディア自身が箱を開けて調べようと思っていたが、トラップ系の魔法が掛けられている危険性から側近たちに猛反対されて、結局、イエティがこの木箱の中を調査することとなったのである。

「はっ！　単に隠密に特化したというだけだったかもしれねぇじゃねぇかっ！　そんなもんで強さの証明になりゃしねぇよッ！」

「そうかもしれん！　じゃが、あの凶とやらの文にはこの儂の萎《しな》びた魂すらも呼び起こす熱があった。あの内容が偽りだとは思えぬ。凶の言う、至高の御方《おんかた》ならば、我ら魔族をこの悲劇と破滅の袋小路から抜け出させてくれる！　儂はそう信じとるっ！」

そう叫ぶイエティの両眼の奥には、焼け付くような強烈な光が漂っていた。

イエティは大老として闇の魔の一族を正しき道に導くために、時には非情さすらも厭《いと》わず、冷静沈着な態度を崩すことはなかった。そんなイエティとは思えぬ様相に部屋中から奇異な目が向けられる中、

「大老、会ったこともない相手の文だけでリアリストの貴方が、そこまで強く信じるとはとても思えない。貴方がそこまで信じる根拠はなんです？」

ドルチェがひどく神妙な顔つきで大老の意図を問う。それはアシュメディアも気になっていたこと。イエティは少なくともただの文の内容だけで信じるような理想主義の人物ではないはずだから。

「根拠はこれじゃ」

胸元から布袋を取り出し、その中に手を入れて黒光りした宝石の埋め込まれたペンダントを掴み取る。

「はっ⁉　そんなガラクタが根拠ッ⁉　大老、俺たちをおちょくってんのかっ！」

エーガが声を荒くして叫ぶ。

「ガラクタの訳があるかっ！　物の価値もわからぬ小童《こわっぱ》めが！　これは貴様らが思うておるような生易しい代物ではないっ！」

興奮気味に唾を飛ばして叫びながら、イエティはペンダントを上空へと掲げて呪文のようなものを唱える。直後、イエティの前に出現する扉のようなもの。

「扉ぁ？」

エーガが眉を顰《ひそ》めながら扉に近づくと、それはゆっくりと開いていく。恐る恐るエーガが扉の中を覗き込むと、

「な、なんだぁ、こりゃあっ⁉」

素っ頓狂な声を上げる。

「馬鹿な……」

ドルチェもエーガの背後から覗き込み、仰天したような声を短く口の中で上げる。

(何があるっていうの？)

二人の様相にアシュメディアの好奇心がもぞりと刺激され、玉座から立ち上がり、扉の前まで行くと二人の背後から眺め見る。

「えっ⁉」

扉の中には街の光景が広がっていた。

いくつもの石の街路とその傍に規則正しく立ち並ぶレンガ造りの建物。ご丁寧に天井には夜

空のようなものまであった。

重鎮たちも代わる代わる眼前に広がる非常識な光景を目にし、呆気にとられたように目を真ん丸くしていた。

「大老、そのふざけたアイテム、どこで手に入れたッ⁉」

エーガはイエティに歩み寄ると、扉を指さし鬼気迫る表情で問い詰める。

「それは凶が文とともに置いていったアイテムじゃ。自由に使ってくれ、だそうじゃ」

「ざけんな！　そんな伝説級のアイテム、交渉の前段階にすらなっていない状態で、おいそれと放出するもんじゃねぇだろッ⁉」

エーガのこの言には激しく同意する。おそらく、このアイテムは空間を切り取って固定しているんだと思う。こんなマジックアイテム、もはや人智を超えている。まさに伝説《レジェンド》級の秘宝。これ一つで戦になってもおかしくない代物だ。それを見ず知らずの者に与える理由がアシュメディアにはどうしても思い浮かばない。

「おそらく、至高の御方という存在にとって、そのアイテムは簡単に放出できてしまうほどの値打ちしかない代物ということじゃろうて」

そのイエティの噛みしめるような言葉に、重鎮たちは色めき立つ。

「はっ！　これが大した価値のないアイテムッ⁉　もしそんな思考の奴がいたとしたら、値打ちのわからぬ間抜けか、それこそ神様だけだぜっ！」

「まさにその通りじゃ！　だからこそ、儂らは選ばねばならぬ！　この文をよこしてきた超常者か、天啓をよこしてきた超常者のいずれに従うのかをっ！」

イエティは顔を火照らせて声を張り上げる。

「爺《じい》には既に答えが出ているのだな？」

アシュメディアの重々しい口上に、イエティは大きく頷くと、

「儂が信じるのはこのアイテムだけではありませぬ。内容は読んですぐに燃えてしまい、今や儂の頭の中にしかありませぬが、賭けてみたい、信じてみたい、そう思える熱量があの文章にはあった。儂は凶とやらの申し出を受けることを強く選奨いたしますじゃ」

アシュメディアに跪き、首を深く垂れるとそう進言してくる。

「その申し出とやらの内容は？」

「は！　我らが闇国を至高の御方の勢力下に置くこと。なお、至高の御方自体は絶対的な存在として君臨はするが統治はしない。そう文には書いておりました」

アシュメディアの問いにイエティが即答する。

君臨はするが統治はしないか。提案の相手が人種ではなく超常者であるなら、確かにこんな提案があってもさして変ではないのかもしれない。何より、もしこれが真実なら実に理想的な提案だ。

もっとも、文だけならなんとでも言えるし、これだけで信用するべきでは断じてない。通常ならば、慎重になるべきなんだろうが……。

（爺、本気なんだね……）

イエティはこれまで意見や案を出すが、決して己がどうすべきだと主張することはなかった。あくまで調整役である大老という地位を鑑みて、決定は他者の合議に委ねるのが国の最良の運営方法だという固い決意のようなものがあったからだと思う。そのイエティがその己の信念を歪めてまで、これほど固執するのだ。その凶という者たちからの文の内容はイエティにとって、闇国の存亡の危機を救い出すまさに蜘蛛の糸なのかもしれない。

「余もその凶という者たちの申し出を考慮としても良いと思う」

「陛下ッ！」

焦燥たっぷりの声を張り上げるエーガを右の掌で制止して、

「むろん、あくまで考慮するだけ。その至高の御方とやらに会ってから決めても遅くはない。そうだな？」

イエティに視線を向けると、彼が望んでいる質問を投げかける。イエティがここまで熱心に推すのだ。その至高の御方とやらが、アシュメディアを始めとする交渉役たちに危害を加える可能性が少ないと判断しているのだと思う。

「左様でございます！　凶の文には断っても直ちに我が国を害することはない！　そう書いてありました！」

「そんな都合の良い話、信じられるかっ！」

エーガが自らに言い聞かせるような裏返った声を上げるが、

「どのみち、リスクのない選択などないのだ。至高の御方とやらも、天啓の我らが神の両者とも我らはよく知ってはおらぬ。同じ知らぬなら、余は近しい者が信じるものを信じてみたい。お前たちはどうか？」

アシュメディアは己の素直な意見を主張しながら、グルリと重臣たちを眺め見て確認する。

重臣たちは一斉に跪いて首を深く垂れると、

「「陛下のお望みのままに！」」

賛同の台詞を口にした。

闇城玉座の間からドルチェ派、エーガ派、中立派の各派閥の者たちが退出して、広い玉座の間にはイエティだけが残された。イエティはいつも、アシュメディアが退出するのを確認してから部屋を出る。だから、これ自体はいつも通り。違うとすれば、イエティが運命に取り組むような真剣な表情をしていたこと。

「爺、一体、どうしたのだ？」

イエティはアシュメディアにとって育ての親に等しい。だから、未だにイエティだけとなると本来の砕けた幼い頃の独特の口調に戻ってしまう。その件でいつもイエティからは小言を言われるのだが、この時は違っていた。

「陛下、これを」

イエティは懐から、真っ白な宝石が埋め込まれた指輪を取り出すと、アシュメディアの右手に握らせてくる。

「陛下、儂からのお願いですじゃ。それを肌身離さず持っていてくだされ」

「う、うん。分かったのだ」

頷くアシュメディアに、イエティは心底安堵したように大きく頷くと、幼い頃からずっと浮かべていたように優しく微笑んで、

「本当に大きくなられましたな。そして先代同様、王としてとても立派になられた。これならもう爺が傍についていなくても大丈夫ですじゃ」

しみじみと呟く。その内容がまるで別れの挨拶のようで、

「その手の冗談は好かん。話がそれだけなら、疲れているのだ。一人にしておいてもらおう」

口を尖らせて退出を命じる。

「そうですな。では、儂はこれで。そうだ、なんでもこの世界にはエルディムという多種の部族が住む国があるらしいですぞ。陛下の理想の国造りの参考になるかもしれませぬ。一度調べてみるのも一興かと」

「これは？」

「え？」

イエティの突拍子もない話題に思わず聞き返す。だってイエティは思想的には魔族史上主義のタカ派であり、アシュメディアの理想としているような和平路線には原則反対の立場だったはず。むしろ、アシュメディアが他種族との交流などと主張した時には烈火のごとく怒ったものだ。

「いえ、忘れてくだされ。仮にも憎き人間どもの近縁種の治める都市に興味を持てなどと、儂もうろくしたものだ」

イエティは肩を竦め、左右に首を大きく振って、

「陛下、それでは儂はこれで失礼いたします」

姿勢を正し、頭を深く下げて王座の間を退出して行ってしまう。

(変な爺……)

アシュメディアもイエティから預かった指輪を右の中指にはめると、玉座から重い腰を上げて、魔王としての執務を全うすべく、自らの執務室へ向かう。

騒々しく、扉が叩かれる音が鼓膜を震わせる。どうやら、書類の決裁の途中で寝てしまったようだ。机の上に積まれた書類の山に、うんざり気味に顔を顰《しか》めながらも席から立ち上がって、扉へと向かう。

「……アシュ……様」

アシュメディアは集中したいという理由から基本、執務室に人は置かない。しかし、凶という正体不明な者たちに寝室にまで忍び込まれたという経緯があり、現在は執務室の外には十分な警備兵を配置している。

扉を開けると、真っ青な顔をした警備兵とともに、ドルチェが恭しく一礼し、

「陛下、緊急事態です。エーガが謀反を起こしました。現在、大老が直ちに取り調べをしてお

ります」

静かに、アシュメディアにとって悪夢にも等しい報告をしてきたのだった。

――闇城最上階の儀式場

エーガ派が突如武装蜂起して儀式場を占拠して立てこもったが、ドルチェが指揮する魔王本軍の特殊部隊により鎮圧され、現在そこに拘束されているらしい。

(最悪だ……)

それなりの犠牲が出たというのだ。エーガには厳しい処分をしなくてはならなくなった。

しかし、エーガは仮にもドルチェとともに魔王軍を指揮する魔将の一人。そのエーガの更迭は、他の魔王からの侵攻の理由を作りかねない。さらに最悪なことにあの忌々しい伝説の勇者マシロに知られれば、下手をするとこの闇国は滅ぶ。なんとしても、最低限の犠牲と処罰でことを収めなければ、この闇国に未来はない。

はやる気持ちを抑えて儀式場前の扉に到着する。扉を勢いよく開けて儀式場へ入ると、濃厚な鉄分の匂いが嗅覚を刺激する。

(これって血の匂い?)

儀式場内を確認し、眼前の紅に染まった特殊な形態の魔法陣と、その各頂点に立てられた七本の棒と、その各棒に括りつけられた者たちを視界に入れて、

「――っ⁉」

頭を固い鈍器で殴られたようなショックが全身を貫く。その半分にはエーガとその幹部たち、そして――。

「じ、爺ッ！」

アシュメディアにとって父に等しい、この闇国の大老が棒に括りつけられていたのだ。

「陛下……お逃げ……なされ……」

イエティの全身には幾多もの剣が突き刺されており、控え目に見ても瀕死の状態。呻き声を上げるイエティに駆け寄ろうと一歩踏み込むと、その足元が輝いて足首に茨のようなものが絡みつく。

「今だぁ！　やれぇ！」

若い男の声が響き渡り、アシュメディアの四方を何重もの紅の直方体のようなものが覆い尽くす。

アシュメディアは闇の魔王だ。この程度の貧弱なもので拘束できると思っているならお笑い種《ぐさ》というもの！

「舐めるなぁっ！」

紅の直方体に指を突き刺して掴んで全力で引き千切ると実にあっさり霧散してしまう。

「ちっ！　馬鹿力女がぁ」

舌打ちする男に視線を向けると、左右の口角が裂けた小柄な男が真っ白の上着のポケットに手を突っ込み佇んでいた。

「プロキオン！　なぜ、貴様がここにっ⁉」

アシュメディアはこいつを知っている。同じ四大魔王の一人、霧の魔王、プロキオンだ。だが、それはありえない。そう、魔王であるこの男がここにいることはありえないのだ。なぜなら、この闇国の首都周辺をすっぽり覆うように先代が発掘した結界系のマジックアイテムが常時発動しているから。この手の結界系のアイテムは侵入対象を限定することにより、多大な効果を得ることができる。先代はそれを最大限に利用して、他の四大魔王と勇者及びそれと同等以上の存在に限定して侵入を妨害するように結界を形成した。さらに万が一、一定の魔力を有する闇国以外の存在が侵入した場合、魔王を承継した者に知らせる効果がある。

ありとあらゆる意味で、プロキオンがこの場に侵入できるわけがない。

「あー、俺がここにいる理由かぁ？　確かにここら周辺に張ってある結界はマジで厄介だったなぁ。なあ、神様よぉ」

プロキオンは子馬鹿にしたように奴の右肩に乗るリスに確認する。

『本当にねぇ、何せ僕でも侵入が不可能な結界だしぃ。全く、この身は依り代でカスほどの力すらないとはいえ、この世界の下級神程度の力は保有しているはずなんだけどねぇ。まあ、だからこそ、そのアイテムのイカレ具合が際立っているんだけどぉ』

リスはプロキオンの首にかけられているペンダントに視線を移す。

「っ⁉」

あれは『凶』が置いていった木箱に入っていたもの。なぜ、プロキオンがそれを持っている？

「だから、そいつの手引きがなきゃ、完璧にお手上げだった。マジで感謝しているぜぇ。なぁ？」

プロキオンは入り口付近で今も直立不動で佇立しているドルチェに語りかける。

「感謝？」

頭が上手く状況を把握できない。今、プロキオンが誰に感謝したって？　まさか、ドルチェが手引きしたとでも言うつもりか？　いや、ありえない！　それだけは絶対にありえない。

ドルチェはアシュメディアが幼い頃から先代に仕える重臣の一人。闇国を裏切る人物としては最も遠い人物だ。

アシュメディアが混乱の極致にある時、

「陛下ぁ、逃げ……ろぉ！　そいつは……ドルチェは――裏切りものだぁっ！」

棒に繋がれているエーガが、口から血反吐を吐きながらも声を絞り出す。

「ドルチェ、本当……なのだ？」

現実を上手く整理できない。ただ、今のエーガが偽りを述べる理由も余裕もないのは紛れもない事実。何より、あのイカレたアイテムならばこの闇国に奴らを招き入れることも可能という事実。しかし、それはドルチェが祖国をプロキオンに売ったということ。

血液が冷たくなっていくのを自覚する。そんなアシュメディアとは対照的に、

「事実ですよ、陛下。私が大老からアイテムを奪って、霧の魔王軍を招き入れました」

ドルチェは微笑を浮かべつつも、あっけらかんと答える。その態度は祖国を裏切った者とは思えぬほど晴れやかで、良心の呵責といったものは微塵も感じられなかった。

「な、なぜなのだっ⁉」

「貴方が人間どもを駆逐する気がないと分かったからですよ」

「余は人間との戦争に勝利し、この闇国に平和を――」

「違う！　違うんです！　そもそも、それが違う！　人間との戦争⁉　馬鹿を言っちゃいけない。これは戦争でもなんでもない。ただの害虫駆除なのですからっ！」

ドルチェは今までの穏やかな様相とは一転、顔中を嫌悪一杯に歪めて力説する。

「害虫駆除？」

「そうです！　この世界に害のある害虫を一匹残らず駆逐する！　ただそれだけの行為に過ぎない！　なのに、貴方は我ら軍に一斉駆除を禁じた！　残さず駆除しなければ、あれはまた増えるのです！　そんな暴挙など到底許されるものではない！　これは、貴方という狂った王からの正当な地位の剥奪なのです！」

そうヒステリックに叫び、右拳を固く握り熱く語るドルチェの姿は、普段の優しく穏やかなものとは全くの別ものであり、どうしても上手く結びつかない。

そんな時、響き渡る乾いた笑い声。

「くく……笑える。実にお笑い種だ。最初から一匹残らず駆逐すべきと言った俺を止めたのはドルチェ、貴様ではなかったかぁ？」

口端を大きく吊り上げたエーガの問いかけに、

「……」

一切の感情を消して睨み返すドルチェ。

「陛下、そんな奴の戯言に……耳を貸す必要は……ありませんぜ。そいつは……ただ負けただけだ。己の弱さになぁ……」

「黙れ……」

「ドルチェ、哀れで惨めな負け犬さんよぉ！　祖国を裏切ったお前に、もう居場所などない！　精々、息を止める一時まで己の行為を後悔し続けて死んでいくがいい！」

「黙れと言っているだろ！」

ドルチェの怒声が上がり、エーガはアシュメディアに顔を向けると、

「陛下、あんたの甘ったれで、温すぎる考えはマジで嫌いだったぜ。でも、なんでだろうな、今こんな状況になって、あんたの言っていたことが少しだけ分かった気がするよ。きっと、あの糞のように冷血な勇者に相対するように、あんたという甘い魔王が出たことにもきっと意味があるんだろう。あんたは自分の信じた道をいきなぁ！　小娘ぇ、後は頼んだぞぉ！」

エーガが何かを噛む仕草をする。刹那、視界が真っ白に染まり、眩しさに目が慣れた時、青色の変わった衣服を着たカイゼル髭の男がエーガの生首を右手で鷲掴みにして佇んでいた。

「エーガ？」

『まさかこの後に及んで自爆とはね。パンピー君、ご苦労さん』

リスの言葉に、ようやくエーガの死を認識し、荒々しいものが疾風のように心を満たす。この激情に突き動かされるかのように、アシュメディアは床を蹴って、カイゼル髭の男、パンピーに向けて突進し、その顔を渾身の力で殴りつけようとする。

まさにアシュメディアの右拳が奴の顔面を穿つ直前、視界が数回転して背中から勢いよく叩きつけられる。

「ぐっ……くそっ！」

咄嗟に立ち上がろうとするが、奴に背中から羽交い絞めにされてしまう。

『パンピー君、とりあえず、その煩いの、そのまま押さえておいてね』

『はっ！』

（くそ！　くそ！　くそぉ！　なぜ、動かないのだっ⁉　このボクは魔王だぞっ⁉）

背後から一方的に押さえ付けられるなど、それこそ、幼少期までのごく一時期以外経験などあるわけがない。それだけではない。このパンピーという男の挙動がアシュメディアには微塵も認識できなかったのだ。

アシュメディアは、闇国建国以来最も身体能力に優れており、八歳で先代を超えたという実力がある。少なくとも霧の魔王プロキオンであっても、純粋な戦闘能力だけなら、引けを取ることはありえない。それが、プロキオンでもない、さして強そうにも思えぬ男に倒されて拘束されてしまっている。その現実がただひたすら信じられない。

「貴様らは誰だ⁉　何の目的でこんなことをする⁉」

もちろん、このリスやパンピーはプロキオンの配下なんぞではあるまい。そんなレベルじゃない。こいつらはもっと、悪質で巨大な抗うことすらできぬ何かだ。

『僕ら？　名乗っても君らごときには分かりやしないよ。君らの理解しやすい言葉で言うなら、「神」ってところだろうねぇ』

「か……み？」

『そうさぁ。僕はその神の王様ってところかなぁ。つまりぃ、君ら家畜が到底抗うのは不可能だから、無駄な抵抗しないでねぇ。何せ、君は此度の計画の大切な贄《にえ》なんだからさぁ』

「贄？」

オウム返しに呟くアシュメディアに、

『そう。君らってマジで不思議な一族だよねぇ。儀式の贄としての適合率が半端じゃないよ。おかげで、たった数匹で少将であるパンピー君を受肉できたしぃ。その羽虫の王様の君なら、確実に波旬《はじゅん》を現界できるぅ。そうなれば――』

リスは得々と意味不明なことを説明し、最後に口端を裂けんばかりに吊り上げた。その愛らしいリスとは違う悍ましすぎる様相に、身体中の血液が急速に凍り付いていくのを実感する。

『さあ、贄を儀式場へ！』

リスが右手を上げると、パンピーはアシュメディアを軽々と持ち上げて、イエティたちが繋がれた棒の立つ魔法陣の中心まで引きずっていく。

『すまんな……』

パンピーは耳元でそう小さく囁くと、アシュメディアを魔法陣の中心の椅子に括りつけて、離れて行く。

クルクルとリスは踊りながら、歌い出す。

——この世で最も強き力は悪♬　この世で最も尊きものは悪♬

——この世で最も純粋なものは悪♬　それは我らの母にして、父。生まれ出でた理由にして、絶対の価値基準！

リスの歌声とともに、魔法陣から濁流のように流れる赤黒色のヘドロが意識のないエーガの配下を覆いつくしていき、バキバキと肉を引き裂き骨を砕く音が儀式場全体に響き渡る。

そしてそのヘドロは遂にアシュメディアにとって肉親に等しいイエティの足元にも迫っていく。

「爺！　爺！　いや、いやだっ！　やめるのだっ！」

幼子の駄々のように声を張り上げる。

涙が溢れて視界を歪める中、

「アシュ様、心配いらないですじゃ。爺が守って差し上げますので」

ヘドロは今や、イエティの足首まで浸食している。想像を絶する激痛のはずなのに、イエティは額に玉のような汗を流しながら、幼い頃からの優しい笑みを浮かべてそう語る。

「爺、でも——」

「これから爺の言うことをよーく聞きなさい。これから、貴方はある場所でさる御方と出会いを果たす。その出会いこそがこの闇国の危機を覆す、ただ一つのチャンス。ぐっ！」

ヘドロは遂にイエティの胸もとから首筋へと侵入する。

「爺ぃ！」

リスによる歌が終わりに差し掛かる。

——この世の全てを絶望で塗りつぶそう！　この世の全てを破壊し尽くそう！

——この世の全てに悪の華を咲かせよう！　それこそが、我ら悪の作る楽園《パラダイス》

——それこそが、我ら悪の軍の使命にして存在理由！

「ホントに立派になりましたなぁ。心残りはもう少し、貴方の成長を見たかった——」

ヘドロがイエティの全身を覆い尽くすのと、リスによる歌が終わるのはほぼ同時だった。

直後、ヘドロはアシュメディアの全身を呑み込む。そして頭の中に響く無機質な声。この声とともに、アシュメディアの意識はゆっくりと薄れていく。

——『邪神王の指輪《ギリメカラリング》』からの通告。登録者、アシュメディア・カルーロスに対する憑依の存在を確認。直ちに、魂の捕獲を試みます。

……………成功。魂の分析後、憑依者の駆除を試みます……憑依者、波旬《はじゅん》の魂に指輪の創造主と同質の魔力を感知。創造主の許諾の確認まで駆除の緊急一時停止。

——憑依者波旬《はじゅん》の魂を補完可能なように、登録者アシュメディア・カルーロスとの魂の一部融合を試みます。

――失敗《エラー》。再試行。

――失敗《エラー》。再試行。

――失敗《エラー》。再試行。

――成功《サクセス》。制限条件発生。登録者、アシュメディア・カルーロスと憑依者波旬《はじゅん》の身体能力と魔力を最低値まで制限いたします。

――登録者アシュメディア・カルーロスの意識の消失と記憶の一時的制限を確認。『邪神王の指輪《ギリメカラリング》』の効果により、強制転移を実行いたします。


頬を打ち付ける心地よい風に、瞼を開けると飛び込んでくる強烈な日差しに思わず右手で遮る。

上半身を起こして背伸びをすると、毛布が掛けられているのに気付く。

「どうやら気がついたようだな」

傍の椅子に座っていた灰色髪の少年と視線がぶつかる。

「君は誰なのだ?」

思わず口から出た言葉に、

「ふむ、他者の名を尋ねるなら、まず自分から名乗るものなんじゃないのかね?」

灰色髪の少年は至極当然な返答をしてくる。

ボクの名……えーと、あれ? ちょっと待って、ボクって、誰だっけ? というか、とっかかりすら全く思い出せない。

両腕を組んでうんうん唸って考えてみたが、やはり自身のことについては一切思い出せなかった。

「カイ、困っていますよ。おそらく気を失って記憶が混乱しているのだと思いますし、もう少し休んでから詳しい話を聞くことにいたしましょう」

隣の桃色髪の女性に指摘されて、カイと呼ばれた灰色髪の少年は、大きな咳払いをすると、

「私はカイ・ハイネマン。しがない剣士だ。まあ、よろしく頼む」

右手を差し出してくる。

「うん、よろしくなのだ」

それがボクと不思議な少年剣士、カイ・ハイネマンとの初めての出会いだった。

◇◆◇◆◇◆

『は？』

依り代であるリスに憑依したロプト大将の喉から漏れ出たのは間の抜けた声。

儀式はこの上なく完璧だった。波旬《はじゅん》が現界する気配を感じたのだから間違いはない。

だが、受肉が完成する直前、あの贄は波旬《はじゅん》とともに姿を消してしまった。

それはこの六大将であるロプトの術から、強制的に逃れたということに等しい。

「さっきの爺《じじい》の話の流れ的に、アシュメディアが姿を消したのは奴が何かをしたせいだろうな」

霧の魔王プロキオンがそんな到底ありえぬ妄言を吐く。

だから下界の低能と関わるのは嫌なんだ。

『いや、違うな。おそらく、それと同等のアイテムの力だろう』

パンピーがロプトと同様の結論を口にする。

今、プロキオンが首にかけているペンダントはおそらく神話級のマジックアイテム。悪軍でも至宝に位置するアイテムだ。精々、土着の神しかおらぬこんな世界に存在してはならぬもの。魔族嫌いな天軍がこんなアイテムを魔族に与えるとは到底思えない。だとすると、ロプトと同じ悪軍の他の六大将の勢力がこの闇国に手を伸ばしてきたということ。どうやら確認する必要があるな。

『そのアイテム、誰からもらったか知っているかい？』

跪いているドルチェに問うと、

「大老が言っていたのは、そのマジックアイテムは『至高の御方』の代理を名乗る『凶』という存在が置いていった物らしいです」

恭しく即答した。『凶』に『至高の御方』か。いずれも、聞いたこともない。だが、これではっきりした。あれほどのアイテムを所持している天軍ではない何か。そんなものは悪軍六大将しかありえない。つまり、あれをやったのは他の六大将の誰かだ。マーラを出し抜いて行動していることを見越しての嫌がらせってわけだ。ならば、必要以上に警戒する必要もない。

『パンピー君、君は波旬《はじゅん》を探してよ！』

『は！』

敬礼をすると、パンピーはその姿を消失させる。

とりあえず、この闇国の住人を使用して受肉を進めて、悪軍の勢力を増強し、この地を対天軍の拠点とする。その上でロプト本来の目的を遂げることとしよう。

『まあ、別にいいさ』

せっかくのロプトのゲームメイクをかき乱してくれたお馬鹿さんには、あとでそれなりの意趣返しをしてやればいいさ。

『次は遺跡だね』

ゲーム版には必ずと言っていいほど、ある特殊なアイテムや召喚の儀式場が存在する。それ等を上手く利用することにより、両陣営の最高戦力を一柱に限り現界させることが可能となる。波旬《はじゅん》を贄に使わなくても、マーラの奴を現界できるかもしれない。

もっとも、まさに最高戦力をこの地に呼び出すのだ。そのために要求される条件は極めて難解であろうけども。

『まあ、いくらでもやりようがあるけどねぇ』

下等生物《人間》どもを上手く使えば、この制限も楽々クリア可能だろうさ。

ロプトは口角を吊り上げ、新たな悪巧みを開始したのだった。

第一章　神の盃事件

やっと、アメリア王国からローゼに対し王都へ帰還するように指示が出て、現在、馬車で王都に向かっている。

「それにしても、バルセも大分様変わりしていましたね」

ローゼのしみじみとしたそんな感想に、

「まあな、既に多くのハンターが新都市の方で活動しているようだ」

私も相槌を打つ。

旧太古の神殿の北側には広大で肥沃な草原地帯が広がっていた。高ランクのハンターたちがそこを調査した結果、様々な貴重な資源が多数発見されたのだ。

地理的にも北側へ行くためには旧太古の神殿付近を通らねばならない。この旧神殿付近は危険な魔獣の密集地であり、その未開の土地への侵入を防いでいた。それが、此度の魔物の襲撃事件により、アメリア王国の騎士長アルノルトやSランクのハンターベオたちを中心としたバルセのハンターにより、軒並み駆逐されてしまう。結果、北側への侵入を拒むものはいなくなり、シルケ樹海は真の意味でハンターたちのパラダイスとなったのだ。

「カイが無茶をしてできた新都市ですか。案の定、王国が帰属を主張して、ハンターギルドと大揉めになっているようですよ」

「あー、あれは若干私にとっても想定外だった」

旧太古の神殿にはティアマトたちが建てた悪趣味な建造物が聳《そび》え立っていたわけだが、それを宴会に使うため改造したのだ。どうせ取り壊されるんだし、多少無茶しても構うまいと思って、不用意に討伐図鑑の愉快な仲間たちに指示を出したのが仇となった。たった一晩で超巨大な建造物が建つことになってしまったのだ。

「本来、若干で済ませられる話ではないはずなんですが」

ローゼが複雑な表情でそんなしょうもない感想を述べた時、馬車が停車する。

「変ですね。宿場町まではまだのはずなんですが……」

当惑気味に首を傾げるローゼに、

「ローゼ様、私が見てきます！」

アンナが馬車から出て行くと、すぐに慌てたように馬車内に戻ってくる。そして――。

「女性が行き倒れています！」

指先を外に固定しながら、裏返った声を張り上げたのだった。

ローゼが行き倒れていた少女が気付くまで馬車を止めて休憩するよう提案してきたので、了承する。どうせ急ぎの旅ではないし、構うまいよ。

今、レジャーシートを地面に敷き、そこに少女を寝かしているところだ。

少女は長い艶やかな黒髪でその前髪が綺麗に切り揃えられていた。黒色の上着と短いスカートが一体となったワンピースに、大きなフード付きの丈の長い黒色のコートを羽織っている。衣服にちりばめられている豪奢な装飾からして、相当に高価なものだ。どこぞの貴族のお嬢様という感じだな。問題はその良いところのお嬢様がこんな草原以外何もいない場所で気を失っていたということ。

周辺に街もない。道に迷ったとかいうオチではあるまい。盗賊に攫われて逃げてきたか、それとも。家出の類《たぐい》か。まあ、本人に聞いてみればはっきりするわけだが。

「マスター、この娘、どうやら交じりものである」

隣に座っていたアスタが、片眼鏡を右手で触れながら私にそんな報告をしてくる。アスタが早口でうんちくを垂れる時は、決まって相当その現象が稀有《けう》な時だけだ。

「交じりものとは、どういうことだ？」

「その通りの意味である。魂が一部不完全に交じり合ったことで肌の色、目の色、髪の色などの外見から、魔力の性質、身体能力まで様々なものが変質している可能性があるのである。おそらく、魂の融合が安定すれば、元の姿に戻るのであろうが」

うーむ。要するにこいつの今の姿は仮初めってことか。心底どうでもいい話だな。

「どうやら、起きるようである」

アスタに促され視線を少女に戻すと、目元を眠そうに擦っていた。そして、少女は右手で日差しを遮り、上半身を起こすと、大きな欠伸と背伸びをする。

この余裕。どうにも盗賊に攫われた御令嬢という感じではないな。単に根が図太いだけかもしれないが。

「どうやら気がついたようだな」

少女はきょとんとした顔で、

「君は誰なのだ？」

ぶしつけな質問をしてきた。うーむ、若者に礼儀を指摘するのも大人の役目だろうさ。

「ふむ、他者の名を尋ねるなら、まず自分から名乗るものなんじゃないのかね？」

私の言葉に小首を傾げ、両腕を組んでうんうん唸り始めた。どうにも洒落や冗談でしているようにも思えぬ。本気で悩んでいるふうだぞ。まさか、こいつ……。

「カイ、困っていますよ。おそらく気を失って記憶が混乱しているのだと思いますし、もう少し休んでから詳しい話を聞くことにいたしましょう」

笑えない一発ギャグを軽はずみに口にしてしまったようなすこぶる気まずい雰囲気の中、ローゼが脇から助け舟を出してくれる。やっぱり、性に合わないことなどするべきじゃないな。

誤魔化すように大きな咳払いをすると、

「私はカイ・ハイネマン。しがない剣士だ。まあ、よろしく頼む」

右手を差し出したのだった。

彼女から事情を聴くが名前はもちろん、自分が誰かもわからぬという冗談のような状況だった。いわゆる記憶喪失ってやつだ。

念のため精神のエキスパートであるサトリに元に戻せるかを調査させたが、無理だった。多分、魂が不完全に融合した副次的な効果ってやつだろう。唯一サトリにより過去に彼女が最も心に残っていた記憶の断片のようなものだけは知ることができた。それにより彼女の名前がアシュであることが判明する。

記憶喪失でしかも、魂が融合している少女を放り出すこともできず、アシュは当分の間、私たちに同行することとなり、王都への旅が再開される。そして、王都に到着する。

「あれがアメリア王国の首都、アラムガルドだよ！」

アンナの指の先には広大で高い城壁が見える。あの城壁の内部が王都圏というわけだ。あんな巨大な城壁を築くとは全くもって恐れ入る。ま、純粋に感心するというより、開いた口がふさがらない。そういった類のものであるわけだが。

「わぁ～なのです！」

「わぁーー」

「へーー」

ファフとミュウに加えて、アシュまでもが馬車から身を乗り出して互いに歓声を上げる。おい、アシュ……お前まではしゃいでどうするよ。きっと、精神年齢が近いからだろう。ファフとミュウ、アシュの三人は忽《たちま》ち姉妹のようになってしまった。そして――。

「皆、王都に着いたら、私が行き付けの御菓子のお店に案内してあげるよ！」

アンナが前かがみになって人差し指を顔の前に持ってくると、右目でウインクをする。

「お菓子なのです⁉」

「お菓子ぃ！」

「ホント⁉　ボクも食べたいのだっ！」

三者三様のリアクションを取る三人を目にして、頬を緩めるアンナ。

アンナにとってファフとミュウは年の離れた妹であり、今やローゼの警護の合間に二人の世話をしている。子供はよく見ている。ファフは当初、アンナを相当警戒していたが彼女に悪意がないことを知ると次第に懐き、今や、私やローゼの次くらいにべったりしている。

そしてアシュも当初は相当距離が遠かったが、彼女が危なっかしい世間知らずの娘だと分かると、色々世話を焼き始めた。

「アンナは本当に変わりましたね」

母親が子を見るかのような温かな目で見守るローゼに、

「まあな、あいつの場合、単に超が付くほどの人見知りだったってだけだろ」

アンナは最近では口調まで別人のように柔らかくなり、よく笑うようになった。きっと、今の彼女が本来の彼女なんだと思う。

「かもしれませんね。ところで、カイ、王都に到着したらどうします？」

「オルガおじさんにきつく言われているし、まずは母上殿に会うべきだろうな」

私が中々到着しないからかなり気をもんでいたらしいが、先に王都に到着したキースが母上殿には上手く説明してくれたようで、バルセに乗り込んで来るという事態には陥らなかった。

まあ、キースに聞いたのだろう。バルセのオルガおじさんに文を送ったらしく、おじさんからは、必死な形相で王都に着いたらすぐに母上殿に会いに行くように念を押された。あの泣きそうな形相からいって、手紙には相当過激なことが書いてあったのだと思われる。

それにしても、母上殿とは約十万年ぶりの再会だが、顔や思い出だけははっきりと覚えている。そんな、奇妙な感覚だし、何より今の私は変質してしまっている。上手く接する自信は――ないな。

「そうですね。当分は王都に留まるつもりですし、親子水入らずで過ごしてください」

「いや、単に顔を見せるだけだぞ」

今の私は癖や言葉遣い、性格等、昔の私とは全くの別人だ。そんな相手と僅かながらも共同生活など母上殿も御免被るだろうし。

「相変わらず素直じゃないですねぇ」

「いんや、私はいつも己の意思に忠実だよ」

この十万年間、ずっとそうしてきたし、これからもきっとそうだろう。

「はいはい、取り敢えずそうしておきましょう」

呆れたように首を竦めると、ローゼは王都に視線を移す。

故郷の王都を見るローゼの顔一面に浮かんでいたのは、古巣に帰還したことの安堵ではなく敵地に足を踏み入れるがごとき緊張だった。

この尋常ではない様子からいって、この王都はまさに魔都に等しいのだろう。面倒なことにならなければいいがな。

　この時私の頭の片隅に浮かんだ不吉な危惧。それはすぐに的中し、私の生活は益々《ますます》己が渇望するスローライフの日々から遠ざかっていくのである。


「カーくんっ‼」

　二階建てのレンガの家の玄関の戸が勢いよく開かれ、銀髪で、長身のおっとりした容姿の女性が飛び出してきて、私を勢いよく抱き締める。そう。母上殿は未だに子離れができぬ御仁なのだ。

「どうだった？　バルセ、大変だったって噂で聞いたけど、危ないこととかなかったぁ？」

　私の全身をベタベタと触れて安否の確認をする。

「うん。大丈夫だよ、母さん」

　確か、昔の私ってこんな話し方だったよな。どうにも強烈な違和感しかない。

「……」

　母上殿は私の両肩を掴み、マジマジとその顔を凝視してくると、

「カーくん、少し大人になったぁ？」

　そんな返答に困ることを聞いてきやがった。

「そりゃあまあ」

　少し大人になったというより、既に十万歳だがな。我ながらホント、冗談のような存在と化

している。

「そうか……カーくんも成長したんだねぇ」

目尻に涙を溜めてもう一度私を強く抱きしめる。挨拶だけしてすぐに暇乞いしようかなと思ったが、どうやら無理っぽいな。Aランクハンターの母上殿は基本多忙であり、この家にもそう長く居られるわけではあるまい。母上殿が外出中に、住み込みでの就職口が見つかったとの置き手紙をしてずらかればいいだろう。それも、あながち間違っちゃいないしな。

「さあ、ごはん作るから入りなさいね」

仕方ない。今は従うしかない。問題はあのお子様たちだが、ファフとミュウの子守は姉代わりのアンナと自称執事のアスタに任せている。おまけに、アシュまでいるのだ。寂しくはないだろうさ。数日間なら問題はあるまい。それ以上になると、ファフあたりが私を探し始めるだろうし、一度顔を見せねばなるまいな。

案の定、三日後、母上殿は仕事で約二か月、王都を離れることとなった。人気絶頂のAランクハンターなどそんなものだし、予想の範疇《はんちゅう》といってよい。

テーブルに住み込みの就職口が見つかったと記載し、手紙を置くと建物を出る。こうしてファフたちが滞在する王都北西の商業地区にある小さな宿に向かう。

宿に入ると、ローゼからファフがずっとふさぎ込んでいると聞かされる。何でも食事さえも残してしまうほど重症らしく、アンナとアシュが交代でほぼつきっきりで面倒を見てくれていたが、結局、元気付けることはできなかったらしい。

ファフのいるアンナの部屋に行くと、私に抱き着いた状態で動かなくなってしまう。そして、それが落ち着いたら、今度はそっぽを向いて一言も口にしなくなる。

まいったな、たった三日、私と離れたことで完璧にへそを曲げてしまった。仕方なく、ファフの機嫌を取るため、ファフとミュウを連れて、近くの食堂で少し早い夕食をとることにした。

「いい加減、機嫌直せよ」

「知らないのです！」

やはり、プイッとそっぽを向くファフ。一言も返答しなかったさっきよりは幾分マシと言えるかもしれない。まあ、この数万年、ファフと私はひと時も離れず一緒だった。それが突然いなくなれば当然と言えば当然か。家族が突然いなくなる恐怖と焦燥は私も十分熟知していたはずなのに。今更だが、もっとファフの気持ちにも配慮すべきだった。迂闊だったな。

「すまなかったな。ファフ」

ファフの頭をいつものように優しく撫でる。

「ごまかされないのです！　ファフは、ファフは……」

ポロポロと玉のような涙を流すファフの頭を、私は無言で撫で続けた。

泣き疲れて私の膝を枕にして眠ってしまったファフを、ミュウがボンヤリと眺めていた。

「どうした？」

「なんでもないです……」

そんな消え入りそうな顔で言っても説得力は皆無だ。

「子供に遠慮など不要だ。そう最初に言ったはずだぞ」

俯き気味に両膝のスカートを握りしめてミュウは、

「お父さん、お母さん、おねえちゃんに会いたいです」

震える声でそう叫ぶ。その小さな手の甲には目から出た液体がポタポタと落ちていた。

家族に会いたいか。そうだな、ミュウはまだ家族の愛情が必要な歳のはずだ。私ですらあの弱者専用ダンジョンに喰われた当初は母や祖父に会いたくて仕方なかったのだ。まだ幼いミュウなら猶更だろう。

「うむ、今ある面倒ごとが一段落したら、多少の暇はできるはずだ。そうしたら、お前の家族を探すことにしよう。だから、それまでいい子で待っていろよ」

「あい……」

遂に私にしがみ付いて声を上げて泣き出してしまう。もっとも、事情を聴く限り生存はかなり分が悪い。ミュウの両親はアメリア王国軍に攻められた際に、ミュウと姉を森へと逃がして、自身たちは、最後まで都市の民間人の避難のために都市に残ったらしい。その状況で無事に都市から退避できたとは到底思えない。そして、捕縛されていたら、獣人族は問答無用に死刑だろう。それにしても――。

(勇者マシロ……とことん不快な奴だ)

アメリア王国が獣人族と戦争に突入した理由も、結局のところ伝説の勇者マシロに起因する。

聖武神アレスを唯一神とする中央教会の教義では、神から恩恵《ギフト》が与えられる人族やエルフ族などに徳があり、対して恩恵《ギフト》が比較的与えられにくい獣人族などは徳が低いとされており、様々な事項で差別的な扱いが正当化されている。

勇者マシロはこの中央教会の教義を盾に、アメリア王国の高位貴族と手を組み、獣人族との間で起こった小規模な紛争を理由に、獣人族の征討に協力したのだ。結果は獣人族の敗北で終わっている。もっとも、だからと言って獣人族の国が完全消滅したというわけではない。

この点、元々獣人族は小規模ないくつもの部族が集まり、国を為していた。国の政《まつりごと》は部族長の合議で決定されており、王はその中で代々司祭の役目を担った一族が就くことが通例となっていた。

この戦争以降、敗北した獣人族の各部族は異なる運命をたどる。一部はアメリア王国に強制編入され、もう一部はアメリア王国の傀儡《かいらい》国として獣王国を名乗っている。そして、王族の一人が残った弱小部族たちをまとめてエルディムという中立都市を築き上げた。エルディムは獣人族以外の他の種族も積極的に受け入れることにより、世界会議で中立学園都市であるバベルの承認も獲得し、国家としての独立性を維持している。

このように勇者マシロが獣人族たちを悲劇のどん底に突き落としたのは紛れもない事実。勇者マシロお抱えのクズギルドであるカードとコインの痴態からしても、勇者とはこの世界で害悪以外の何ものでもないのは間違いない。

問題はそんなクズ勇者のパーティーと、私の大切な幼馴染であるレーナとキースが関わりを持ってしまっていることだ。勇者との関わりは二人の意思であり、私が口を出す問題ではない。いわばこのアメリア王国というクズ国家に人質を取られているようなものなのだ。むろん、二人に危害を加えようとした時点で、勇者どもとクズ国家は正式に私の敵となる。もし敵なら容赦はすまい。徹底的に、かつ念入りに両者ともこの世から消滅させてやる。

「よう」

不意に声を掛けられ顔を上げると、二メルはある筋骨隆々の体躯に野獣のごとき風貌の男が私の前で、佇んでいた。

「ザック、お前も王都に来ていたのか?」

「まあな。というか、俺もローゼの姫さんの騎士となったのさ。まあ、よろしく頼む」

ドカッと俺の対面の席に座ると、注文を頼んでがっつき始めた。

そうか。多分、ローゼの奴があれからスカウトでもしたのだろう。だが、これはこの上なく私にとって都合の良い展開だぞ。ザックの武術の才は特別級だ。鍛えれば相当強くなる。しかも、戦士としての矜持を持ち合わせているから、圧倒的な強さを獲得しさえすれば、王国の愚物どもになど決して後れはとるまい。安心してロイヤルガードなどという危険極まりない職務を押しつけられる。もちろん、今のザックはお話にならぬほど未熟。一定の強さを獲得するまでは私がロイヤルガードを引き受けるしかないだろうがね。問題はザックが私の修行を受け入れるかだ。何せザックは私をライバル視しているし、そんな相手の教えを素直に受けるとも思えん。ま、なるようになるか。

「ザック、明日から鍛えてやる」

「ほ、本当かッ⁉」

鬼気迫る顔で身を乗り出すザックの反応に若干圧倒されながらも、

「ああ、ただし、私は剣士。故に格闘術は専門ではない。だから、教えるのは純粋に闘争で強くなるコツのようなものだ。それでも構わんか？」

「当然だ！　俺は強くなれればなんでもいい！　やっぱり、姫さんの誘いを受けて正解だったぜっ！　爺さんも泣いて悔しがりそうだなっ！」

言っていることは意味不明だが、ザックが修行を受け入れたのは私にとっても僥倖《ぎょうこう》というもの。明日から徹底的に鍛えてやるさ。


王都に滞在してから約一か月がすぎる。

まずは修行について。

ザックは武術家としての天賦の才はあるが、まだまだあらゆる面で未熟だ。まずは私の修行に耐えられるだけの最低限のレベルアップが不可欠。というか、今の貧弱なままでは修行にはならん。手っ取り早く能力向上するには新概念の取得こそが相応しい。そこで、ザックには無属性強化魔法を教授することにした。

この世界での無属性の強化魔法は一般に長い詠唱の末発動し、効果も僅かという凡《およ》そ役に立たぬもの。ようは評判が最悪なのだ。だから、てっきりごねるかとも思ったがザックは素直に修行に従った。この手の技術は新たに取得するのは極めて難解で長い年月がかかるが、一度コツを掴めばそう難しいものではない。約三週間後、ザックは無詠唱での発動に成功していた。もっとも、まだ二～三回に一度は失敗するし、全身に纏った魔力を強化に変質させるという程度のものにすぎない。要は無属性強化魔法という入り口に足を踏み入れた状態にすぎない。そんな不完全極まりない状態でも身体能力は著しく向上しており、ザック本人は終始有頂天だった。

そして、意外なことが一つ。銀髪の獣耳《ケモミミ》娘、ミュウだ。ザックの修行を見ていたミュウが自分も習いたいというので教えてみたら、驚くほど飲み込みが早かった。いや、もはや物覚えが良いとかいう次元の問題ではない。おそらく、これは魔法の相性だ。多分、人族と比較しても、獣人族にこの魔法はこの上なくマッチしているのだろう。とはいえ、身体能力が向上しても肝心の武術がなければ話にならぬ。同じ獣人族のネメアに委ねて、毎日少しずつ武術の基礎をミュウに教えている。

アンナはファフとミュウの子守。最近では一緒に王都に遊びにいっているようだ。

ローゼは私が与えた様々な内容の本を読みふけっている。ま、ローゼの場合、アスタとは異なり、政治体制や税制、軍事など国政に関する本が大半を占めていたわけであるが。

アシュは人混みが苦手らしく、当初は宿から出ようとしなかった。女性陣とはかなり早く打ち解けていたが、私やザックとはかなり距離を置いていた。だが、私が一度気まぐれで料理を教えてから、料理を作ることにのめりこむようになる。最近、手持ち無沙汰なこともあり、ずっと料理をアシュに教えている。

ちなみに、母上殿の件でレーナとキースに礼を言おうとしたが、生憎彼女たちは現在中立学園都市バベルに留学中で会うことはできなかった。まあ、バベルにも興味はあるし、行くこともあるだろう。その際会いに行けばよいさ。

また、バルセを出立する直前、意外な奴が私にバルセのハンターギルドを介してコンタクトを求めてきた。私がミュウを身請けした奴隷商だ。転職を考えているらしく、そのアドバイスを求めに来たようだ。

むろん、私は剣士。その手の話の専門ではない。畑違いもいいところだし、当初は断った。だが、ハンターギルドがこの件につき力を貸すよう懇願してきた。現在急ピッチで建設中の新都市の治安の悪化の防止というのが表向きの理由だが、多分、あの奴隷商、かなりしたたかなところがあったし、上手くハンターギルドを抱き込んだのだと思う。

まあ、そんなこんなで実際に会って話したわけだが、既に職業斡旋の仕事にするのは決まっていたようだ。相談してきたのはその際の細かな内容等だった。あの迷宮で読んだ経営や経済の本の内容から重要な点をピックアップして提供しつつ、あとはこの件を任せて欲しいと進言してきたギリメカラに一任した。この手の裏の世界に足を突っ込んでいる輩はギリメカラが一番扱いやすい。若干丸投げのような気もしないでもないが、本人がやりたがっているんだし構うまいよ。

そんなこんなで中々充実した王都生活を送っていたわけだが、ローゼに王宮へ来るよう言われる。

「暫し、こちらに待機しているように」

文官と思しき高圧的な態度の青年にそう指示をされて、フカフカのソファーに座って待っていると、再度同じ文官が部屋に入ってくる。

「今から陛下に謁見してもらうが、本来、玉座の間は貴様のような青い血すら流れていない紛い物が踏み入れてはならぬ場所。くれぐれも粗相のないように」

私は名誉騎士爵出身。つまり、真の意味での貴族ではない。ようはいい気になるな、思い上がるなと遠回しに言っているんだろう。

「はいはい」

軽く返答し立ち上がり、背伸びをする。

文官の青年は眉をピクリと上げるが、無言で部屋を出て行ってしまう。うむ。どうやら怒らせてしまったようだな。ま、坊やの機嫌など心底どうでもいいがね。

周囲は真っ白で美しい白石で構成される階段や柱、壁、天井。その階段の上には真っ赤なカーペットが敷かれている。その階段を上がっていくと突き当たりに大きな扉が見えてきた。

「くだらんな」

これほどの絢爛豪華な光景を再現するのに、どれほど莫大な財を要するか。それは他国に勝利し巻き上げた富だけでは不可能。メインは自国民からの徴収した税によるものだろう。つまり、この光景は、自国の民から富を過剰に吸い上げているという証でもある。

こんな王族や重臣しか入れぬ場所をいくら綺麗に着飾ってもそれこそ自己満足にしかならん。それより、その資金により国がやれることは沢山ある。ローゼの言う通りだ。この国は根っ子から腐っている。

扉の両脇にいる騎士たちにすごい目で睨まれながらも、大きく扉は開かれる。いわゆる王座の間というやつだろう。とんでもなく広い部屋の中には、二つのグループが佇立していた。左側には絢爛な衣服で身を包んだ大臣を筆頭とする文官たち、右側が純白の鎧の騎士たち。そしてその中心の玉座には金髪の野性味あふれた男がふんぞり返っており、その玉座の前には二人のドレス姿の少女と一人の青年。

そのうち白色のドレスを着た少女がローゼだ。とすると、あの金髪の二人の男女はローゼと同じ王女と王子で、その傍にいる二人の男はそれぞれのロイヤルガードってやつなのかもしれない。

騎士と文官たちの両者から、敵意の視線を浴びながら、私はローゼの傍へと歩いていく。

こうなったら自棄だ。精々、くだらん道化を演じ切ってやる。

「控えよ！」

脇の大臣らしき者が叫ぶと一斉に胸に右の掌を当てて、頭を下げる。

もちろん、家臣でもなんでもない私は軽く会釈するだけにしておいた。ま、これは大人としての最低限の礼儀というやつだな。国王はふてぶてしい笑みを浮かべながら、グルリと室内を見渡す。

「此度、そなたたちに集まってもらったのは他でもない、次期王位承継の選定方法が決定したからだ」

この物々しい雰囲気は、やはり王位承継の選定戦についてか。王位承継の選定方法とは、要するに選定戦のルール説明ってところだろう。案の定、選定戦自体は周知の事実だったらしく、この場の誰もが驚いた様子はなかった。

「では王選のルールを説明する。ま、ルールといってもそう難しいことではない。各候補者はこれから領地を経営してもらう。その領地経営の発展具合を基礎評価とし、それにアメリア王国への貢献度も加えて、十段階で総合評価する。お前たちの中で最も歳の若いルイーズが成人となる四年後、最も高評価をとったものが次期王だ。どうだ、実に単純明快だろう?」

王はニィと口角を吊り上げる。こいつ、絶対に楽しんでいるな。この王は結局、国内での勇者や高位貴族の暴挙を許した。こいつの選択一つで防げた悲劇は間違いなくあったにもかかわらずだ。

もちろん、私は戦人だ。馬鹿みたいに歳もとっている。王としてどうしても避けられぬ死があることは知っている。だが、獣人族を一つとっても奴らは単に己の欲望を満たそうとしただけだ。少なくともあれが必要不可欠な悲劇であるとは私は思えない。

つまり、この男は己の責任すらまっとうできぬ無能な王。とてもじゃないが、敬意を払う気にはなれない。

「陛下、その発展具合の判断は誰がなされるので？」

豪奢な赤色の服を着た金髪の美青年が長い髪をかき上げながら王に尋ねた。多分、あれがギルバート王子なのだろう。見るからに一癖も二癖もありそうな若者だ。

「公平さ担保の観点から、評価は宰相が行う」

国王が玉座の傍に控える髭を生やした黒髪の巨漢の男に視線を移して、宣言する。

「そ、それは――」

いかにも高慢ちきな金髪の美青年は、血相を変えて反論を口にしようとするが、

「私では不服ですかな？」

黒髪の巨漢の氷のような黒色の瞳で尋ねられただけで、

「い、いや……」

視線をそらしてしまった。ルイーズも全く納得はいかぬようなのに、奥歯をギリッと噛み締めるだけで沈黙を守る。国政に疎く、興味もない私でも名前くらい聞いたことがある。短期間でこのアメリア王国を世界でも有数の武装国家へと押し上げた人物、アメリア王国宰相――ヨハネス・ルーズベルト。この男だけは、あらゆる意味において別格だ。玉座でふんぞり返っている国王よりもずっと佇まいや雰囲気が、あまりに異様すぎる。

ともあれ、宰相が評価すると聞き、ローゼはほっと胸を撫でおろしている。一定の公正さは担保されている男なのだろうさ。

「では、この場に出席している各殿下が擁するロイヤルガードの自己紹介をさせていただきま

す」

咳払いをすると神官のような恰好をした白髪交じりの男が一歩前に出て、スクロールを開き、

「ではまず第三王女ルイーズ殿下のロイヤルガードから。なんと、現役Sランクハンターであり、ハンター中最強とも噂される人物――イザーク・ギージドア殿ですっ！」

金髪の女の傍にいる目が線のように細い白髪の青年が、右の掌を胸に当てて軽く会釈すると至るところから歓声が上がる。

イザーク・ギージドア、まごうことなき最強のハンターだ。あの高飛車そうな金髪女、まさかハンター界最強をロイヤルガードにするとはな。相当なやり手なのだろう。

「第一王子ギルバート殿下のロイヤルガードは、異界からの来訪者の一人、現勇者のパーティー――大賢者、サトル・ミゾグチ殿っ！」

一七、八歳ほどの黒髪の美少年が右腕を上げると先ほど以上の割れんばかりの歓声が上がる。流石は勇者のパーティーの主要メンバー。大人気じゃないか。

ローゼの予想通り、勇者はロイヤルガードに選ばれなかったってわけだ。もっとも、勇者と同じ異邦人が選ばれている時点で勇者は事実上、ギルバート側に就いた。そう考えるのが自然かもしれん。

「最後が第一王女、ローゼマリー殿下のロイヤルガードは、【この世で一番の無能】の称号を持つキングオブ無能！　至上最弱のロイヤルガードでありまーす！」

どっと嘲笑が漏れる。それにしてもこの神官のような男、私の紹介だけやけに熱がこもって

いるじゃないか。他者を蔑む時だけ一所懸命か。力を入れるところが間違っていると思うんだがね。

「ふッ、最弱ねぇ」

王は鼻で笑うと私を凝視してくる。率直な感想としてはこの男、なぜこの若さで王を引退するんだろう。王として器はともかく、まだまだ脂が乗っていてバリバリ働ける歳だろうに。ともあれ、相手は礼儀もわきまえぬ小僧ども。目くじら立てるほどでもないが、あえて下手に出る必要も感じぬ。

「ありがたい紹介、痛み入る。だが生憎、暇な君らと違い私は忙しいのだよ。とっととこの茶番を終わらせて欲しいんだがね」

私のこの極めて建設的な提案に一瞬の静寂が訪れ、次の瞬間、王座の間は怒号に包まれた。

隣のローゼは右手の掌で顔を押さえて、深いため息を吐く。あのな、その呆れ切った態度、流石の私も傷つくんだが。

「陛下の御前で何たる無礼‼　許し難しっ！」

大臣の一人が叫び、

「近衛は何をしているっ‼」

先ほど私たちロイヤルガードの紹介をしていた神官の中年の男が、顔を茹蛸のように赤くさせつつ、ヒステリックな金切り声を上げた。近衛と称された騎士たちの長らしき揉み上げがやたら長い金髪の大男が、国王をチラリと見ると、

「陛下、よろしいですか?」

胸に手を当てて、恭しくも尋ねる。

「構わん。いい余興だぁ。全力でやれ、ゲラルト!」

王は身を乗り出し、悪戯っぽく好奇心に溢れた目で私を凝視してくる。揉み上げの長い大男が、鞘から剣を抜くと剣先を私に向けてくる。

ほう。挙動だけ見れば、ザックと同等クラスの実力はあるようだ。つまりはまだまだ発展途上。私やアルノルトの領域には全く達してはいない。

「カイ、くれぐれも怪我だけは――」

「分かっている」

いつになく強烈な焦りの色を顔一面に張り付かせながら、注意を促してくるローゼを右手で制する。未熟者が相手だしな。しっかり、手加減ぐらいするさ。

てっきり、剣帝やザック同様、すぐに仕掛けてくるのかと思ったが、

「……」

ポタポタと滝のような汗を床に流しながら、剣を構えるだけで微動だにしない。

「ゲラルト団長?」

騎士たちの中から疑問の声が巻き起こる中、

「そこまでにしておいた方がよろしいかと。大人気ないですよ」

白髪の紳士、イザーク・ギージドアが私に視線を固定しながら、諌《いさ》めるように翻意を促して

くる。

「それもそうか。そんな無能、団長が直々に叩きのめす価値もない。それに、もしそんなことをすれば、ローゼ様のご尊顔に泥を塗ることになるしな」

「うむ。陛下への無礼は別途、王選においてペナルティーとして払わせればよい」

「いかに生意気な無能といえども、弱者を無用にいたぶるのは団長も本意ではなかったのだろう。流石は我らが団長だ！」

イザークの主張に賛同と称賛の声が上がり、ゲラルトは死人のように血の気の引いた顔で剣を鞘に収めると、王へと頭を下げたまま身動き一つしなくなってしまう。

「面白い。実に面白いな」

王は今も頭を下げ続けているゲラルトを眺めながらもそう呟くと、さも可笑しそうに笑っていたが、突如笑みを消し王座から立ち上がる。

「では話を進めさせてもらう。具体的な領地についてだ。ギルバートは西方のウエストランド。ルイーズ――南方のサウザンド」

そこで王は言葉を切り、ニィと口端を上げた。正直悪寒しかしない。ローゼも同様らしく、顔を強張らせていた。

「ローゼマリーは、東の果て――イーストエンド」

一瞬の静寂。そして雑多の言葉が王座の間に飛び交う。

「陛下、イーストエンドにはそもそも領民はおりませんっ！　それでは発展させようがないではありませんかっ！」

　血相を変えてローゼが叫ぶ。その通りだ。イーストエンドは故郷ラムールのさらに東にある最果て。文字通り、東の果ての地。荒野と密林が広がり、領民どころかあそこは魔物しかおらんぞ。というより、あそこをアメリア王国の領地といっていいかすらも疑問が残る。

「ローゼ、これはハンデだ。お前ならこの言葉の意味、十分に分かるな？」

「……」

　ギリッと奥歯を噛み締めるローゼに、王は悪質な笑みを浮かべると、

「心配するな。評価自体は、私情を交えず公明正大に行わせることは保証する。以上だ。解散してよし！」

　王はそのまま退出してしまう。

　他の重臣や騎士たちもローゼに憐憫の表情を向けながらも王座の間を退出していく。

　無理もない。私のような最弱とも言われる無能がロイヤルガードで、しかも王選の勝負で極めて大きなペナルティーを負ってしまったのだから。

　もしかして、私の言動のせいなのだろうか。それなら悪いことをしたな。だが、今のローゼの厳しい立場を鑑みれば、このくらいのハンデはそもそも想定内というものだろう。耐えてもらうしかないな。

「落ち込んでいても仕方あるまい。我々も行こう」

　どの道、一度領地であるイーストエンドを訪れる必要があるだろう。

「ええ」

肩を落としてローゼは歩き出すが、黒髪の美少年、賢者――サトル・ミゾグチが近づいてくると、

「言わんこっちゃない。ローゼ、僕の申し出を拒否するからそんな目に遭うんだ！」

嬉々として、そんな意味不明なことを口走る。

「私はカイをロイヤルガードにしたことは、微塵も後悔はしておりません」

「そのせいで、この勝負の敗北が濃厚になったようだけど？」

賢者サトルは私に視線を移し、小馬鹿にしたようにローゼに問いかけた。

「意見の相違ですね。私は敗北が濃厚になったとは考えていません」

「なーに、それ、こんなのが僕に勝てると思ってんの？」

賢者サトルは私に視線を固定させたまま、目をスーッと細める。

ローゼに惚れていることからの嫉妬心だろう。癇癪《かんしゃく》持ちの子供か。面倒極まりない性格をしているようだな。ま、この頃の思春期の年齢の子供にはよくあることらしいし、ここは私が大人の態度で接してやらねばな。

「そんなに私に対抗意識を持たんでもよろしい。私は異性としてローゼに一切の興味はない。お前の求愛行動を邪魔したりなんてしないさ」

十万歳年下の子供に情欲を抱くほど若くはないしな。

「――っ⁉」

忽《たち》ち顔を真っ赤にして、口をパクパクさせる賢者サトルの右肩を軽く叩くと、

「その青臭い感情も若さ故だ。頑張りたまえ、少年！」

満面の笑みを浮かべながらも励ましの言葉を紡ぐ。

「お、お前、い、いい気になるなよっ！」

そんな捨て台詞を吐いて、賢者サトルは盛大にドモリながらも走り去ってしまう。うむ、勇者のパーティーというから、もっと冷血漢の糞野郎かと思ったが、見た感じから言ってただの子供だな。もしかしたら、レーナやキースのように、成り行きで参加しているだけなのかもしれん。

「いくぞ」

「……」

私の促しの言葉に返答もせずに、代わりに据わりに据わった目で私を睨んでくるローゼ。

「どうした？」

「なんでもありませんっ！」

頬を膨らませて歩き出すローゼに首を傾げながらも、私も王座の間を後にした。

一度宿に戻った私は、ローゼとともにフェニックスの背に乗って目的の地へ向かう。ほんの数分で到着した場所は――。

「これはマジで何もないな……」

景色は二分されていた。一つは広大な荒野、もう一つが密林。

確かにこんな場所、人がおいそれと住める場所ではない。ここで暮らそうとする奴は、よほどの際どいサバイバル大好きっ子か、そうする事情がある者だけだ。

どうやらあの王、本当に事実上領民ゼロの領地の経営をローゼにさせるつもりのようだ。普通に考えればローゼが国王に相当嫌われている。そう考えるべきなんだが、二人の様子からもその可能性はそう高くはあるまい。

第一、もし国王がローゼに王位を譲りたくないと考えているなら、宰相ではなく他の重臣に評価を委ねさせるはずだ。おそらく、宰相を選んだ理由は、公明正大な判断ができることはもちろんだが、あの男に不正を指摘できるものなどいやしないこともあるのだろう。

「ならまずは、領民を確保することからだな」

「領民を確保って簡単に言いますが、当てでもあるんですか？」

「いや、全く。というか、無人の未開の地に移住を希望する酔狂な者などそう簡単に見つかるわけもあるまいよ」

「それはそうですが……じゃあ、カイはどうすればよいとお考えですか？」

「それを今から考えるんじゃないか」

このゲームでのローゼの課題は最低限の領民の確保。それは間違いない。だがその課題を解決するための最も必要なものに、まだ彼女は到達していない。この一連の会話をしていること自体がその証明と言える。

ならば今の私にやれることは限られている。具体的にはローゼがそれに気付いた時のために、準備を万端に整えておくくらいか。

「王都の宿に戻って対策を立てましょう」

私の返答にローゼは大きく息を吐き出すと、そう言い放ったのだった。

◇◆◇◆◇◆

食欲を刺激する鳥肉の焼ける匂い。長箸という調理の際に用いる器具で慎重に油の中から取り出すと、細い金属を網状にした金網の上に載せていく。

隣で見ていた灰色髪の少年カイ・ハイネマンがボク、アシュが作った出来立てほやほやの『唐揚げ』という料理の味見をする。

「どう……なのだ？」

「うむ、悪くないぞ」

「よしっ！」

思わずガッツポーズをしていた。

チョビ髭の巨躯の宿のコック長も口に唐揚げを放り込み咀嚼すると目を見開き、

「旦那ぁ、このレベルの料理、王都で食える可能性があるとしたら、王宮くらいですよ。それをまだ料理を始めて数週間のアシュちゃんが作っちまうとは……」

自嘲気味にしみじみと呟く。

「まあ、その唐揚げのレシピは私が長い年月をかけて改良を重ねたもの。そう簡単にヒヨッコ料理人に再現されてはたまらんよ」

カイが肩を竦めて見せる。

「長い年月って旦那って十代そこらでしょう？　これって数年で作れるようなものじゃないですぜ。もしかして、実は旦那がエルフってオチですかい？」

「それこそまさかだ。私は生粋の人間だよ。昔からずっとな」

「だとすると、この事実が益々信じられないんですがね」

さらに唐揚げを頬張るコック長から視線を外し、カイは私に向き直ると、

「あくまで悪くないだけだ。レシピがあれば最低限の味が確保できるのは当然。包丁の扱い方が未熟すぎて肉のうま味を著しく損ねている。タレの漬け込みも均一ではないから、味にムラがある。要するにまだまだだってことだ」

「う、うん、頑張るのだ！」

長箸を握りしめて、決意を新たにする。

「あんたたち……どこに向かうおつもりですかねぇ」

カイとボクを目にして、コック長は呆れたように大きなため息を吐く。

午後はカイと料理の食材を王都の中央市場に探しに行くことになった。それまでしばらく暇

ができたので、自室へと戻り、ベッドに腰を下ろした時、

『アシュ、お前、料理人でも目指すつもりかしら？』

小馬鹿にしたような声が頭の中に木霊《こだま》する。

この声はカイとの同行を開始してから間もなく聞こえてきた声。朧だった声は次第にはっきりしていき、今ではこうやって会話もできるようになっている。

「うーん、それもいいかも」

元々、カイの手料理が美味しくて興味を持ったことが原因だ。手持ち無沙汰だったし、一度教わったら、想像以上に楽しくてのめり込んでしまっている。

『……』

突然、無言になる同居者に、

「ハジュ？　どうしたのだ？」

小首を傾げてその意を尋ねる。この同居者もボクと同様、そのほとんどを忘れてしまっていたが、唯一、ハジュという言葉だけは覚えていた。以来、ボクは彼女をハジュと呼んでいる。

『なんでもないかしら。それより、あまり、あの男に気を許さない方がよいのかしら』

どういうわけかハジュはカイが苦手らしく、毎日のように彼の下から離れるように、忠告してくる。

「大丈夫なのだ。カイはいい奴なのだ」

『それが一番信用おけないのかしら』

不貞腐れたようにそう呟くと、ハジュは以来ぱったりと、口を開くことはなくなる。

——アメリア王国の首都、王都アラムガルドの中央市場。

カイ曰く、このアメリア王国の台所であり、ここならば大抵の食材が調達可能らしい。

「すごい人なのだ！」

感嘆の声を上げるボクとは対照的に、

『人間臭くて嫌になるのかしら』

不機嫌なハジュの声が頭の中で木霊する。どうにも、ハジュは人間が殊の外嫌いであり、いつもその悪口ばかり言っている。もしかしたら、カイが嫌いなのもかなり人間くさい性格をしていることに起因しているのかもしれない。

「あれは何の建物なのだっ⁉」

聳《そび》え立つ大きなひし形の五階建ての建物。あんな巨大建物はこの王都でもそう多くはない。

「あれはせり市場だ。あそこで、この王都の周辺から集められた肉、水産物、青物の値段を決定して商人たちに売っているんだそうだ」

「なら、事実上あそこでこの王都の物の凡《およ》その値段が決定しているってことなのだ？」

「そうなるな。むろん、商人たちは競り落とした値段に利益を付加して売っているわけだし、店によって具体的な値段は異なるが、凡その値段という点についてはその通りだろうよ」

カイはいつものように嫌な顔一つせずに答えてくれる。このようにカイに尋ねると大体のことは返ってくる。

「とすると、あの周囲の店でボクらの求める食材が売っているのだ？」

「ああ、あの周囲にある店は、あそこで競り落とした新鮮な食材の販売店や、それを調理した飲食店だろうさ」

カイはそう答えると、あの大きな建物の脇にある多数の店へと歩いていく。

料理に必要な食材を調達し、今はカイとともにある店へと足を運んでいる。カイ語録─『美味い料理を作るには美味い飯を食え！』の体現のためだ。

そこは老朽化した小さな食堂だった。

「んー、少々味が薄い気もするが、中々の味じゃないか」

知り合って短いが、こうしてカイが面と向かって料理を褒めるのを見るのは初めてかもしれない。

「うん、美味しいのだ！」

肉は口に入れただけで蕩けるような食感と肉の甘味を無駄にしない味付け。さらにこれはきっと──。

「隠し味は苺か」

そうだ。これは苺。前にスイーツのために調達した赤色の果実だ。もっとも、カイはそう呼んでいたが、コック長たちはそれを『赤華』と言っていた。カイはコック長たちと異なる食材の名前を口にすることが多い。ずっと疑問には思っていたが、何か理由でもあるんだろうか。

「カイはなぜ――」

丁度その理由を尋ねようとした時、いくつもの皿が割れる音と、

「料理の盛られた皿に虫が入っていたぞっ！」

男の怒号。音源に視線を向けると、ひっくり返るテーブルに、床に散らばった料理と割れた皿、及びその傍の椅子に偉そうに踏ん反り返っている豪奢な緑色の服を着た金色の奇抜な髪型をした若い男が視界に入る。

「支配人とここの料理長を呼んで来い！」

お供と思しき剣士風の男が、右手に料理のタレの付着した黒光りする大型の虫を掴みながら、声を張り上げると、

「は、はいっー！」

ウエイターと思しき女性が大慌てで食堂の中に転がり込んでいく。

すぐに支配人らしき優男が白衣を着た三白眼に紫の髪をボブカットにした少女とともに現れると奇抜な髪型の貴族風の男に平謝りをしていた。もっとも、三白眼の少女は頭を下げていたが終始不貞腐れていたようだったが。

「貴様、客に虫が入った料理を出すとは、コックどもにどんな教育してんだぁっ！　お前が教育係だろうッ⁉　どう落とし前を付けるつもりだっ！　ああっ⁉」

額に傷のあるこわもての剣士風の男が額に青筋を張り付けながら威圧する。

「も、もうしわけございません。これは何かの手違いで――」

「手違い？　この店では手違いで虫が入った料理を出すのかい？」

椅子に座った奇抜な髪型の貴族が睨みつけながら尋ねると、

「い、いえ、そういうわけでは！」

必死の形相で弁明する支配人。事態についていけずに呆気に取られて眺めていたボクの耳に、近くの客たちの会話が飛び込んできた。

（おい、あの紋章、オーブツ侯爵家の紋章じゃね？）

（そうだ。あの悪趣味な髪型、十中八九、オーブツ家の次期当主フィーシズだろうさ）

（もしかして今、巷で噂のあれか？）

（多分な。遂にこの店の料理長も狙われたんだろうさ。料理長って目つきはきついけどかなりの美人だしな）

（クソっ！　あの噂が本当だとすると、料理長も……）

（マジで反吐が出るぜ！）

朧気だが、あの奇抜な髪型の男たちがやろうとしていることに察しがつく。

『いやだ、いやだ、人間ってやつはいつの世も虫唾《むしず》が走るのかしら』

ハジュの吐き捨てるような声が頭に響く。同感だ。あの少女にも好いた異性の一人もいるだろう。その心と身体を無理矢理、力ずくで踏みにじる。その事実がどうしても許せない。だから――。

（ボクが――）

　まさに席を立ち上がろうとした時、カイが席を立ち、

「アシュ、少しここで待っていろ」

　そう一方的にボクに指示すると、奇抜な髪型の青年フィーシズまでカイは歩いていく。

「エミ、君の父親は僕に多額の負債がある。おまけに、此度の君の失態でこの店も取り潰しになる。これで君はもう事実上負債の返済は不可能。返済できなければ、君は破滅だ。そう。このままならばね」

　勝利を確信したのだろう。フィーシズは鼻の穴を膨らませて歌うように含みを持たせる。

　三白眼の少女エミは、怒りと悔しさで目尻に涙を溜め、身を震わせながら、

「お前の条件を飲めば、この店は助かるの？」

　敗北の台詞を口にする。

「もちろんだとも。今すぐ僕の屋敷へ来い。お前は僕のものだ」

　フィーシズが悦楽の表情で席を立ち上がった時、

「その必要はない」

　カイがフィーシズの襟首を軽々と掴んで持ち上げる。

「だ、誰だっ！　貴様ぁッ!?　は、離せぇ！」

　じたばたと虫のように暴れるフィーシズを床に放り投げると、カイは凍えるような瞳で見下ろした。

「ひっ⁉」

　フィーシズはビクッと身をすくませると小さな悲鳴を上げるが、すぐに羞恥心で真っ赤になる。

「貴様らも何をボーッとしている⁉　この無礼者を殺せぇっ！」

「「「はっ！」」」

　屈強な護衛達三人がカイを取り囲み、剣先を向ける。あまりに体格差がありすぎる上に、相手は武器を持っているんだ。勝てるはずがない。下手をすれば――。

（ダメなのだっ！）

　最悪な結果を想像した途端身体は勝手に動いていた。勢いよく席を立ちあがってカイの下まで走り出そうとした時、

「はれ？」

　モヒカン頭の剣士の素っ頓狂な声。その見下ろした視線の先には明後日の方向に折れ曲がっている長剣を握る己の両腕があった。カイが足を払うと空中で数回転して、顔面から床に叩きつけられる。

「……」

　ピクピクと痙攣《けいれん》しているモヒカン頭の剣士を暫し、皆茫然と眺めていたが、

「気を付けろ！　こいつ、変な術を使うぞっ！」

　必死の形相でそう叫び、カイから距離をとる出っ歯の剣士。

「術ではないさ」

「ひへ？」

音源に肩越しに振り返るといつの間にか出っ歯の剣士の背後に出現していたカイと目が合う。

「――ッ!?」

出っ歯の剣士が声にならない奇声を上げた時、カイがその剣士の一人を無造作に蹴り上げる。

出っ歯の剣士は一直線に転がっていき、壁に背中から叩きつけられて泡を吹いて沈黙する。

「ひいいぃいっ！」

もはや主人であるフィーシズなど目もくれず、全力疾走で逃げ出す額に傷のある剣士。

しかし、カイの左手により後頭部を鷲掴みにされて持ち上げられていた。

「た、助け……」

ガタガタと震えながら、涙と鼻水を垂れ流す額に傷のある剣士に、

「その皿に入っていたという虫は誰が置いた？」

ぞっとする声色で尋ねる。額に傷のある剣士はフィーシズに視線を向けて、

「し、知らないっ！」

声を張り上げる。刹那、額に傷のある剣士の右腕が不自然な方向に折れ曲がる。絶叫が上がり、

「俺が入れたっ！　フィ、フィーシズ様の命令で仕方なくやったんだっ！」

あっさりと、その質問に答える。

「き、貴様ぁっ！」

額に傷のある剣士に怒声を上げるフィーシズを、カイは一睨みで黙らせると、

「その証拠は？」

額に傷のある剣士を問い詰める。

「これだっ！」

額に傷のある剣士は、無事な左手で胸ポケットから多数の虫の入った小瓶を取り出してカイへ渡す。

「この虫を皿に入れたってわけか？」

「そうだ！　あくまで俺は命令されただけっ！　俺は悪くないっ！　だから、許してくれっ！」

「ああ、その件はこれでチャラにしてやる」

「じゃ、じゃあ、俺を見逃して――」

「それは否だ」

「な、なぜだっ！　さっき、チャラにしてやると――」

「チャラにしてやるのは、皿に虫を入れたことだ。お前は私を殺そうと剣を向けた。いかに未熟でも殺意を抱いて剣を持った以上、お前は剣士だ。敗者としての責は負わねばならん」

小さくそう耳元で囁き、カイは右拳を握って右肘を引く。

「い、嫌だ……嫌だ！　嫌だぁーー！」

絶望の声を上げて逃れようともがく額に傷のある剣士の全身に、幾多もの拳大の陥没が生じる。

「……」

カイは踏みつぶされた蛙のようにピクピク痙攣している額に傷のある剣士を床に放り投げる。そして、わしゃわしゃと動き回っている虫の入った瓶を手に取り、カタカタと全身を小刻みに震わせるフィーシズの前まで行くと、

「料理に混ぜたのだ。お前にとってその虫はとっておきの食材なのだろう。ならば、その持ちこんだ虫を全て完食しろ。それで此度のこのくだらぬ騒ぎは手打ちにしてやる」

満面の笑みを浮かべつつ有無を言わせぬ口調で悪夢にも等しい指示を出す。

「ふ、ふざけるなっ！　そんなもの食えるかっ！　この僕を誰だと思っているっ⁉　僕はオーブツ家の次期当主フィーシズ・オーブツだぞっ」

案の定、拒絶の言葉を吐くフィーシズ。カイはフィーシズの言葉など意にも介さず、ビンから一匹の虫を取り出す。そして、フィーシズの顎を掴み、

「悪いが、お前の了解など必要ない」

そう言い放って、虫をフィーシズの口の中に放り込んだ。

虫の踊り食い。これほど悍ましい光景もそうはあるまい。ついさっき、最後の一匹を食べ終えたフィーシズは遂に白目をむいてひっくり返ってしまう。周囲の見物していた客たちも皆、

例外なく真っ青な顔でこの悪夢のような光景を眺めていた。

『あいつ、絶対イカレてるのかしら……』

頭の中で響くハジュがそう声を絞り出す。悪質な笑みを浮かべながら、フィーシズの口に虫を次々に放り込んだカイのあの姿を目にすれば無理はないと思う。だって、あれは断じて善なる行いではなく、自重が皆無の清々しいほどの悪の所業なのだから。これは確信だ。カイは間違いなく、ボクらとは違う常識で生きている。

そうはいっても、アシュにはカイを責める気はもちろん、否定的な感情を微塵も呼び起こすことができない。むしろ、逆に何のしがらみもなく、あの救いのない小悪党に己の犯した行為の報いを受けさせたカイに、強い憧れのようなものを感じてしまっていた。

「ふむ、あとは後始末だな」

カイは懐から赤色の液体の入った小瓶を取り出すと、今もピクピクと痙攣している額に傷のある剣士に近づくと振りかける。

「ッ⁉」

瞬く間に、瀕死の重傷を負っていたはずの剣士の傷が癒えていく。いや、癒えるという表現すら適切ではないかもしれない。むしろ、あれは修復と言っても過言ではあるまい。しかし、修復などそれこそ御伽噺の――。

「ぐっ！」

突然生じた激しい頭痛に、くぐもった声を上げてしゃがみ込む。

『アシュ！　大丈夫かしら？』

心配そうなハジュの声に、右手を挙げて立ち上がった時、カイが丁度、護衛の三人の剣士たちに回復薬を処方し終えたところだった。

カイは額に傷のある剣士の頬を右の掌で叩いて起こす。額に傷のある剣士は寝ぼけ眼でカイを一目見て、

「ひぃぃぃぃいっ！」

甲高い悲鳴を上げる。

「騒々しいぞ。黙れ」

有無を言わせぬ声に、慌てて両手で口を押さえる額に傷のある剣士。

「その馬鹿と、そいつらを連れてさっさと立ち去れ。もちろん、バカ騒ぎの修理代とここの料理代の五万オールは置いて行けよ」

「でも、それはあんたが壊したんじゃ……」

額に傷のある剣士が、護衛の剣士の一人が衝突した衝撃で壊れた壁に視線を向けながら、恐る恐る指摘する。

「うん？　何か言ったかね？」

満面の笑みでカイが尋ねると、

「ひっ！　いえ、とんでもありません！　すぐに払って退散しますぅっ！」

懐の布袋から五万オールを取り出すと近くのテーブルに置き、フィーシズと護衛の二人を抱

えて逃げるように店を出て行く。

カイはアシュの下まで戻ってくると、食事を再開したのだった。

食べ終わって会計を済ませて店を出る。そして、丁度宿の前に戻ってきた時、カイは突然振り返ると、

「何か私に用かね？」

隣の建物から顔だけ出してこちらを窺っている、三白眼の少女に問いかける。

「はわっ！」

三白眼の少女エミは慌てふためいて顔を引っ込めてしまう。カイは肩を竦めると、再び建物に入ろうとする。しかし――。

「お願い！　私に力を貸して！」

エミは隣の建物の陰から飛び出すと、カイに深く頭を下げてそう懇願したのだった。

◇◆◇◆◇◆

――オーブツ侯爵の屋敷
屋敷の豪奢な部屋の中心にある二つのソファーには向かい合うように二人の男たちが座っており、少し離れた場所にたらこ唇で坊主頭の屈強な男が佇立していた。

「それで、その灰色髪の小僧に護衛もろともやられたと?」

今も左頬が痙攣しているフィーシズに、顔が巨大で鼻の下が異様に長い男が奇妙な形の髭を摘みながら問い詰める。

「ごめんよ、父上。途中まで上手くいっていたんだ。でもあいつが突然出てきて無茶苦茶にしやがったっ!」

オーブツ侯爵は身を乗り出して悔しそうに言葉を絞り出すフィーシズの肩を叩くと、

「うんうん、お前は悪くない。悪いのは全てその灰色髪の小僧とエミとかいうあばずれ女だ。灰色髪の小僧に制裁を与えるのは当然として、そのあばずれ女にも処分が必要だ。それが、高貴な青き血が流れる我らに背いた愚か者へのけじめ。分かるな?」

諭すように言い聞かせる。

「もちろんだよ、父上! あの程度の女、吐いて捨てるほどいるし、どうせすぐに壊れちゃっていたさ! あの糞ビッチに地獄を見せてやってっ!」

鼻息を荒くして肯定するフィーシズにオーブツ侯爵は満足そうに頷いていたが、

「野猿、仕事だ! そのエミというあばずれ女とその家族を今度、お前の主催するオークションに出せ!」

「あのオークションは色々特殊です。まず間違いなく廃棄処分となりますが、よろしいですね?」

「構わん。我らに背いた愚かな女は、変態どもの玩具にでもなってもらおう」

「灰色髪の小僧への制裁どういたします？」

「仮にもその小娘を助けたのだ！　相当な執着でもあるんだろう！　その小娘の廃棄処分となった亡骸を送り付けてやれ！」

「なるほど、己の守りたいものを救えぬ絶望をたっぷりと味わわせてから殺す。相変わらず、怖いお人だ」

「ふん！　不満であるのか？」

「滅相もない。それでこそ、我らが侯爵様です。では、その灰色髪の小僧への制裁については良い趣向があります。こちらの独断で動いても構いませんでしょうか？」

「好きにしろ！　だが無様な失敗だけは許さんぞっ！」

「もちろんでございます」

野猿は醜悪に顔を歪めながら、胸に手を当てて一礼したのだった。

◇◆◇◆◇◆

現在、借り上げていた宿の広間で、私の後を追ってきた三白眼の少女エミから事情を聴取しているところだ。

「オーブツ侯爵現当主ベン・オーブツに、この王都を中心とした新興の裏組織、野猿ねぇ」

まとめると次のような話だ。

エミはこの王都で小さな食堂を営む料理人の一人娘。修行のため、さっきの料理屋『ユラギ亭』に住み込みで働いていた。事件の発端は、エミが王都で料理人のコンクールで優勝した際に、さっきのクルクル頭のフィーシズに言い寄られたこと。当初は丁重に断っていたが、そのうち、実家の料理店がフィーシズに騙され融資を受けて法外な利子により多額な負債を負ってしまう。それからフィーシズの言い寄り方は脅迫まがいなものとなっていく。そんな中でのあの事件ってわけだ。どうにも、エミも面倒な奴に目を付けられたらしいな。

「現当主ベン・オーブツ侯爵まで絡んでいるのは厄介ですね」

難しい顔でローゼがそんな感想を述べる。

「ほう、そいつ、有名な奴なのか?」

「ええ、弟ギルバート派の重鎮です。その借金の件も既に司法省に圧力をかけて正式なものになっているはずです」

だろうな。この国の法はあってないようなものだ。いくらでも貴族どもの好き勝手に歪めることができる。

「で? ローゼ、どうするかね?」

仮にも王を目指すのだ。この程度の相手に臆してもらっては困る。だが、今のローゼは領民ゼロでのスタートであり、ただでさえ時間がない。おまけに、他の貴族に協力を仰がねばならぬ身。貴族社会は貴族間の諍《いさか》いを殊の外嫌う。特に今回の件でローゼが動けば、表面的には王族が高位貴族に不当な介入をして貴族の正当な利益を奪うと解されても仕方ない状況。今回下手に介入すれば、少なからずローゼの名に傷がつく。益々、他の貴族の協力は得にくくなることだろう。

対してこの件を無事処理できたとしてもローゼにとって利益はあってないようなものだ。利口な奴なら、エミの依頼は拒否するだろうさ。もっとも、私が力を貸すのは利口で世渡りが上手い奴ではない。もし、ローゼが危険を冒さずこの件を見て見ぬふりをする道を選んだら――。

「もちろん、そんな不法な借金など断じて認めるわけにはいきません！　直ちに司法省に掛け合ってみます！　司法省の幹部には私よりの者もいますし、何とかなると思います！　いえ、なんとかしましょう！」

「ふむ。了解した」

この件をただで済ませる気は微塵もなしか。うむ。そうでなくては力を貸す価値がない。

だが、どのみち、この件はローゼだけでは解決はできまい。結果的には私が動く必要がある。問題はどこまで私が介入するかだ。あまり、私がやりすぎるとローゼの成長を阻害する。上手く、計画を練らねばならないな。

「カイ？」

考えこんでいる私に隣のアシュが顔を覗き込みながら尋ねてくる。

「うむ。エミ、お前がこの件で我らに提供できるものはなんだ？」

「カイ？　それは――」

口を挟んでくるローゼを右手で制する。

「我らもこの件で少なからず、危険を負うんだ。対価はしっかりともらう。答えろ。お前は我らに何を提供できる？」

世の中は所詮、対価交換。一方的な無償の提供など反吐が出るし、何より当事者間の信用も得られない。

「将来の開業資金に貯めた、三十万オールも既に奴らに払ってしまった。もう私には何もない……」

エミは俯き気味に、そんな頓珍漢な返答をする。

「何も出せる対価がないなら、力は貸せんぞ。我らはお優しい勇者様や英雄様ではない。そのような無償の慈悲が必要なら来る場所を間違っている」

「カイッ！」

ローゼが再度、非難の声を挙げようとするが、

「ここはマスターが正しい。ローゼ、君は少し黙っているのである」

私の隣に座るアスタが、ローゼに有無を言わせぬ口調で諫《いさ》める。

「……本当に私には……」

膝のズボンを握り紋めて、そう声を震わせるエミに、

「嬢ちゃん、師父は一言もお前さんが何ができるかなんて聞いちゃいない。あくまで尋ねているのは嬢ちゃんが何をするかだ」

今まで両腕を組み、黙って聞いていたザックが脇から助け船を出す。それを言ってしまって

は尋ねる意味がなくなってしまうんだがね。

ちなみに、私が教えるようになってから、ザックは私を師父と呼ぶようになった。止めるように言っても聞きやしないので、そのままにして放置している。そう、呼び方など所詮、記号。どうでもいいのだ。

「ザック……」

非難染みた視線を向けると、慌てたようにザックは視線を逸らす。

「私が何をするか……」

数回繰り返すと、

「私は料理しか得意なものがない。料理をして返す」

私が望んだ返答をしてくる。

「ローゼ、彼女は我らの陣営に入りたいんだそうだ。よかったな。領民の第一号じゃないか？」

この王都に住む職人たちには、特定の領主の支配を受けない。土地と商売を営むことにつき高額の税を国家に納めることで、王都に住むことを許されているのである。要はフリーの国民ってわけだ。そして、職人たちが自発的に特定の領主に仕えることは何ら制限されていない。つまり、本人が望めば王都民がローゼの領民となることは可能なのだ。

「カイ……」

ようやく、私の意図が分かったのか、ローゼは呆れたように大きなため息を吐くと首を左右に振る。

さて、ではまずは情報収集からだな。今までは白雪に委ねていたが、彼女の専門は諜報。真の意味での情報収集とはまた異なる。餅は餅屋に。この世界のプロの情報屋を見つけるべきだろう。

さらに言えば、今も監視されている、この状況を早急になんとかすべきであろうな。まあ、監視者はこの宿の他の客に装っていたり、最近入った従業員など。おそらく気付いていないのはローゼとアシュくらいだろう。アンナやこの宿の支配人が私に相談してきたくらいだし、その技量は全くの素人レベル。今は大した害はないが、今後どうなるかは分からないし。

「私はやることができた。ザック、ついてこい」

「おうよ！」

ザックならばこの手の荒事はお手のものだろうし、王都に以前から住んでいたこともあったようだ。裏社会の事情についても多少は心当たりがあるかもしれない。

私たちは現在、王都の南西の一角にある人相の悪いゴツイ男たちが出入りする建物の前にいる。

「あいつらが野猿の下部組織と噂の窯堂磨《かまどうま》ファミリーだ。あくまで伝聞だからあまりあてにはならねぇぜ」

「別に誤っていたらそれはそれでいい。直接聞けばはっきりする」

　ザックは私を暫し凝視していたが、

「なあ、師父、なぜ今回の事件の元凶の一つである野猿を直接狙わねぇんだ？　どうせ潰すのなら、その方が手っ取り早くね？」

　神妙な顔で尋ねてくる。

「野猿を潰せば、黒幕が今回の件から手を引く恐れがある。それでは全く意味がないからな」

　奴らには是非とも事件を起こしてもらわねばならない。そうして初めて奴らに等しく破滅を与えることができる。

「だが、あの太陽と鴉の印《マーク》。おそらく、あいつら、あの【朱鴉《あけがらす》】の傘下だぜ？　そして、もちろん野猿もそうだろう」

【朱鴉《あけがらす》】とは裏社会の王《キング》である裏の三大勢力の一つ。このアメリア王国の王都の裏社会は特にこの【朱鴉《あけがらす》】の勢力範囲にあると言われている。

「それが何か問題かね？」

　ザックは暫し私を見ていたが、首を左右に大きく振り、

「いんや。そもそも師父が人間相手に一々動じるわけがねぇか」

　そんな人聞きの悪いことを口走る。

「人が相手だからではない。相手が裏社会の者だから楽観視しているだけだ」

　パプラでのパラザイトの件から実感したことがある。裏社会の奴らは押しなべて弱い。おそらく、表の者が本気で介入すれば、あっさり駆逐されていることだろう。つまり、奴らが今も

存在していられるのは、奴らが各国の権力者どもの利益となっているから。

「そういうことにしておくよ」

呆れたようにそう呟くザックを、

「では行こうか」

促しつつも奴らに向けて歩き出す。

「おうよ！」

ザックも肉食獣のような獰猛《どうもう》な笑みを浮かべると、両手をゴリッと鳴らして私の後に続いた。

「おい、止まれッ！」

建物の玄関口まで行くと、チリヂリ頭のゴツイ男と頬に傷のある短髪の優男が、剣先を私の鼻先に向けて凄んでくるので、

「お前らのボスに会わせろ。大人しく従えば何もしない」

可能な限り清々しい笑顔で、通告する。

「あー、俺たちは優しいからなぁ」

おい、ザック、両手をバキバキ鳴らしながら言っても、きっと説得力皆無だよ。私のように白い歯を見せて、ニカッと上品に微笑まねばな。案の定、筋肉の塊のようなザックに頬を引き攣らせ、

「お、おい、討ち入りだぞっ！　てめぇら、早く出て来い‼」

ぞろぞろと、ゴツイ数十人の武装した男たちが建物から出てくる。うーむ、どうやら私の想

定していた事態になりそうだな。私が一歩踏み出そうとするが、

「師父、ここは俺にやらせてくれ。丁度、習得した力を試したかったんだ」

ザックが私の前に出ると、両拳を叩きつけて、魔力を込める。忽《たちま》ち、ザックの全身は薄色の被膜に包まれた。

ほー、無詠唱の発動も大分自然にできるようになったじゃないか。しかも、あれは硬質化か。硬質化とは、全身を絶えず魔力の被膜で覆い、その性質を硬質に変質させる強化魔法の一種だ。いわば、私の細胞レベルで包む【金剛力】とは真逆の発想の魔法。

おそらく、細胞レベルで包むことは、今のザックの技術では不可能。ならば、いっそのこと、全身を覆ってみようという発想だろう。最後尾の背の高い髭面のスキンヘッドの男は、ザックと私をやる気なさそうに眺めていたが、

「その馬鹿野郎どもが、どこの組織か知りてぇ。そいつら、案山子《かかし》にしたら中に連れてこいっ！」

男たちにそう大声で命じると建物の中へ入っていく。あの貫禄からして、多分、あの男がこのボスなんだろう。

圧倒的な物量差故だろう。さっきまでの警戒は嘘のように、奴らは余裕の薄ら笑いすら浮かべている。

チリヂリ頭の男が、ザックに近づくとその頬に長剣をピタピタと押し当てると、

「ボスの指示だ。大人しく斬られれば死ぬことはねぇ」

得々と愚かな脅し文句を吐く。

「馬鹿が」

ザックは、その押し当てられた長剣を掴む。

「おい、妙な動きをすんじゃ――はれ？」

チリヂリ頭の持つ長剣は根元からグニャリと捻じ曲がっていた。ザックは、さらにその折れ曲がった長剣の刀身を素手でまるで、粘土でもこねるかのように、押しつぶしていく。

金属が軋む音がシュールに響く中、私たちを囲む武装した男たちは皆、無言で微動だにしない。

「バ、バケモノォッ……」

チリヂリ頭の絞り出すような上擦った声に、ザックは口角を吊り上げて、鋭い犬歯を剥き出しにする。そして、猛獣《ザック》による蹂躙は開始される。

ザックが無茶苦茶したお陰で、一人を除き、全員完璧に戦意を消失し、ガクブル状態となって正座をしている。その唯一の例外の一人は、

「俺たちは、【朱鴉《あけがらす》】によりこの王都の支配を委ねられている【野猿】傘下の窯堂磨《かまどうま》ファミリーだ！」

さっきから同じ脅し文句をぴーちくぱーちく喚いている奴らのボスらしき、背の高い髭面、スキンヘッドの男だ。

「うむ。それは知っているぞ。だからこそ、こうして出向いているのだしな」

私の返しに、惚けたように目を見開くと、

「はあ⁉ 分かってんのか⁉ 俺たちのバックには野猿、そして、【朱鴉《あけがらす》】がいるんだぞっ⁉」

唾を飛ばして捲し立てる。

「御託はいい。お前たちの知る【野猿】の知る全てを聞かせろ。もし、より知っている奴がいれば、そいつに引き合わせろ」

私はスキンヘッドの男に近づいて見下ろすと、強く命を発する。

「ざけんな！ なんで俺たちがそんな身内を裏切るような真似をしなきゃなんねぇ！」

「ほう。身を挺して仲間を売るのを拒絶するか。中々の心意気だ」

この程度で身内の全てを暴露するとは思っちゃいない。何せバレたら制裁の対象だろうし、中途半端なことで全てをゲロるわけがない。だから、端からこうするつもりだった。

私は腕まくりをすると、アイテムボックスからこんな時に整理していたいくつかの器具を取り出す。

「師父、それは？」

ザックがどこか強張った表情で、さも当然のことを尋ねてくるので、

「んー、従順になんでも話したくなるような魔法の道具さ」

床に置かれた器具から、無造作に一つを手に取って返答する。ファフは最近、ミュウと一緒

に遊ぶことが多く、本は読まなくなったからな。迷宮産のこの手の悪質系の本は沢山熟読できたってわけだ。

「な、何をする気だ?」

裏返った震え声を上げる、髭面のスキンヘッドの男の胸倉を掴むと、

「もちろん、お前が気持ちよく話したくなるようなことだ」

椅子に座らせて、私は口角を吊り上げながら答える。

「や、やめろぉっ!」

「心苦しい。私もとても心苦しいが、精々気張ってお前の責務を全うしてくれ」

小さな悲鳴が髭面スキンヘッドの男から漏れて行く――。

「それが全てでやす!」

あの本の数ページに該当する行為を試しただけで、あっさり、裏切って進んで秘密を暴露し始めてしまう。直に目にしていた窯堂磨《かまどうま》ファミリーの約四割が泡を吹いて意識を手放し、六割がガタガタと涙と鼻水を垂れ流しながら許しを求めて懇願の言葉を吐いている。

「お前ら、とことんまでクズなんだな」

当初は私の尋問に憐憫の表情を浮かべていたザックも、この王都での【野猿】どものやりくちを聞くうちに次第に薄れていき、代わりに顔には激しい憤激の色が漲っていく。

密輸や禁輸、禁制品の売買などまだマシな方だ。一般人に麻薬を広め抜け出せないようにし

た上で多額の負債を負わせて【野猿】の主催する奴隷市に売り払う。エミの両親のように騙して貸付を行い、法外な利子をとって破産に追い込み、奴隷商に売り払う。さらには、オークションとかいう一部高位貴族のみ参加が許されている極めて悪質な催しも主催しているらしい。

「師父、こいつらどうする？」

「そうだなぁ。パラサイトたちと違い、こいつらは明らかにやり過ぎだし、ベルゼバブにでも処分させるか」

ここまでクズなら最初からベルゼバブに委ねればよかったかもしれん。

「それは誤解でやす！　や、【野猿《やえん》】の傘下とは言っていますが、我らが請け負っているのは、あくまで密輸と禁輸業のみ！　誓ってそれ以上のことはしてはいやせん！」

私の呟きに大慌てでスキンヘッド頭のボスは、金切り声で反論する。

「サトリ、今のこいつらの発言は真実か？」

私は尋問で吐くこいつらの言葉を素直に信じるほどピュアではない。サトリに全て判断させていた。

『真実のようです。今までの発言では一切偽りを述べておりません』

周囲に響き渡る姿の見えぬ少女の声に、窯堂磨《かまどうま》ファミリーの面々から悲鳴が上がる。

「では、最後だ。【野猿】どもの愚行に【朱鴉《あけがらす》】どもは関与しているのか？」

もし関与しているなら、駆除対象が【朱鴉《あけがらす》】にも及ぶことになる。

「元締めの事情なので確信まではありやせんが、我ら同様、【朱鴉《あけがらす》】に上納金を納めることで、存続が許されている関係でしかないかと」

「この王都での【野猿】の行為は知らぬと？」

「へ、へい、【朱鴉《あけがらす》】が要求するのは上納金のみ、それ以外の制約はしてきやせんので！　あっしらも仲介屋を通じて上納金を納めているにすぎやせんので、【朱鴉《あけがらす》】についてなんもしりやせん！　ほんとです！　信じてくだせぇ！」

遂に髭面のスキンヘッドの男は、床に額を擦り付けて声を絞り出す。サトリが何も言わないところからして真実なんだろう。ま、【野猿】を潰したことで怒り心頭で私に喧嘩を売ってくるなら、それはそれで面白い。当分、【朱鴉《あけがらす》】は放置でいいさ。

さて、あとはこいつらよりも知っていそうな奴だな。さっきから話の節々で出てきた名前だ。

「では、そのムジナとかいう王国一の情報屋に案内しろ」

そいつならこの王国で起こった全ての事件を知っている。少なくともこのスキンヘッドのボスはそう信じている。

「へ、へい！　喜んで！」

ようやく解放されると思ったのだろう。一同歓喜に沸く。解放されたとむせび泣くものまでいた。喜んでいるところ悪いんだがね。仮にも一般人を案山子にしろと命じるような輩を自由にしておくほど私は心が広くない。ギリメカラにでも調教を命じた後、バルセの元奴隷商が新しく立ち上げたギル商会で働かせようか。あの商会はギリメカラの仕切りだし、この手の馬鹿の管理にはもってこいだろう。それに、この前ギリメカラの願いから現状確認に出向いたら、あのナヨナヨとした支配人が忙しくて人出が足りないとかぼやいていたし。

「では案内いたしやす!」

スキンヘッドのボスは、勢いよく立ち上がると、ヨロメキながらも、歩き始める。

先刻の反抗的な態度から一転、極めて従順となっている。やはり、裏の人間どもは、あのイージーダンジョンの魔物たちと同様、徹底的にしばきまわし、実力差を十分熟知させて従わせるのがベストのようだ。

「師父はマジで、おっかねぇよ」

スキンヘッドのボスの怯えようを半眼で眺めつつ、ザックがそうしみじみと人聞きの悪い感想を述べる。

「そうかね? あの程度、大したことはないと思うんだがね」

少なくとも、ベルゼバブに委ねるよりはずっと慈悲深かったと思う。

「いや、普通の神経じゃ、あんなエグイこと考えつかねぇ」

エグイことねぇ。あの本には、もっと気持ち悪い手技が無数に記載されていた。あんなものはまだかわいいものだし、一応終わったら全快させた。何より、私としては、全員をフルボッコにしたザックだけには、言われたくはない。

「旦那ら、一体全体何者でやす?」

震え声で尋ねてくるスキンヘッドの男に、

「それは聴かねぇのが吉だと思うぜ」

　ザックが意味ありげな台詞を吐くと、スキンヘッドの男から急速に血の気が引いていき、以来、道中二度と口を開くことはなかった。そして、王都の南西の隅のレンガ作りの一軒家に入り、

「こいつが、王都一の情報屋、ムジナでやす。では、あっしはこれで！」

　短パンに黒色の布で双丘を隠し、黒色のローブを羽織った少女ムジナを私たちに紹介すると、逃げるように建物から退出しようとする。しかし——。

「ひぃぃぃっ！」

　鼻の長い怪物により、襟首を掴まれてしまう。

「ギリメカラ、そいつとその仲間の腐った根性を叩きなおした上で、【カルテル】でのお前の影響下にあるギル商会で使ってやれ」

「お心遣い感謝いたします」

　跪いて首を垂れると煙のようにスキンヘッドのボスとともに跡形もなく消えていなくなる。

「らっしゃーい、旦那が、今巻で噂の無能のギフトホルダーの最強の剣士さんだねぇ。でも実際に会ってみると、ずっととんでもないねぇ」

　ムジナは私を不躾《ぶしつけ》にも舐め回すように観察しながら、そんな大層な感想を述べる。

「最強の剣士というのは盛りすぎだな。私以上の腕の剣士など、この世界には腐るほどいる」

　まあ、闘争ならばたとえ誰だろうが負けるつもりは毛頭ないがね。

「旦那がお望みならそうしておくよ。で、此度はどんな情報がお望みだい？」

ムジナは椅子に胡坐をかいて煙管を吸いながら、カラカラ笑うとビジネスの話を切り出したのだった。

今回ムジナに依頼したのは【野猿】とオーブツ侯爵家の過去三年間の全ての非道行為の詳細な情報と私たちの王都での拠点についてだ。

王都での拠点については王都の南東にある新築の屋敷の購入を勧められた。なんでも窯堂磨《かまどうま》ファミリーのボスの隣にある屋敷であり、日々、人相の悪い連中が出入りすることから、買い手が中々つかず、値段が著しく低下しているらしい。

王都の南東地区は、郊外の貧民街にあり、貴族の住む高級住宅街とはかなり離れている。間違っても貴族どもは足を踏み入れない。悪巧みをするには最適の場所だろうさ。

それから、ムジナの仲介で、屋敷の所有者から一〇〇〇万オールで三階建ての屋敷を購入する。

そして、討伐図鑑の仲間たちに屋敷の改修と清掃を任せ、その七日後、皆で宿から目的の屋敷へ移転することとなった。

「広ぉーーい！」

「広いのですっ‼」

ファフとミュウが屋敷で歓声を上げてはしゃぎまくる。ここなら、周囲の気兼ねなく会議し放題だ。それに、そろそろ、ムジナとの約束の日。事件について、かなり突っ込んだ情報を得られるんじゃないかと思う。

◇◆◇◆◇◆

窓の外から聞こえてくる朝の到来を告げる小鳥の囀《さえず》る声。カーテンの隙間から差し込んでくる光にミュウはフカフカのベッドの上で目を細めて背伸びをする。すぐ隣には、ファフちゃんが、

「もう食べられないのです……」

幸せそうな顔で寝言を口にしながら、寝返りを打っていた。この部屋はカイお兄ちゃんの部屋。最近はずっとファフちゃんとカイお兄ちゃんと寄り添って眠っている。当然、忙しく朝の早いお兄ちゃんは、既に部屋にはいなかった。

目を擦りながら身体を起こすと、アンナお姉ちゃんが部屋に入ってきて、カーテンを開けると、

「さあ、ファフ、ミュウ、下で顔を洗ってらっしゃい。その後、朝ごはんにしよう！」

笑顔で優しい声色で語りかけてくる。アンナお姉ちゃんは、いつもミュウとファフちゃんの優しいお姉ちゃんでとっても大好きだ。

「今日のご飯はなんですっ⁉」

ファフちゃんは眠そうに目を擦っていたが、ごはんと耳にした途端、目を見開いて身を乗り

出す。

「アシュが朝はサバノミソーニとか言っていたような……」

「サバの味噌煮なのです！」

顔をパッと輝かせて、ファフちゃんはぴょんぴょんと飛び跳ねながら、

「ミュウも早く行くのです！」

ミュウの手をグイグイと引いていく。

「うん！　ファフちゃん、ちょっと待って！」

ミュウも遅れないようにファフの後についていく。


一階の水浴び場で顔を洗った後、食堂へ行くと皆が席についていた。

「ご主人様！」

ファフちゃんがパッと顔を輝かせて、キッチンの椅子に座っているカイお兄ちゃんに抱き着くと、そのお腹に顔を埋める。ファフちゃんはカイお兄ちゃんがとっても大好きで、基本いつも一緒にいる。そして、カイお兄ちゃんが長く不在になるとファフちゃんは不安でたまらなくなるようだ。ミュウも突然、離れ離れになったお父さん、お母さん、お姉ちゃんたちと毎日会いたくなるし、その気持ちは十分すぎるほど分かる。きっと、ファフちゃんにとってカイお兄ちゃんは、ミュウにとってのお父さんたちのような掛け替えのない大切な人なんだと思う。

ミュウがファフちゃんの隣に座った時、台所からエプロン姿のアシュお姉ちゃんとアンナお

姉ちゃんが、料理を両手に持って姿を現した。

「完成したのだ」

アシュお姉ちゃんとアンナお姉ちゃんがテーブルに料理を置くと、

『魚ッ！　魚ッ！　魚ッ！　魚ぁっ！』

カイお兄ちゃんの膝の上にチョコンとお座りしている子狼、フェンちゃんが『魚』と連呼しながら目を輝かせて尻尾をブンブン振る。

「ああ、フェンは魚も好きだもんな」

『うん！　僕、魚もだぁーーい好き‼』

小さな肉球を掲げて自己主張をする姿に思わず頬が緩んだ。フェンちゃんは、反則的に可愛いのだ。朝食を作ってくれていたアシュお姉ちゃんと準備を手伝っていたアンナお姉ちゃんも席に着いたのを確認して、ローゼお姉ちゃんとアンナお姉ちゃんが手を組んで神に感謝のお祈りを始めたので、ミュウも倣う。

もっとも、カイお兄ちゃんは膝の上のフェンちゃんを撫でているだけだし、ファフちゃんは足をバタバタさせて眼前の料理に釘付け。九尾お姉ちゃんは、カイお兄ちゃんの皿に料理を取り分けている。ザックお兄ちゃんは大きな欠伸をしながら背伸びをし、アスタお姉ちゃんにおいては、熱心に本を読んでいるだけで見向きもしない。皆、ホント自由だと思う。

「では食べましょう」

お祈りが終わってローゼお姉ちゃんの言葉で皆一斉に料理を食べ始める。

料理を食べ終わると、勉強と修行の時間だ。勉強は物知りなアスタお姉ちゃんが教えてくれる。アスタお姉ちゃんはかなり面倒そうだったけど、とても丁寧に教えてくれた。

勉強が終了したら修行だ。修行は最近、カイお兄ちゃんに無理に頼みこんでさせてもらっている。もう二度と逃げるだけの人生などまっぴらだ。今度はお父さんたちをミュウが守ってあげられるようになる。それがミュウのした新たな決意。

いつものようにカイお兄ちゃんに無属性の強化魔法の手ほどきを受ける。お兄ちゃん曰く、ミュウにはこの魔法の適性がずば抜けているらしい。ミュウたち獣人族は元々、人族やエルフ族と比較し、魔法の適性に乏しい種族だ。だが、これはあくまで属性魔法についてのみであり、無属性魔法においては逆にミュウたち獣人族の方が強い適性があると、カイお兄ちゃんは断言していた。今まで魔法の適性がないことに、獣人族は皆、例外なく劣等感のようなものを持っていた。だからミュウは強化魔法の適性があるとお兄ちゃんから言われたことが、どこかムズ痒くて誇らしかった。魔法の修行が終わりお昼を取ると、次は戦闘訓練。

『ダメだ！　全く重心がのっとらん！』

ネメア先生からの注意が飛ぶ。

「はい！」

カイお兄ちゃんがネメア先生に頼んでミュウに指導してくれるようになった。最近ではザックお兄ちゃんと一緒に毎日、修行に励んでいる。

ヘトヘトになるまでネメア先生の訓練を受けた後、自由行動となる。いつもはファフちゃんと遊びにいくんだけど、今日ファフちゃんはラドーンおじさんたちに呼ばれて不在なので、一人のお出かけだ。

屋敷を出てしばらく歩くと、年季の入った三階建ての大きな建物が見えてくる。あれが、料理店、『あったか亭』。

「よう、ミュウ！」

その建物から出てきた茶色髪の男の子がミュウに気付いて、右手を振ってくる。

「マルコ、おじちゃんとおばちゃんいる？」

この屋敷は一階が食堂となっており、二階と三階ではミュウのように事情で現在身寄りのない子供たちが多数暮らしている。ミュウとファフもここの皆と仲良くなって、ここに遊びに来ているのだ。

「いるぜ。今、エミも来ていて今から料理を作ってくれるんだ。お前も食ってけよ！」

「うん！」

「今日はあの食いしん坊はいないのか？」

マルコはキョロキョロと見渡して尋ねてくる。

「今日は私一人だよ。残念だった？」

ドヤ顔でマルコに尋ねると、突如顔を真っ赤に染めて、

「バーロ！　そんなわけあるか！　うるさいのがいなくて清々してるさ！」

そんな強がりを言うと、外に出て行こうとする。

「マルコはこれからどこか行くの？」

「ああ、俺は今日の料理の買い出しさ！」

右手を挙げてマルコは小走りに大通りの人混みの雑踏に消えていく。

一階の料理店の厨房に入ると、コック姿のおじさんと娘のエミさんが調理していた。

「おう、ミュウも来たか。庭にみんないるから席に座ってな」

フライパンを操っているおじさんがいつもの柔らかな笑みを浮かべつつ、ミュウに声をかけてきた時、

「しまった。卵が割れてる」

エミさんの声が飛ぶ。

「なら、私がマルコに卵を買ってくるように伝えるよ」

「ごめん！　お願いするよ！」

エミさんが拝む姿勢をするので、

「気にしないで！」

そう言うと、マルコに伝えるべく市場へと向かう。

マルコにはすぐに合流できた。そして、市場で食材を仕入れていると、アシュお姉ちゃんとばったりと出くわしたので、事情を説明した——のだが……。

「ミュウも隅に置けないのだ」

全く頓珍漢な勘違いをされてしまったようだ。そういうお姉ちゃんこそ、滅茶苦茶分かりやすいんだけど。

市場で食材の仕入れが終わり、現在、子供だけで帰るのは危険という理由でアシュお姉ちゃんも一緒に、『あったか亭』へ向かっているところだ。

「……」

突然、お姉ちゃんが立ち止まる。そして、一点を凝視したまま身動き一つしなくなってしまった。

不思議に思い、お姉ちゃんの視線の先を見ると、黒色の衣服を着た美しい金髪の女性が、果物屋でオレンジ色の果実を購入していた。あの金髪の女性と知り合いかと尋ねようと、お姉ちゃんの顔を覗き込む。アシュお姉ちゃんは大きく見開いた瞳からポロポロと大粒の涙を流していた。

「お、お姉ちゃん？」

泣いているアシュお姉ちゃんに、ぎょっとして問いかけると、

「あれ？」

驚いたように、慌てて袖で涙を拭く。

「どうしたの？」

「うん、大丈夫なのだ」

アシュお姉ちゃんは頭を左右に数回振ると、歩き始める。

どうにも気まずい雰囲気だ。先ほどの涙の理由とあの金髪の女性について聞いてみたい気持ちはある。でも、そこまで踏み込んでいいものだろうか？

ミュウが思いあぐねていた時、前方から歩いてくる赤色のローブに付属したフードを頭から深く被っている男に気付く。アメリア王国は魔導国家だ。王都にはこの手の魔導士は腐るほどいる。だからこれだけなら大して違和感はなかった。ミュウが気になったのは男の顔にある紅で描かれたいくつもの幾何学模様の入れ墨だ。あの入れ墨を見るだけで、どうしようもなく心がザワザワしてくる。

（アシュお姉ちゃん、あの人……）

（わかっているのだ）

アシュお姉ちゃんも険しい顔で小さく頷くと、ミュウとマルコの手を引いて裏の路地へ走り出す。

「逃げるとはぁーつれないなぁーー」

妙にしわがれた声とともに、眼前でミュウたちの行く手を阻むように佇立している赤ローブの男。

「ひっ！」

その人とは思えぬほど歪んだ笑みを目にして、マルコが小さな悲鳴を上げる。

「……」

アシュお姉ちゃんは赤ローブの男からからミュウたちを庇うよう自身の背後に移動させつつ、

後退る。しかし、次の瞬間、お姉ちゃんの腹部に男の右拳がめり込んでいた。

「アシュお姉ちゃん！」

名を呼んだ時赤ローブの右の掌が迫り、ミュウの意識は真っ白に染め上げられていく。


背中への独特のゴツゴツした固い石の感触に重い瞼《まぶた》を開けると、そこは薄暗い鉄格子のある部屋だった。同じ部屋の中からは、シクシクと泣き声が聞こえてくる。

「よかった！　気が付いた！」

マルコが泣きべそをかきながらも安堵の声を上げる。もっとも、その悲壮感たっぷりな顔から察するに、今どんな状況なのかは改めて考えるまでもないだろう。

周囲を確認すると、

（ここは地下室……）

カイお兄ちゃんたちに会うまで毎日押し込められていたあの冷たくて固い石の牢。案の定、様々な種族の美しい女性や子供たちが部屋の隅で身を寄せ合って震えていた。

（アシュお姉ちゃん⁉）

ミュウの大事な家族がこの場にいないという事実に、血の気が急速に引いていく。

「姉ちゃんが連れてかれちまったっ！」

泣きながらマルコが今、一番聞きたいことを教えてくれた。

ミュウたちを拉致した敵にその目的、全てが不明な状況。しかも、相手のあの赤ローブの男の動きがミュウには全く見えなかったのだ。控えめに見ても、絶体絶命の状況にある。本来、子供のミュウにできることなど限られている。多分、カイお兄ちゃんに会う前のミュウならば、きっとこの悲劇をただ嘆くだけだっただろう。でも、今は——。

「私、助けを呼んでくるよ」

カイお兄ちゃんなら、あんな奴、きっとやっつけてくれる。こんな悲劇を終わらせてくれるんだ。

「助けを呼ぶって、どうやってだよ⁉」

当然のマルコの叫びに、ミュウは鉄格子に近づいて両手で鷲掴みにする。そして、お臍《へそ》のあたりから生じた魔力を全身にゆっくりと浸透させていく。

(できるだけ固く、そして力強く、神獣様のように素早く強靭に……)

ゆっくりと鉄格子に力を入れていく。鉄格子は軋み音を上げてグニャリと曲がり、忽《たちま》ち人一人抜け出せるほどの隙間ができる。

「じゃあ、私行ってくる。マルコはここで待っていて。大丈夫、すぐに私のヒーローを連れてくるから！」

唖然とするマルコと牢内にいる人たちを尻目に、ミュウは駆け出した。

地上へと続く階段の前で欠伸をしている見張りに向けて地面を蹴る。周囲の景色が高速で背後に流れていき、ミュウの身体は見張りの二人の男たちの目と鼻の先へと到達する。

「は?」

キョトンとした顔の男の一人に左拳を突き上げる。屈強な男の体躯がくの字に折れ曲がり、一撃で悶絶して床に倒れ込む。

「て、てめえ――」

腰の鞘から剣を抜こうとするもう一人の見張りの顔付近まで跳躍し、遠心力がたっぷりのった左回し蹴りをその顔面にぶちかます。男は数回転すると、壁に叩きつけられて泡を吹いて気絶した。

(すごい！ 私、強くなってる！)

ザックお兄ちゃんとの稽古ではミュウの攻撃はカスリもしたことがないから、強くなっているという実感はなかった。でも、悪党にも十分通用している。

(これならきっと――)

ミュウでもできる。お兄ちゃんがミュウにしてくれたように困っている人を運命の袋小路から救うことができるかもしれない。どこか興奮する自分を感じながら、扉を開き、地上へと出る。そこは先ほどの陰気臭い場所とは一転、真っ赤な絨毯が敷き詰められた煌びやかな部屋へと続いていた。

ミュウは物陰に隠れながら、慎重に外への出口を探す。

(きっと、あっちが外)

通路の奥の窓から洩れる月明り。あそこが外だ。あそこから出ればミュウたちの勝利。カイお兄ちゃんが、マルコもアシュお姉ちゃんもきっと救ってくれる。

足を踏み出そうとした時、割れんばかりの歓声があがる。そして、聞こえてくる子供の泣き叫ぶ声。それを聞いてしまった時、ミュウの足は重りを括り付けられたかのように、動かなくなっていた。

(早く行かなきゃ！)

急かす気持ちと相反するように、あの先を確認しなければならないという使命感にも似た衝動が湧き上がっていた。

赤ローブの男に今のミュウではどうやっても勝てない以上、勝利条件は一つ。カイお兄ちゃんを連れてくること。それが最も確実で堅実なミュウのすべき方法。でも――。

(きっと、カイお兄ちゃんなら見捨てない)

そんな考えが頭の片隅によぎった時、足はその扉の方へ吸い寄せられていた。

扉の前で佇む黒服を着た見張りを一撃で意識を刈り取り、その部屋内へ身体を滑り込ませる。

そこは闘技場のような場所だった。

「……」

その中の光景を暫し脳が認識してくれなかった。それはやけに犬歯が長い強大な虎のような生物と逃げ惑う小さな兎顔の子供。

『さあさあ、兎の精霊の子供はサーベルライガーからいつまで逃げ続けることができるのかぁっ！』

三角の目隠しをした黒服の男が、弾むような声でこの悪夢のような光景を実況していた。

『ほらほら、がんばらないと死んじゃいますよぉ！』

司会者と思しき黒服の男は歌うように、兎顔の少女に声をかける。

泣きながら必死で逃げる兎顔の少女に、それを追うサーベルライガー。

「ゴラァッ！　もっと根性みせねぇかっ！　お前にいくらかけたと思ってる⁉」

「そうよ！　すぐに食われたら許さないわよ！」

観客からの狂った声援。ミュウがぼんやりと眺める中、兎顔の少女は遂に躓《つまず》いて地面へ横たわる。落胆の声と歓喜が混在した声が室内に巻き起こる。そんな中、猛獣サーベルライガーは少女にゆっくりと近づいていく。そして、観客席の一つに置かれた檻の中には、鎖で雁字搦めに繋がれている兎顔の女性が涙を浮かべながら、

『やめてぇぇえーーー！』

懇願の言葉を叫ぶ。まさに家族の絆を引き裂かれようとする絶望の表情が、ミュウの大切な家族と重なった時――。

「があぁぁっーー！」

感情が内側から爆発し、獣のごとき唸り声を上げて観客席の床を下っていき、跳躍してサーベルライガーの横っ面を蹴り上げる。サーベルライガーはゴロゴロと転がり、頭部から闘技場の壁へと叩きつけられてピクピクと痙攣する。

闘技場にざわざわと林がゆれるようにざわめきが走る中、兎顔の少女に駆け寄ろうとした時、

数本の炎を纏った矢がミュウへ向けて一直線に飛んでくる。身を捻ってそれを躱した時、

「ッ！」

突如、首筋に鋭い痛みが走り、右手で叩いて振り払う。手には一匹の小さな蜂の死骸がへばりついていた。直後、手足の力が抜けてミュウは床に俯せになる。

（なんでっ⁉）

必死に起き上がろうとするが、指一本動かすことができなくなっていた。

「お前、どこの鼠だぁ？」

声の主はミュウに近づくと胸倉を掴んで持ち上げてくる。右頬に猿の紋章の入れ墨をした黄色の上下を着たパンチパーマの小柄な男が、欠伸をしながらミュウを見上げていた。

「ボス、これ、どうするよ？」

右手で掴んだミュウを絢爛豪華な席の中心で踏ん反り返っている同じ黄色一色の衣服を着たたらこ唇の坊主の男に向けるとそう端的に確認する。

「それはぁ、此度のターゲットの飼ってぇいるぅペットの一匹ぃさぁ。どうだぃぃーー？　残ったぁあの兎の親子とともにぃ次の催しに出してぇみたら如何《いかが》かなぁ？」

その質問にしわがれた声で答えたのはボスではなく豪奢な席の隅で肘掛けに左肘をつきながら座っていた赤のローブの男。あの男、ミュウたちを攫った奴だ。

「オーブツ侯爵様、少し趣向を変えますがよろしいですかな？」

ボスと呼ばれたたらこ唇の男は、赤ローブの男をチラリと見ると同じくボスの隣に座る顔が

巨大で鼻の下が異様に長い男に問いかける。

「構わん！　より面白くなるなら儂らとしても、好都合だ！　のう、息子よ！」

「もちろんだよ！　父上！」

オーブツ侯爵に問われて隣に座るグルグル巻きの風変わりな髪型をしている青年も相槌を打つ。

「ではぁぁ、始めようっ！　恐怖と快楽！　犠牲と裏切り！　楽しく、エキサイティングな催しをぉぉーーー！」

長い後ろ髪のおさげを右手で払いながら、赤ローブの男は席を立ちあがって両腕を広げると不吉極まりない宣言をする。その言葉の直後、ミュウの意識は失われる。

深い闇の中に差す光の帯。それらは次第に数を増やしていく。その光の下、瞼を開けるとそこは先ほどまでの闘技場だった。そして、己の身体が鉄の棒に括りつけられていることを自覚する。さらに、闘技場の中心に置かれた台座の上で仰向けに横たわる長い黒髪の女性を認識し、

「アシュお姉ちゃん！」

その名を叫んでいた。即座に鉄の棒から逃れんと己に巻き付いた鎖を引きちぎろうとするが、びくともしない。

（な、なんでっ⁉）

鉄格子さえも捻じ曲げたんだ。こんな小さな鎖を引きちぎるなど容易なはず。

「バーカ、それはどうやってもちぎれねぇよ。なんでも、あの気色悪い男が中位精霊の魂の結晶を使って編んだ鎖のようだからなぁ」

ミュウの傍までくると小馬鹿にした口調で、そんな最悪とも言える事実を提示する。

「せ、精霊の魂……」

精霊とは人間種より上位に位置する存在であり、自然と共に生きることを旨とする獣人族にとっては守り神に等しい存在。よりにもよってその魂で鎖を作るだなんて、とても正気とは思えない。

「精霊ってやつは便利だからなぁ。その魂を取り込めば俺たち魔導士に絶大な力を与えてくれるし、力のない人族だって莫大な魔力を得ることができる。ほら、あんなふうにな」

頬に猿の入れ墨をした小柄な男が顎をしゃくった先の貴賓室では、オーブツ侯爵が皿の上に置かれた水色の水晶のようなものをナイフで切り裂いて、口に含んでいた。

「あれ……は？」

「精霊核。奴らの魂の源ってやつだな。食うと人外の身体能力と魔力を得られるのさ」

「じゃあ、あの精霊は？」

震え声で問うミュウに、

「あー、あれは、ちゃんと殺処分してから、取り出したものさ。魔力を扱えねぇ一般人には大して意味があるものではねぇが、身体能力は跳ね上がるし、寿命も多少は延びるからな。道楽好きの金持ちやお貴族様にとっては絶好の商品ってわけだ」

頬に猿の入れ墨のある小柄の男は得意そうに語る。その会話の内容のあまりのむごたらしさと男の軽い口調とのギャップにどうしても現実感がわかない。ただ一つ分かっていることがあるとすれば——。

「あんたたちは、人間じゃない！」

ミュウは心の底からの叫びを上げる。

男は声を張り上げるミュウを小馬鹿にしたように笑いながら、

「当たり前だぁ。お前、俺の恩恵《ギフト》を知ってるかぁ？　召喚士だぁ。つまり、俺は聖武神アレスに愛された、いわば神の子ってわけだ。ある意味、人間を超越しているのさぁ」

そんな狂いきった妄言を吐く。

ダメだ。この大人たちはどうかしている。もはや、ミュウにはこの大人たちが幼い頃にお母さんに聞かされた物語に出てくる悪魔にしか見えなかった。

「あんたたちは——絶対に倒される！」

まだ僅かだが一緒に暮らしたから分かる。カイお兄ちゃんがこんな俗物を黙ってのさばらせておくとは思えない。

「はいはい。そろそろ、全ての準備が揃ったようだぞう」

ミュウの本心の言葉を負け惜しみと認識したのか、頬に猿の入れ墨のある小柄な男は、醜悪な笑みを浮かべながらも、視線を闘技場のアリーナの中心に視線を送る。アシュお姉ちゃんが寝かされている台座の前には、白衣姿のエミさんが真っ青な顔で佇んでいた。

「さーて、お立合い、先ほどの獣の乱入より中断したゲームですが、主催者側の提案により、趣向を変えていきたいと思いますぅ！」

司会者と思しき黒と白の服を着た男性が宣言すると、観客席から割れんばかりの歓声が上がる。そして、奥から運ばれてくる鉄の檻。その中にはあの兎の親子が両腕両足を拘束された状態で閉じ込められていた。

「皆さんもご存じの通り、これは我らの召喚士殿が使役している中位の精霊でありまーす！そして、ゲストを紹介いたしましょう！　まずは、今回の料理人《コック》の役を引き受けるエーミィー！」

右手をエミさんに向けて声を張り上げる。再度上がる歓声に、エミさんは悔しそうに下唇を噛みしめる。こんな非道にエミさんが手を染めるとはとても思えない。多分マルコを人質にこの場に呼び出されたんだと思う。

「次にオーブッ侯爵閣下に不敬を払いた小僧の女ぁ！　この女にはあの中位精霊の親子とその乱入した獣を殺処分させた後、たっぷり、死ぬまでオーブッ侯爵の奴隷となってもらいましょう！」

そんなことあの優しいアシュお姉ちゃんがするわけがない。そのはずなのに、この時ミュウの危機意識が煩いくらい警笛を鳴らしていた。そして、そんなミュウの予感が最悪の形で現実化する。

『うがっ！』

獣のような唸り声をあげつつ、アシュお姉ちゃんはまるでばね仕掛けのように祭壇から立ち上がると地面へ着地する。そして、アシュお姉ちゃんの全身に纏わりつく糸とお姉ちゃんの頭上で浮遊しながら両手で糸を操っている仮面の怪物。

(あれは……なに？)

あの仮面の怪物の背に生えている白色の羽。あの様相はまるで——。

「さあ、間もなくゲームの開始でーーす」

司会者が右手を上げると、周囲の黒服たちが兎の精霊の親子の閉じ込められていた檻の扉のカギを開けて、扉を開く。

「まずは、兎の親子の狩りからになりまーーす！」

「ぐがが……」

白目を剥いた状態でアシュお姉ちゃんは、地面に突き刺さった長剣を右手に取ると、両腕両足を拘束されている兎の精霊の親子に近づいていく。

母親の兎の精霊は我が子を抱きしめながらも唸り声を上げる。突然、アシュお姉ちゃんが立ち止まる。

「に……げ……て……」

涎を垂らしながら口から紡がれる言葉。そのアシュお姉ちゃんの姿を暫し兎の精霊は驚いたように目を見開いていたが、敵意を消して済まなそうな表情で瞼をつぶってしまう。

「おーーっと、まさか我らの神官が天からお呼びした使者様の奇跡の糸に抗うとは、なんとも罪深き女！　流石は我らが神の子たるオーブツ侯爵に無礼を働いたクズ女でありまーす！」

司会者が興奮気味に捲し立てる中、アシュお姉ちゃんは引きずられるように、兎の精霊の親子まで近づいていく。そして遂にその間合いにまで入り、両手で長剣を振り上げる。

アシュお姉ちゃんはプルプルと震えて抵抗し、硬直してしまった。騒めく室内。それらは喧噪に変わっていく。

「とっとと殺さんかっ！」

オーブツ侯爵が額に太い青筋を立てて捲し立てるが、やはり、アシュお姉ちゃんは動かない。

「おい、ドクバチ！」

ボスと思しきたらこ唇で坊主の男が右頬に猿の紋章の入れ墨をした小柄な男、ドクバチに指示を出す。

「はいはい。了解ですよ、ボス」

肩を竦めるとパチンと指を鳴らす。途端にドクバチから無数の蜂が湧き出ると、アシュお姉ちゃんに殺到する。

「ぐ……」

蜂に刺されてくぐもった声を上げて、長剣はゆっくりと振り下ろされる。

「だめぇーーー！」

ミュウが咄嗟に声を張り上げた時——アシュお姉ちゃんに纏わりついてた周囲の蜂たちとその全身に付着した糸に赤色の基線が走る。蜂たちが破裂し、お姉ちゃんを操っていた糸が切れる。そして意識を失い倒れ伏すアシュお姉ちゃんを黒髪の野性味のある青年が支えるとそっと地面へ寝かす。そして、悪鬼の形相で宙に浮く真っ白な翼を生やした怪物に長剣の剣先を向けた。

――ミュウと帝国出身の青年の物語は、ここではっきりと交差する。

◇◆◇◆◇◆

――時は数週間前に遡《さかのぼ》る。

ジグニールがバルセに到着してすぐ、ガウスの娘ミュウを身請けした奴の身元を知るために奴隷商に接触しようとしたが、既に活動の拠点をバルセから新都市へと移していた。そこで、新都市【カルテル】を訪れたわけだが……。

「なんじゃこりゃ……」

あまりにぶっ飛んだ風景にジグニールは頬をヒクつかせて独り言ちる。

美しい草花が植えてある綺麗でよく手入れされている庭園と中心にある噴水。そしてとても人が作ったとは思えない絢爛豪奢な巨大な建物。その周囲に建設中のレンガ造りの庶民風の見慣れた一般の建物により、辛うじてこれが現実であると認識できた。

「これが最近、新たにできた新都市のようですな」

白髪の紳士は形の良い髭を摘みながら、説明されるまでもない事実を口にする。

この紳士は自らルースと名乗った。恐ろしいほど自然な気配の消し方や歩き方などの佇まいから察するにこのルースという男はただの商人などでは断じてあるまい。おそらく、ジグニールと同様、武を日常としてきた生活を長年送ってきた類のものだ。

「で？　その奴隷商の居場所は分かっているのか？」

「ええ、凡そでは……」

ルースがこのように言葉を濁すのは珍しい。首を傾げているとその理由もすぐに明らかとなった。

「ギリ職業斡旋商会？」

その小奇麗な看板にあったのは凡そ奴隷商とは無縁なまっとうな名前。

「ここって奴隷商だよな？」

「おそらくは……」

「とてもそうは見えないんだが……」

「ともかく、こうしていても埒があきません。入って話を聞いてみましょう」

「そうだな」

建物の中に入る。中は人混みでごった返していた。受付で並んで順番を待っていると、ジグニールたちの一つ前に並んでいた女の会話が耳に飛び込んできた。

「本当にあたいでも雇ってもらえるのかい⁉」

著しく露出度の高い衣服を着た女性が、身を乗り出して受付の小奇麗な服を着た男性に尋ね

ると、

「はい。今、新規オープンした飲食店からウエイトレスの募集があります。月収一二〇〇〇オールですが、こちらでどうでしょう？」

「一二〇〇〇オール？　そんなにもらえるのかい！　やる！　やるよ！」

「では、この書類にサインをお願いします。これから貴方様の就職決定まで全力でサポートさせていただきます」

「お、お願いするよ！」

女性は受付の男性の手を取ると涙ながらに、何度も頭を下げた。

「おい、本当にここって元奴隷商なんだよな？」

「はい。まあ、私も、自信がなくなりましたが」

肩を竦め、ルースは受付の男に用件を告げると、目の色を変えて奥の部屋へと姿を消す。その後、応接室のような場所に案内された。

ソファーの対面に座るのは、化粧をした黒髪の男。その後ろにはこの店の制服を着た黒服たちが直立不動で整列していた。この化粧の男がこの商会の支配人だろう。

「そろそろ来る頃だと思って待ってたわ」

「待っていた？　もう一度訪れるとは伝えていなかったはずですが？」

ルースが眉を顰めながら化粧の男に尋ねるが、それには一切答えずに巻いて封をした羊皮紙をテーブルの上に置く。

「これは？」

「さあ、私も詳しくは知らないけどぉ、きっとあなたたちが求めているものよぉ」

「ミュウという少女の居場所が書いてあるのかっ⁉」

声を張り上げると、支配人は目を細めると、

「あの少女へのその執着心。結局、あなたたちも私と同様、あの少女によって人生が変わる口ねぇ」

可笑しそうに意味ありげな台詞を吐く。

「人生が変わる？」

「ええ、でも、何も伝えずこれを渡せ。それがあの御方の指示よ。だからこの件について私は詳しく話せない」

首を左右に振って詳細を答えることを拒否する。

「なら、ミュウという娘が無事かどうかだけでもいいから答えろ！」

「それは保証するわぁ。あの御方のことだから、我が子のように大切になされているでしょうね」

「そうか……」

この目の前の男が嘘を言うメリットがない。おそらく本気でそう思っているのだろう。少なくとも当面の危機的状況は脱したようだ。

「そうねぇ、一つだけの忠告なら私にも許されるでしょう」

「ええ、これから貴方たちはある選択を迫られる」

「その選択とは？」

ルースの問いに支配人の男はテーブルのカップに一度口をつけると、

「自身の安全をとって今までの生活を送るのか、それとも、苦難をとってあの御方の物語の中に入るのか。仮にもあの御方の出すお題ですもの、それは無理難題もいいところだろうけど、逃げずに立ち向かった先にあるのは、きっとあなたたちにとって笑顔ある未来よ」

極めて神妙な表情で、微塵も意味が通じぬことを口にする。

「……」

当惑気味のジグニールたちを尻目に、

「あーあ、我ながら柄にもないこと言っちゃったわねぇ。あの御方が絡むとどうにも調子が狂うわぁ。じゃあ、私は忙しいんでこれでぇ」

そう苦笑すると颯爽と部屋を出て行ってしまう。

その場でルースが羊皮紙の封を取って中を確認すると、そこには王都の場所が指定されていた。

「ルース、どう思う？」

「ええ、おそらくここにミュウ嬢の情報があるのでしょう」

もちろん、ジグニールが聞いたのはそんな意味ではない。言葉の端々に出てきた『あの御方』という名。そしてあの支配人の最後の意味深な台詞の内容についてだ。

「そうだな。行くしかないよな」

『あの御方』とやらの意図は分からない。だが、ジグニールはミュウという少女を父親であるガウスに届けると誓った。必ずやり遂げて見せる。だって、これだけが今の道を見失っているジグニールの唯一の目的なのだから。


それからすぐにジグニールとルースは馬車を走らせて王都へと向かう。今いるのは羊皮紙に記載されている指定された住所であるレンガ作りの一軒家に来ている。

「やあ、来たねぇ。こんにちは、帝国の元剣帝ジグニールさんに、元アメリア王国、聖王魔導騎士団の団長ルーカスさん。アタイは情報屋のムジナ。よろしくぅ」

露出度の高い衣服に黒色のローブを羽織った少女が、煙管をプカプカと吹かせながら、お面白そうに、そんな意外極まりない台詞で挨拶をしてくる。

祖父からその名は聴いたことがある。元聖王魔導騎士団の炎蛇のルーカス。確か、聖王魔導騎士団至上最強の名を冠する団長だったはず。確かに、この男があのルーカスなら、この身のこなしも全て納得がいく。

「ミュウ嬢の所在を知りたい。教えていただけますね？」

ジグニールとは対照的に動揺一つみせず、本題に入るルーカス。

「アタイが話せるのはあくまで旦那から頼まれたことだけ。あとはお二人さん自身で判断するんだね」

少女ムジナはルーカスの質問に肯定も否定もせずに、口を開いた。

「王国の恥さらしどもが！」

ルーカスが憤激の言葉を絞り出す。ムジナの口から紡がれた内容に、普段恐ろしいほど冷静なルーカスはまさに憤怒の形相となっていた。別にルーカスが異常だとは思わない。これを帝国がやっていたなら、ジグニールも同様の反応をしていただろうから。それほどまでに、話の内容は醜悪だった。

でも、疑問もある。このやり方は悪くとればミュウという子供を人質にジグニールたちにゴミ掃除をさせようとしているようにすら見える。だから、尋ねてみたくなってしまった。

「俺たちに知らせて、その『旦那』とやらは世直しでもさせるつもりか？」

「世直しぃ？　あの旦那がぁ!?　くひゃひゃひゃひゃひゃっ！」

ジグニールの当然の疑問がよほど見当違いだったのだろう。素っ頓狂の声で叫ぶと、さも可笑しそうに腹を抱えて笑いだすムジナ。

「彼の今の質問、そんなにおかしいですかね？」

眉間にしわを寄せてムジナに尋ねるルーカスに、

「悪いけど、旦那はそんなまっとうな御人じゃないさ。よく言えば自由人、悪く言えば、超絶我儘、自己中心的人物。間違っても君らのような世直しなど考えちゃいないだろうさ」

煙管をふかしながら、噛みしめるように断言する。そのムジナの言葉で、ルーカスの顔に強烈な警戒心が沸き上がる。

「君はどこまで知っているので？」

「アタイの話はこれで終わり。あとは君らで判断しなよ」

「待てよ！　ミュウという獣人族の子供の所在はどうなった？」

もったいぶって話すムジナへ、苛立ち交じりに問いかける。

「それは今回料金外。もちろん、料金を貰えれば教えるけど、でもそんな暇あるのかな？」

「それは、どういう意味だ？」

「さっき話したオークション、今晩なんだよねぇ」

もう既に日が落ちかかっている。つまり――。

「くっ！　なぜそれを早く言わないッ！　ジグ、申し訳ありません。私にはやることができました」

ルーカスはムジナの話に出てきた幾人かに激烈に反応していた。おそらく、過去に因縁でもあるのだろう。何より、ルーカスは道中、村を襲っている山賊やゴブリン退治などを無償で引き受けたりもしていた。元より、このような非道を許容できるタイプではあるまい。

「だと思ったよ。俺も手伝うさ」

ジグニールの目的はミュウという娘の保護。こんな目的に反する行為など何ら得にならない。なのに、実に自然に口からは力を貸すという台詞が飛び出していた。

「帝国の剣帝はもっとドライな男だと思っていましたよ」

「俺もさ」

ルーカスは暫し声を上げて笑っていたが、すぐに真剣な表情に戻り、

「ありがとう。助かります。では行きましょう！」

部屋を飛び出していく。ジグニールもルーカスを追って走り出す。


腐ってもジグニールは元剣帝だ。さらに、元史上最強の炎蛇のルーカスまでいるのだ。楽々、侵入することができた。そして、卵円形の巨大な闘技場のような場所に到着する。

中は熱気と歓声が渦巻いており、真っ白な翼を生やした何かが黒髪の少女を操って人外の兎顔の親子を殺す行為を応援しているようだった。

「クソどもが！」

その光景を目にした途端、身体が勝手に動く。地面を数回蹴って今も長剣を振り下ろそうとしている黒髪の少女まで到達し、腰の長剣を抜き放ってその糸を切り裂く。まさに糸の切れた人形のように地面に倒れる黒髪の少女を抱えて、地面に寝かせる。そして、少女を操っていた異形に剣先を向ける。その隙にルーカスが獣人族の少女に近づき拘束している鎖に右手で触れて呪文のようなものを唱えると魔法陣が出現するが、パシュンと消失してしまう。

「随分と厄介な束縛がされているようですね。どうやら、この場での解除は難しいようだ。その前に――」

観客席で踏ん反り返っている巨大な顔の鼻の下が長い男を睨みつけると、

「いくつかこの国のゴミ掃除をしておくことにいたしましょう」

腰の鞘から刀身が湾曲した長剣を抜くと構えをとる。

「き、貴様、ルーカス！」

席を立ちあがって焦燥たっぷりの声を上げる顔が巨大で鼻の下が異様に長い男。その顔には濃厚な恐怖が浮き出ていた。

「久しぶりですねぇ。オーブッ君、性懲りもなくまだこんなことをしているとはね」

「う、五月蠅いっ！　この裏切り者の売国奴がっ！」

「君の御父上は本当に立派な人だった。だから、侯爵閣下の下ならその腐りきった根性を更生できるのかもと期待してしまった。でも、違ったようだ。クズはどこまで行ってもクズ。君はあの時粛清《しゅくせい》しておくべきだった。今からでも遅くない。ここで過去の私の過ちは正すとしましょう」

「こ、殺せぇ！　そいつはテロリストだっ！　早く殺せぇ‼」

ヒステリックな声を張り上げると、黄色の衣服の背中に猿の刺繍をした男たちが、ジグニールたちを取り囲んでくる。

「馬鹿がぁ！　たった二人で勝てると思ってんのかぁ？」

黄色服のボスと思しき、やたらと偉そうなたらこ唇に坊主の男が、大剣をジグニールたちに向けてくる。

「思っているさ」

確かにジグニールは三流の剣士に過ぎない。だが、それでもこんな剣術も碌《ろく》に知らぬ素人に負けるほど落ちちゃいない。現に――。

数歩踏み込むだけで、こうして間合いに入ることができる。

「へ？」

ジグニールの動きに全くついて来れず、素っ頓狂な声を上げる黄色服のゴロツキ。次の瞬間、ジグニールの長剣がその首を刎ねる。血しぶきが舞う中、地面に落下するゴロツキの胴体を蹴り飛ばしながら、次の標的に向かう。

「ひいッ⁉」

無様に悲鳴を上げる短髪の男の頸部に長剣を突き刺して絶命させて、引き抜きざまに隣のスキンヘッドの男を脳天から一刀両断にする。間髪入れずに地面を蹴り上げて高速疾駆し、モヒカン頭の男の首をすれ違いざまに切断し、

「うあ？」

そのまま突っ込み正面の男の眉間に長剣を突き刺すと同時に、地面を蹴り上げて疾走し、直線上にいる男二人の首を刎ねる。

凡そ数呼吸で黄色服どもの死体が出来上がった。

「バ、バケモンだっ！」

その声とともに、黄色服どもはジグニールから距離を取る。

「お前、つえーじゃねぇか！　どうだ！　俺たちの仲間にならねぇか？　俺たちは一応非合法だが、勇者マシロの庇護を受けている。このアメリア王国政府も事実上俺たちを見て見ぬふりだぁ。マジで財も女も美味い飯も不足するこたぁねぇぞ？」

ボスと思しきたらこ唇で坊主の男が、検討にすら値しない提案をしてくる。

「死ね！」

殺意込めて奴らのボスに向けて走り抜けて、その首を長剣で薙ぎ払う。金属が擦れるような音とともに、ジグニールの長剣は奴の首の皮膚で止まっていた。

「残念だったなぁ。俺に武器は効かねぇんだよ！」

ニィと笑みを浮かべると、丸太のような拳を放ってくる。

「ちっ！」

バックステップでそれを楽々回避したはずなのに、上着が真っ二つに裂けていた。

「俺らは精霊石を飲んで異次元の強さを手に入れたぁ！　今更命乞いをしても遅ぇぞ！　貴様は切り刻んで魔物の餌にしてやるからなぁッ！」

「哀れですね……」

今、ジグニールが覚えたのと同様の感想をルーカスが口にする。

そうだ。その程度の禁忌に帝国が手を染めないと本気で思っているんだろうか？　そんなブーストごときだけで帝国で成り上がることなどできやしない。つまり、もう勝敗は見えたということだ。こんな雑魚より、むしろ、いつの間にか姿を消しているあの白色の翼の異形の方がよほど気になるもんだ。

「御託はいい。殺してやるから、とっととかかってこい」

左の掌を下にして指先を曲げて挑発する。忽《たちま》ち、奴らのボスの眉間に太い青筋が漲る。

「おい、ドクバチ、お前はそこの爺をやれ！　俺はこの立場と状況を分かっちゃいねぇ雑魚をやるっ！」

「おうよ！　了解だ、ボス！」

顎を引くドクバチに、

「素人の小童ごときに舐められたものですねぇ。来なさい。大人の戦い方というものを教えて差し上げます」

その発言を最後にルーカスの雰囲気が、普段の昼行燈な雰囲気から獰猛な肉食獣のごとき危険なものへと変わっていく。

「おい、蜂ども、そいつを殺せ！」

ドクバチの周囲から出現する無数の蜂。それらがルーカスに一斉に高速で襲い掛かる。ルーカスは鼻歌交じりに湾曲した剣を一線した。空中でいくつもの炎の渦が発生し、蜂どもを巻き込んでいく。たった一撃であれだけいた蜂は綺麗さっぱり、焼却されてしまった。

「んな⁉」

驚愕の声をドクバチが上げた時、ルーカスは既に奴の間合いにいた。

「くひっ⁉」

ドクバチが小さな悲鳴を上げるのと、ルーカスの剣が奴の胴体を横断するのは同時だった。

奴の胴体は真っ二つになりながらも燃え上がり、地面へと落下していく。

「は？」

あまりにあっけない部下の死に、大口を開けて間の抜けた声を上げる奴らのボス。ジグニールは己の長剣に魔力を込めると同時に、ボスへと肉薄して大剣を持つ右腕を切りつける。ジグニールの長剣がまるで豆腐のように奴の右腕を切断し、返す刀で奴の両足を切り落とす。

「ぎ？」

己が切られたことに少しの間キョトンとした顔をしていたが、ようやく現状を認識し、耳障りな金切り声を上げる。

「いでぇ！　いでぇよっ！」

無様に床をのたうち回るボスに、

「そりゃあ、斬ったんだし、痛いだろうよ」

ゆっくりと近づくと、長剣を振り上げる。

「なぜ、おでの、むてきのからだがぁ⁉」

「無敵の身体？　そんなもの無敵でもなんでもない。ただの借り物のつまらん力だ」

こいつは、おそらく硬化と切断という二つの異なる異能を有する精霊核を取り込んでいる。だが、異能を取り込むなら一つの効果に絞って取り込むのが鉄則。使える魔力の総量の限界値は決まっているのだし、分散させるよりも集中させた方がより効率的なことは馬鹿でも思いつく。つまり、こいつらは異能の力を結果的に弱めてしまっている。何より本質は外にある――。

「借り物の……力?」

「精霊核を取り込んだくらいで、その精霊を超えたつもりでいたのか? その力は全くお前のものとなっちゃいない」

こいつらは異能者に最も重要とされる鍛錬を怠っている。その能力は全くこいつらのものとはなってはいないんだ。

帝国では精霊核の実験など日常茶飯事。それより生み出される異能者はこいつらのように己の意思でなる場合などほとんどいない。強制的にさせられたものがほとんどだ。その上、虫唾が走るような鍛錬により、その九割が壊れ、残り一割だけが異能の戦士として帝国の正規の戦力となる。

ジグニールはそんな怪物どもを力でねじ伏せて帝国六騎将となった。だからこそ、己が強いと勘違いしてしまっていたわけではあるが、こんな戦士でもない奴に負けるほど落ちちゃいない。

「そんな……俺は……最強と……なったはずじゃ……」

「最強はお前が考えているほど軽くはない」

あの灰色髪の最強の剣士の姿が頭によぎる中、ボスの首を落とす。

王国でも有数の悪党である『野猿』があっさり敗北したのを目にして、観客席の至るところから上がる失望と焦燥を含有した声。

「に、逃げろっ！」

その声を契機に観戦していた一部の観客たちが、闘技場の出口に殺到する。

「押すな！」

「ざけんな！　お前がどけ！」

みっともなく扉に群がり、我先に開こうとする。そして、観音開きの扉がゆっくりと開き、

「開いた！」

歓喜の声を上げた時、その観客の上半身がバクンと削り取られる。

扉の外からゆっくりと浮遊してくる上半身だけのでかい鬼のような生物。

「ひいいいぃぃっーーー！」

悲鳴を上げる観客の一人を両手で掴むと頭からボリボリと食べ始める。

断末魔の声に、闘技場全体から割れんばかりの悲鳴が上がる中、

「客人殿、観客を食わせるとはどういう了見ですかな⁉」

黒服の司会者らしき男が、この騒ぎの中でも貴賓席で酒を飲んでいる赤ローブの男を睨みつけながら、疑問の声を張り上げる。その忌々しい姿を網膜が認識した時――。

「サードッ！」

喉から声を張り上げていた。

あれは忘れない。あれだけは絶対に忘れない。元帝国六騎将の一人――サード。帝国皇帝アムネスが、過去に帝国に多大な功績があったものに送る称号である『ナンバー』を与えられた

召喚士。あの死んだエンズの師でもある。こいつは超越者《トランセンダー》召喚のために辺境の異民族を人体実験で全て殺しつくしたこともある、最低最悪の腐れ外道だ。

「すまないねぇ。ボクの可愛い子ちゃんには、この建物を許可なく出るものを無条件で食っていいって伝えていたからねぇ。あまり、あの子たちを責めないで欲しいのさぁ」

司会者はオーブツ侯爵をチラリと見る。

「そ、そんなことはどうでもいいッ！　早くその不埒者どもを殺せぇ！」

オーブツ侯爵は立ち上がってルーカスに人差し指を向けて命を放つ。

「我らが侯爵閣下は賊どもの殲滅をお望みです。客人殿、その賊どもの処理、お願いできますかな？」

司会者の有無を言わさぬ言葉に肩を竦めると、

「ボクらは目的のために手を組んだ同志。もちろんだともぉ」

顔を快楽に歪めて立ち上がり指をパチンと鳴らす。ジグニールの周囲に出現し飛び回る老人の顔をした蜂に、先ほど観客を食べていた上半身だけの鬼がルーカスの前に舞い降りる。

「サード、なぜ貴様がこんな場所にいる!?」

もっとも、大体の予想は付く。ただでさえ、ここは勇者マシロの支配地域。しかも、この国には現王の弟がいる。あれはもはや人ではなく、フォー同様、超越者《トランセンダー》の領域にあるともっぱらの噂だ。臆病なほど慎重なこいつがそんな危険地帯に足を踏み入れる理由など、凡そ一つだけだ。

「様相が大分、変わっているからどこの誰かと思ったら、君ぃ、あの自信過剰の剣帝ちゃんじゃないかぁ～」

剣帝という言葉に観客席から騒めきが漏れる。

「元だ。今は帝国軍人ですらない。で？　お前はなぜ、ここにいる？」

「うーん、紆余曲折あるわけだけどぉ、ここで死ぬ君に話す意味もないかなぁ。もちろん、簡単には死ねないと思うけどねぇ。ねぇ、大皇蜂《たいこうほう》？」

ニィと悪質な笑みを浮かべて人面蜂に語りかける。

『こんなチンチクリンを殺すために儂を呼び出したのか？　たとえ弱くても対価はしっかりもらうぞい？』

「もちろんだよ。終わったら、ボクのコレクションを提供しよう。さらに、そこの獣の子供も好きにしていいさ」

人面蜂は鎖に繋がれた獣人族の子供に視線を向けると、

『ふん、中々柔らかそうで美味そうじゃな。そういえば、最近、女子《おなご》の肉は食うとらんかったのぉ。特性の溶解液で肉団子にすれば、かなりの馳走じゃしなぁ。いいじゃろう。受けてやるわい』

人面蜂はジグニールの前に浮遊すると、

『お前はそうじゃなぁ、不味そうじゃし、儂の蜂たちの苗床にでもなってもらうとしようかのぉ』

「やってみろよ！」

ジグニールも長剣を構えると、重心を低くする。

『お、オデは!? オデのごほうびは!?』

上半身だけの鬼がサードに懇願の台詞を吐くと、

「幽口鬼、お前はぁ既に十分食べたろう？」

『うん、食べだぁ……』

悲壮感たっぷりの声を上げる幽口鬼に、

「わかったぁ。わかったよぉ。お前がその爺を処分したら、そうだねぇ、ここには他に沢山のストックがいるみたいだし、それらを彼にやってもいいかなぁ？」

司会者に確認すると、

「構わん！ そいつを殺せば、いかなる望みもかなえるぞっ！」

オーブツ侯爵が司会者の代わりに返答する。

「だそうだよぉ。気張ってやるんだぁ。いいね？」

『オデ頑張る！』

涎を垂らす幽口鬼に、ルーカスは大きく息を吐き出すと、

「木偶ごときに随分となめられたものだ。ジグ、そのムシケラを任せました。私はこの木偶を駆除するとしましょう」

ルーカスは湾曲した剣を右手に持ちながらゆっくりと上半身だけの鬼、幽口鬼に近づいてい

く。

こうして、ジグニールたちの戦いの第二ラウンドの幕は上がる。

ジグニールと大皇蜂《たいこうほう》との戦闘はほぼ互角だった。もっとも、それは最初だけ、次第に形勢は傾きつつあった。

ジグニールの周囲を高速で飛び回り、背後から溶解液を吐きかけてくる。身を捻って躱すと同時に、

「飛射《ひしゃ》！」

魔力を込めた斬撃を飛ばす。一定のタメが必要であり同じクラスの剣士同士には逆に隙を生むこの技も、こと人面蜂には効果覿面だった。

「うおっ⁉」

斬撃は人面蜂の羽の一枚を一刀両断にしながらも突き進み、直線上にいる幽口鬼の胴体に深く突き刺さる。

『がぐっ⁉』

前かがみとなる幽口鬼に、炎を纏ったルーカスの剣がその右腕を両断する。絶叫を上げて燃える傷口を押さえる幽口鬼に、ルーカスは冷めた目で眺めながら、

「所詮、どこまでいっても知性に乏しい食人魔物というわけですか……」

侮蔑の言葉とともに、湾曲した剣をその脳天に振り下ろす。全身燃え上がり、瞬く間に塵と

なる幽口鬼に、大皇蜂《たいこうほう》はギリッと奥歯を噛みしめた後、負傷した羽を癒す。

「さて、お前、一匹となったわけですが?」

『サード！　手を貸すんじゃ！』

「やだなぁ、もうやってるよぉ」

弾むような声がした途端、ジグニールの全身はピクリともしなくなる。そして、それはルーカスも同じ。上空には先ほどの真っ白な翼を生やした仮面の異形が浮遊しており、その両手から延びた糸がジグニールとルーカスの全身に付着していた。

「ごめんねぇ、端から勝負なんてしちゃいなかったんだよぉ。何せ、彼が出てくれば、終わりって話だしぃ」

拘束を解こうとするジグニールたちに、

『無駄ですので。我の天の糸は人ごときに外せるものではありませんので』

仮面の異形は感情の全く籠っていない声色でその行為を否定してくる。

「そうそう、彼は神使《しんし》のパペット様。我ら人が信じる聖武神アレス様がこの地へと遣わされた神の使者さぁ。君らには絶対に外せないよぉ」

神使《しんし》は召喚魔法に疎いジグニールでも知っている。神が天から遣わした使者であり、人類を時に正しき道へと導く存在と信じられている。竜種や精霊のようなこの世界の生物とは一線を画した存在であり、まごうことなき超越者《トランセンダー》だ！

「サード、なぜ、お前が神使《しんし》と契約しているっ！」

神使《しんし》はまさにこの世のパワーバランスを崩す存在。帝国がそんな超常の存在と簡単に契約できているならば、今頃皇帝は全世界の征服に乗り出していることだろう。そんな噂がない以上、皇帝はこの事実を知らないということ。

「うんうん、分かるよ。まさか、ボクも神使《しんし》様と契約できるとは夢にも思わなかったしぃ。この神の国とドンパチやるつもりだってんだから、マジで愚帝だよねぇ」

「いいのかよ？　それ陛下に聞かれたら殺されるぜ？」

「どうやって？　神使《しんし》を得たボクに勝てる存在は帝国内にはいない」

もし、あれが本当に神使《しんし》ならばサードの言は大言壮語ではなく全て真実だ。神話上、人類が文明を築いてから神に背いて存在を許されたものなど、今の今まで存在しなかったのだから。

「本当にそいつら、動かぬのか？」

恐る恐る尋ねるオーブツ侯爵に、

「もちろん、何をしても指一つ動きませーーんよぉ！　殴ってよーし、刺してよーし！　なんでもオールオッケーですよぉーーー！」

サードはクルクルと踊りながら、粘着質な声を張り上げる。

「ほ、本当だな？　嘘、偽りを述べたら許さんぞっ！」

「もちろんですぅ！　神の国の御方に嘘はつきませんよぉ。そうですよねぇ、パペット様ぁ？」

『ええ、我らが崇敬なる神は我らに勇者マシロを教え導くよう啓示をくださりましたので。これも全ては我らが神の御心のうち』

パペットはそんな答えになっていない返答をする。

・オーブツ侯爵は駆け足で闘技場まで下りてくると、今も動けぬルーカスの前まできて右肘を振りかぶり、殴りつける。

「テロリストの分際でこの儂を殺そうとするからだっ！」

勝ち誇ったような笑みを浮かべながら、ルーカスを何度も殴る。それでも眉一つ動かさぬルーカスに、オーブツ侯爵の怒りは益々エスカレートしていくが、司会者が近づいて耳打ちすると、途端に上機嫌になる。

「そうだな。貴様を利用して元公女のテロリストを捕縛するとしよう」

「……」

初めてルーカスの目が激しい怒りに染まる。

「ひっ！」

身動き一つできぬルーカスに凄まれ、小さな悲鳴を上げるオーブツ侯爵。

「馬鹿にしおってっ！」

その事実に屈辱で真っ赤になると、手に持つ短剣を抜くとルーカスの右の大腿部に突き刺す。

「フェリスには何度も煮え湯を飲まされたし、奴を捕えたら思う存分楽しんだ上で奴隷として娼館にでも売り払ってやる！」

「下郎が、今の発言だけでも陛下のお耳に入れれば縛り首だぞ！」

ルーカスの威圧に、言葉が詰まってたじろぐが、

「ふ、ふんっ！　か、勘違いするな！　あ、あの小娘はもう王族ではなくテロリスト！　捕らえられれば縛り首になるのはフェリスの方だ！　これは儂なりの情けというやつだっ！」

ドモリまくりながらも、己の発言を必死に正当化する。そんな時、司会者から再度耳打ちをされた途端にご機嫌になる。本当に幼い子供の思考のまま大人になってしまったような奴だ。

「では、この『神の盃』をガードしていた『野猿』が突然押し入った賊により、無残にも殺されてしまいましたので、新たな催し案を運営側からご提案いたしますっ！」

騒めく建物内に司会者は闘技場で鎖に繋がれた獣人族の少女の前まで来ると、右手のステッキをその喉に当てて、

「我らが天の使いは仰せになられました。この罪深き獣の娘を使って邪悪の穢れを落とし清めよと」

外道の所業を恥ずかしげもなく叫ぶ。一瞬の静寂の後、凄まじい歓声が部屋中に響き渡る。

（こいつら、マジで狂ってやがる……）

こんな少女を犠牲にしてまで守らなければならないものなどこの世に存在しない。だが、奴らは自らの邪悪な穢れを落とすというありもしない妄想のために、少女を生贄にする。その結果守ろうとするのは己の富であったり、安楽な生活。これほど愚劣で醜いことはそうはない。

「召喚士殿、ではお願いいたします！」

司会者が獣人族の娘から離れて胸に手を当てて一礼すると、サードは貴賓室から闘技場へと

跳躍し、観客たちをぐるっと見渡すと、右腕を高く掲げて、
「じゃあ、始めようーーかぁ！　今からボクが召喚した大皇蜂によりぃ、この娘を生きたまま
ゆっくりと溶解させてぇーーいくぅ。そうして初めて彼女は穢れから解放されて、救いを得る
ことができるんだぁッ！」
この外道の所業に巻き起こったのは非難でも嫌悪でもなく賞賛の嵐だった。
頬が火照り、瞳には強烈な熱を持ち、少女への加害を正当化する言葉を叫ぶ。
『祓え！　祓え！　祓え！　祓え！　祓え！』
もはや、信仰や教義がどうのとかいうレベルではない。間違いない。こいつらはただただ狂
っている。
「止めろぉ！」
必死にもがき、この愚行をやめさせようとするが、やはり動くことは叶わない。
恐怖を確かめようとでもするかのように、大皇蜂はゆっくりと獣人族の少女へと近づいてい
く。
(動け！　動けってんだよ！)
ジグニールが鍛錬を今までしてきたのは、剣の道の先にある頂に到達するためだ。それは剣
士の誉であり、最終目標。今までそれをずっと信じて剣を振ってきたし、それは剣の道を見失
っている今もそうだし、きっとこれからも生涯そうだろう。だが、この目の前の少女一人を助
けられない状態で、将来、仮にその場所に辿りつけたとして果たしてジグニールは満足して笑

えるのだろうか？

（否！　断じて否だ！）

ジグニールの中で何か熱いものが破裂する。

剣の神様よぉ！　都合が良すぎるのは分かってるっ！　でも、もう一度だけ俺に守る力を貸してくれ！

刹那、視界が真っ赤に染まり、身体の中心から熱のようなものが沸き上がる。

プチプチと全身の筋線維が切れる嫌な感触を味わいながらも、幼い頃から己の相棒だった長剣を握り絞める。

『んぬ？　あ、ありえませんので』

どこか焦燥を含んだパペットの声。長剣が軋み音を立てて動き出す。全身がバラバラになりそうな激痛の中、

「うおおおおおぉぉぉぉぉっーーーー！」

獣のような唸り声を上げて己を拘束する全身の糸を切断する。それと人面蜂の尾から毒液が少女めがけて射出したのは同時だった。渾身の力で地面を蹴り上げる。妙にゆっくりとした光景。破裂した足元の地面の砂の一粒一粒や流れる景色までが鮮明に知覚できていた。

紫の毒々しい溶解液が届く直前で獣人族の少女を抱きしめる。直後、背中に熱い溶岩が流れ出したような激痛が生じる。

胸の中の少女の温もりに、強烈な安堵を覚えながら、意識は次第に薄れていく。

「ナイスファイト」

全身を支えられる感触。そして妙に頼もしい声とともに、ジグニールの視界は真っ白に染まる。

◇◆◇◆◇◆

ムジナという情報屋から、数日で多くの情報が得られた。

麻薬の密売や人身売買をしていたのは、『野猿』なのは間違いない。だが、その『野猿』に色々公的な便宜を図っていたのが、オーブッ侯爵を中心とする『神の盃』という名の政治結社。奴らはアメリア国内で有数の権勢を持つ血盟連合に名を連ねる者の中でも、特権意識、差別意識が強い高位貴族で構成されている。この世界は神に祝福された自分たちのみに価値があり、他は自分たちの礎になるために存在するという、とち狂った考えを持った連中だった。

普通ならこの手の頭のネジが飛んだ妄想癖のある連中は排除されてしかるべきだが、そのほとんどが高位貴族。国政に深く食い込んでしまっており、上手い自浄作用がなく、やりたい放題の無法と化している。

もっとも、『神の盃』が主催する夜の宴である『オークション』は実際に心底虫唾が走る内容だった。

全国から精霊を攫ってきては遊びで殺して精霊の魂である結晶、精霊核を取り出し、オークションにかけて獲得した者がそれを食して僅かな力を得て悦に浸る。

そして、極めつけはこの『神の盃』という如何わしい組織に、勇者マシロが支援しているという事実。コインにカードという愚物組織を支援し、今度は思想が近いというだけでこのような組織にも力を貸す。どこまでも救いようがない勇者だ。本気で勇者駆除のストーリーを考えるべきなのかもな。

ともかく、もう、こんな組織を欠片も存続させる気はなかった私は奴らにとびっきりの破滅をくれてやるべく策を練ることにした。そのためにさらなる情報をムジナから得る。

転機は同時並行的に調査させていたミュウの両親にあった。どうやら、ミュウの両親は存命であり、しかもその両親の依頼を受けて、あの剣帝ジグニール・ガストレアがミュウの捜索を開始したらしい。しかも、その相手として同行したのがローゼの叔母フェリス・ロト・アメリアの側近であるルーカス・ギージドア。あの最強のハンター、イザーク・ギージドアの実の父親だった。

公女フェリスは、あのいわくだらけの国エルディムにいて、そこを中心にアメリア王国内で解放運動を行っている。フェリスの名はローゼから一度聞いたことがある。叔母というより姉のような存在で、五年前に失踪して以来音信不通となっていた。おまけに、ムジナの情報ではエルディムに関してこのアメリア王国で不穏な動きもあるらしい。

公女フェリスがエルディムで解放運動を行い、帝国の元剣帝がそのフェリスの側近と行動をともにして、私が保護しているミュウを探している。さらに、エルディムの周囲で蠢くアメリア王国とグリトニル帝国。そして、帝国最高の召喚士が此度王国で『神の盃』に協力している。そして、アメリア王国で暗躍する神の使いの存在。

全て繋がっているようで、微妙にズレている。そんな奥歯に物が挟まったような独特な感覚だな。

ルーカスはともかく、あの剣帝は此度の計画に使えるかもしれない。あれは話にならぬほど未熟だが、剣の才だけはずば抜けていた。もしかしたら、祖父のアッシュバーンと同様、剣の道の頂に足を踏み入れることができる可能性を秘めている。もっとも、剣の才だけではそれは不可能というものだ。なにせ、今の奴には剣士に最も重要なものが欠けている。もし、それに気付くことができたら、奴は化けるかもしれん。だから、剣帝たちを計画に巻き込むこととしたのだ。

そして、今回の計画に携わったギリメカラとスパイを交えて計画の最後の調整を行っているところだが、二者の提案は私にとって納得できるものでは到底なかった。

「子供のミュウや戦闘の素人のアシュまで巻き込むのはなぁ……」

ギリメカラとスパイの提案は、ミュウとアシュに此度の英雄《ヒーロー》を奮起させるお姫様役を押し付けるもの。相手が弱ければそれも構うまいが、帝国最高の召喚士がいる以上、本来私が処理する案件だ。その危険度は今までの温いミッションとは桁が違う。

「アシュちゃんは戦闘については確かに素人だが、芯は相当強い。何より、此度の計画には奴らによるアシュちゃんの誘拐が必須。それは御存じでしょう？」

そんなことは改めてスパイに指摘されんでも理解している。奴らが私と同席していたアシュを探っていたことは既に調査済みだ。十中八九、アシュは奴らに狙われる。

「アシュ以外の者に……いやそれも他者に危険を押し付けるだけか……」

スパイは大きく顎を引く。

「もし、あの子がそれを知れば相当傷つくはずです。そういう優しい子ですから」

スパイもアシュと数回会っただけなのによく見ている。そうだ。アシュならば、ずっとその件で罪悪感に苛まれることになるだろう。それを防ぎたいなら、この罠を張るという計画自体を見直さなくてはならなくなる。それでは、クズどもを取りこぼす危険性がある。

「アシュの件はわかった。だが、流石にミュウはまだ幼い。この計画には明らかに不適だろう?」

このミュウの私の判断は意外な奴から否定される。

「ミュウは師父が考えているほどガキじゃねぇぜ。未熟だが自分でしっかり考えられる立派な戦士だ」

黙って聞いていたザックが横槍を入れてくる。

「立派な戦士か……私としてはそれを一番危惧しているのだがね」

私は今回、武術と魔法という力をミュウに持たせてしまった。実戦経験を伴わない力などあってないようなもの。逆に無謀を助長するという点で害悪でしかない。この度、ミュウの好きにさせればまず間違いなく命に危険が及ぶ。

「だったら、ミュウが危なくなったら師父が即座に助ければいい。今回の事件はミュウを大きく成長させる。俺はスパイの案を推すぜ」

成長させるか。確かに武術に足を踏み入れたばかりの者にとって、無謀は甘い蜜のようなものだ。ここでミュウを過剰に危険から遠ざけたとしても、必ず近い将来同様の危険を冒し、大きなしっぺ返しを受ける。その時、私の手が届くところにいればいいが、もしいなければミュウは死ぬ。もし、そうなれば、ミュウに力を与えた私の責任だ。危険もいたしかたないか。

「わかった。計画はスパイ、お前の案を採用する。ただし、私が真に危険と判断次第、すぐに介入するが、それでいいな？」

「もちろんです！」

嬉しそうに顔をほころばせながら、スパイは大きく首を縦に振る。

両膝を叩き、席から立ち上がると、

「じゃあ、さっそく計画を開始しよう。いいか！　この件に絡んだクズは全て残らず駆逐する。一匹たりとも生かして帰すなっ！　この世の地獄を見せてやれ！」

厳命を下す。

『は！　御身の御心のままに！』

「は！　御身の御心のままに！」

ギリメカラとスパイの言葉がハモリ、私たちの計画は開始される。

全ては私たちの計画通りに進む。全て恐ろしいくらい計画通りだった。なのに、こうもどうしようもなく許せなく感じているのは、『神の盃』という糞どもの外道っぷりが私の想像を遥かに超えていたから。

アシュの想いの強さとミュウの絞り出した勇気、そしてルーカス・ギージドアのケジメに剣帝ジグニールの決死の奮闘をただ、私は黙って見続けた。基本自己中でこらえ性のないこの私がこんな超絶雑魚どもの所業にここまで我慢したのは、この数万年でおそらく初めての経験だったと思う。

ジグニールがあの白色の翼の魔物の拘束を自力で破り、人面蜂がミュウに向かって吐いた毒液から彼女を庇って助ける。

「ナイスファイト」

意識を失い倒れかかるジグニールを支えながら、私の口から飛び出たのは賞賛の言葉だった。

ジグニールは本当に未熟だ。凡そ、剣士として一流からは程遠い。あの白色翼の雑魚魔物の拘束を当初破れなかったのがその証拠だ。それが今の奴の限界。だが、ジグニールはあの白色の翼の雑魚魔物の拘束を、己の限界の殻を、自らの手で打ち破って最後にミュウを助け、英雄《ヒーロー》としての役目を果たす。おそらく、これこそがジグニールの本質。世界を救う使命を負った勇者でもなく、覇道を歩む王でもない、ただ苦しむ弱者を助ける小さなヒーロー。それはかつてダンジョンに飲み込まれる前に私が憧れた理想の勇士。今ここに己の役目を終えたヒーローに手放しの喝采を送ろう。そして次は私の番だ。

「さーて、ヒーローの出番は終わりだ。ここからは悪党《ヴィラン》の時間だ」

ここまで私を不快にさせたのだ。ただでは済まさぬ。皆まとめて、この世の地獄を見せてやる。むろん、妥協などない。何せ、今の私は悪党だからな。

『なんじゃ、こいつは？』

人面蜂の疑問に答えたのは、

「あー、父上、そいつだよ！　そいつが、僕に無礼を働いた下賤な男だよ！」

グルグルにした髪型の、フィーシズだった。

「丁度いい。そいつはオーブツ侯爵家に唾を吐きかけた背信者だ！　しかも、どうやら『この世で一番の無能』というギフトホルダーで、おまけにあの忌々しいローゼ王女のロイヤルガードらしい！」

巻き起こる嘲笑に満足そうに何度も頷くと、オーブツ侯爵は、

「皆の者、この無能をどうすべきだろうかッ⁉」

大声で尋ねる。

「殺せぇ！」

「そうだ！　早く殺せぇ！」

ご丁寧に殺せコールが会場に反響する。

「いや、無能の背信者の分際で神の祝福を得たオーブツ侯爵閣下の御子息に不敬を働いたのですぅ！　死など生ぬるぃ！　生きてきたことを魂から後悔させるべきではないでしょうか

っ！」

司会者が両腕を上げて宣うと、至るところから獣のような賛同の雄叫びが上がる。

「では、召喚士殿、お願いいたします」

「はいよ！　よろこんでぇ！　大皇蜂《たいこうほう》！　やっちゃってよぉ！　一応アムネスが執着していたようだから警戒だけはするんだよぉ！」

サードとかいう木っ端召喚士の指示で、人面蜂は私の周りを飛びまわり始める。

『この儂を誰だと思っておる！　こんな雑魚に後れなど取るわけがないわぁ！　それより、対価はしっかりもらうからのぉ！』

「もちろんだともぉ！　お前好みの柔らかそうな子供を提供するよぉ！　さらに大サービスだぁ！　そこの精霊の子を好きにしてもいいさぁ！」

サードは兎顔の精霊の子供に右手を向けると、弾むように妄言を叫ぶ。

『その言、相違ないんだろうなっ⁉　嘘偽りを述べたら許さんぞぉっ！』

「もちろん、いいよねぇ？　オーブツ侯爵様？」

「ああ、好きにしろ！　補充はいくらでもある！　ここにいる商品は全て使ってかまわん！　だからその無能に生き地獄を味わわせてやれぇい‼」

『だ、そうだっ！　小僧、運がなかったなぁ！』

どや顔で宣う人面蜂に、

「お前ら雑魚の大言壮語には心底、辟易《へきえき》している。とっととかかってこい。特別に害虫としての扱いをしてやる」

左手の指で挑発してやる。

『こ、この儂を雑魚じゃとぉっ！　害虫じゃとぉっ！　貴様ごときがこの儂の速さについて来れるかぁっ！』

鬱陶しく、さらに私の周りを飛行する人面蜂。

「なんだ、さっきからブンブン飛び回っていたのは、速さを競いたかったのか」

こんな鈍い奴、目をつぶっていても楽々捕らえることができる。この程度でよくもまあ自信を持てるものだ。私は人面蜂の背後に移動すると、その羽の全てを雷切により切り落とす。

『は？』

地面にボトリと落下する人面蜂に雷切の剣先を向けると、

「で？　それで終わりか？」

端的に尋ねる。

『ば、馬鹿なぁっ！　なぜ、儂の速さについてこれるッ⁉』

「勘違いするなよ。私が速いのではない。単にお前がのろまなだけだ」

ここまで鈍い奴は、あのイージーダンジョンにすらいなかった。

『どこまでこの儂を愚弄すれば――』

「やかましい」

唾を飛ばして喚く人面蜂を蹴り上げて横に倒すと、地面に無造作に放り投げられている長剣を拾い、その頬に突き刺して地面へ縫いつけて黙らせる。

『ごがッ⁉』

懸命に喚く人面蜂を踏みつけると、

「いいか、お前はミュウを肉団子にして食おうとした。つまり、この私から家族を奪おうとしたのだ。私はお前を絶対に許さん。お前らの陳腐な言葉を借りるのならば、今、生きていることを魂から後悔させてやるってことだ」

猫背気味に睨みつけながら、胸にたまりにたまった鬱憤を口から吐き出した。

『ぐびっ！』

遂に人面蜂は泡を吹いて気絶してしまう。

「とことんまで不快な奴だ……」

全く張り合いのない。それがどうしようもなく私を苛立たせる。まあいい。事後処理は後だ。

「お前らも同じだぞ？」

首だけ傾けて、グルリと周囲を見渡して語り掛ける。

「お、おい、召喚士殿、こいつら、本当に大丈夫なんだろうなッ⁉」

オーブツ侯爵が焦燥たっぷりの声を張り上げるが、

「もちろん、楽々楽勝ですよぉ！　大皇蜂《たいこうほう》に勝利したのには多少意外でしたが、今の私は神の力を授かり、大幅に力が増していますのでぇ！」

帝国の召喚士サードは杖を構えると、詠唱を開始する。直後、二つの魔法陣から這い出してくる甲羅を持った竜のような生き物と、人の顔をした大鳥。

「地竜、ハーピー！　そいつやっちゃってよ。生きてさえいれば、多少無茶しても構わない。君たちに十分な生命力《マナ》は用意済みさ」

なんだ、この雑魚どもは？　ちっとも強さを感じぬ？　というか、さっきの人面蜂とどう違うのだ？　どうも帝国の召喚士とやらは相当、私を見くびっているようだな。

『ほう、太っ腹じゃんか！　お前――』

「もう、そのくだりは飽きた」

甲羅を持った竜のような生物、地竜が口からチロチロと炎を吐きながら、私を見下ろしあの人面蜂と同様、勝ち誇った妄言を吐くのを、【死線】によりバラバラの肉片にして強制停止させる。

「は？」

素っ頓狂な声をあげるサードを尻目に私はハーピーに向き直る。たったそれだけで、ハーピーは後方に大きく退避する。

『な、何よ、お前――くうえッ⁉』

何やら必死の形相で叫んでいるハーピーの頭部まで移動して、雷切を無駄にでかい頭に突き刺し、魔力を込める。雷切から雷が迸り、瞬時にその頭部は粉々に破裂する。

肉の焼ける匂いの中、私は雷切を振って血糊を落とすと、サードに剣先を向けて、

「こんな木っ端魔物では話にならん。お前、現在帝国一の召喚士なのだろう？　とっとと、早

く奥の手を出せ」

苛立ち気味に奴らにとっての最後通牒を下す。むろん、こいつを慮《おもんぱか》ってのことではない。仮にも奴は帝国一の召喚士。しかも、力を会得した趣旨の発言もしていた。奴の奥の手を全て吐き出させてからではないと捕らえるのは危険と判断したからだ。まあ、殺すだけならてっとり早いのだが、今やそのつもりはサラサラなくなっていた。

「今、どうやった？　地竜は最下級とはいえ、竜種。あんなにあっさり、倒せるわけがないっ！」

サードは先までの余裕の表情とは一転、厳しい顔で焦燥たっぷりの叫び声をあげる。

「どうでもいい」

「はあ？」

眉を顰めて尋ねてくるサードに、

「そんなことはどうでもいい、そう言ったのだ！　早くお前の奥の手を見せろ！」

雷切の剣先を向けると強い口調で指示を出す。忽ち、サードの額にムクムクと青筋が浮かぶ。

サードは怒りを鎮めるかのように大きく深呼吸をすると、両手の杖を握り絞めた。

「なるほどねぇ、フォーやアムネスが固執するだけの最低限の実力は有してるってわけかい。なら、遊びは終わりだねぇ」

サードはそう呟くと詠唱を始めた。長い詠唱で、地面に出現する複数の魔法陣。そして、その中から湧き出る大小様々な魔物ども。忽ち闘技場は魔物どもで埋め尽くされてしまう。

「馬鹿な……この凄まじい圧、こんなものに勝てるわけがないッ！」

白髪の紳士が召喚された魔物どもに視線を固定して、そう声を絞り出す。

「そうだ！　これはボクの今の持ちうる最高戦力ッ！　世界でも屈指の神話の軍勢だっ！」

サードが得々と口上を述べつつも杖を私に向けると、魔物どもも一斉に私を睥睨《へいげい》する。

「最高戦力？　本当にそれがお前の本気ってわけなのだな？」

僅かに声が震えるのを自覚する。

「大層な口を叩いておきながら、ビビって失禁でもしたかい？　そう。これがボクの本気さぁ！　分かる！　分かるよぉ！　竜種や幻獣公までいるんだッ！　これは、明らかに一国の軍に匹敵する戦力だッ！　今のお前の内心は恐怖と後悔で溢れているんだろう⁉　でも、ダメぇ！　ダメさぁ！　お前はこのボクの誇りに唾を吐いた！　それは万死に値する大罪だっ！　このままお前の四肢を切断し――」

期待外れだ……。

「大体理解した。もういいから少し、黙っていろ」

本当に期待外れもいいところだ。

「とことんまで生意気な奴だねぇ！　やっちゃいなよ！」

私に向けて地響きを上げて襲いかかってくる魔物どもに、私は雷切を鞘に戻す。

「どうやら、観念したようだねぇ。でもそう簡単に殺さないけど――」

私は雷切の柄に触れると、

「【真戒流剣術《しんかいりゅうけんじゅつ》一刀流】、肆《し》ノ型――毒蜘蛛の巣《アラクネ》」

雑魚殲滅技でそれを迎え撃つ。魔物どもは私に届く手前で十字に切断されて、闘技場の地面へとドシャッと崩れ落ちる。

「ひへ？」

サードは目を大きく見開いてワナワナと震えだし、

「りゅ、竜種と幻獣公もいたんだぞっ⁉　貴様、どうやったぁっ⁉」

ヒステリックな声を張りあげた。

サードとかいう愚物の情報についてのみ、ムジナにしては珍しく外したってところか？　帝国一の召喚士とは名ばかりの張りぼての雑魚に思えてならない。いや、まだ奴には奥の手やらがある。一応の警戒をしていても無駄ではなかろう。まあ、期待は微塵もできないわけだが。

「パ、パペット様、お願いしますぅ！　この邪悪で邪な背信者に神罰を下してください！」

サードが両手を合わせて、そう必死の懇願をすると、

『いいでしょう。下界のものにしては不可解な力があるようですが、大した力も感じませんし、先ほどの奇妙な技だけ気を付けていれば、殺すこと自体は可能ですので』

パペットは顎を引いて了承する。

「まさか、お前それが奥の手だとでも、本気で言うつもりか？」

やっぱり、このオチかよ。

『減らず口がすぎるというものですので。下界のものを倒したと言っていい気に――』

面倒になった私は独自の歩行術により、奴の背後まで移動して右手の雷切を奴の腹部に深く突き刺した。

「ほら、全く反応できちゃいないではないか」

『ど、どうやったので？』

身を捩じって動こうとする奴に、

「おっと、動かない方が賢いぞ。なにせ、臓物の隙間を刺しているからな。少しでも動けば致命傷だ」

ありがたい助言をしてやる。

『ひ、ひぃぃぃーー！』

ひび割れるような悲鳴を上げる奴を尻目に、

「そこまでだ、化け物め！ パペット様から離れろっ！ さもないとこの娘を殺すぞっ！」

司会者の男がミュウの首に剣を押し付けて叫んでいた。最も愚かな選択をするか。

「はっ！ 煮るなり焼くなり、好きにしろ」

「なッ⁉ わ、私は本気だぞっ！」

まさか、こんな返しをされるとは夢にも思わなかったのか、慌てふためき、剣をミュウの首筋に突きつけてペチペチと叩く。

「だから、構わんと言っているだろう。好きにすればいいさ。ただし、やれるものならな。なあ、そうだろ？」

この私が幼いミュウをあのままにしておくわけがあるまい。とうの昔に保護して別の場所に避難させている。

『御身の御心のままにぃ！』

ミュウの両眼が黒くそまって、鋭くとがった牙が生える。そして筋肉が盛り上がり、瞬く間に巨大な鼻の長い怪物の姿へと変わっていく。

「ひゃあぁっ――――！」

恐怖で顔を引き攣らせながら、司会者は尻もちをつき、つんざくような絶叫を上げる。司会者だけではない。

『こ、こ、この圧、悪邪の神柱ぁぁーーっ⁉　あ、あ、あれを従えているっ！　というと、まさか、まさかぁ――あれは⁉』

パペットも素っ頓狂な声をあげて、ガタガタと全身を小刻みに震えだし、ブツブツと呟き始める。

「さて、もうお前らの底は見えた。正直、ここまで警戒する必要はなかったな……」

ともかく、このサードとかいう男、本気を出してこの程度。おそらく帝国一の召喚士というのはただのデマだ。まあ、簡単に敵国に寝返るような馬鹿をやり手と評判の皇帝アムネスが重宝するわけもないか。

『わ、私をどうするつもりなので？』

自称神使《しんし》、パペットの検討すら不要な問いに、

「言ったはずだ。地獄への一本道さ。もっとも、お前たちの言う比喩ではなく、この上なく再現性の高い。なあ、ベルゼ？」

私はこの手の処理に疎い。ここは餅は餅屋だ。拷問はベルゼ以上に適任の者はいないからな。

私の呼びかけに忽然と姿を現す、王冠を被った二足歩行の巨大な蠅。

『許せん……でちゅ……』

「ん？」

いつもなら、『御意でちゅ』とか言って気色悪くケタケタ笑うところなんだがね。

『バブのぉ――御方ちゃまに対する数々の不敬ッ！　絶対に許せんでちゅっ！　蛆の苗床っ⁉　ダメでちゅっ！　生きたまま腐らせるッ⁉　そんなの全く生ぬるいでちゅ⁉　感覚や意識を維持しながら、もっとずっとずっとずっとずっと、ぐっちゃぐっちゃのぐっちゃぐっちゃにしてやらなければだめでちゅ！』

俯き気味に複眼を血走らせて両手をわななかせながら、ブツブツと呪詛を唱え続けていた。

「どうした、ベルゼ？」

『御方ちゃま、これとあれ、ここにいるムシケラ、バブが全てもらってもいいでちゅか？』

私に問われて我に返ったようにベルゼは深く頭を下げると人面蜂とパペットを指さして許諾を求める。

「ああ、端からそうするつもりだったし、構わんぞ。ギリメカラ、お前たちもそれでいいな？」

『もとより、そのような取り決めでありますれば』

この作戦はギリメカラ派とベルゼバブのチームの共同。危なくなったと判断次第、私の配下の中で最強のベルゼバブが介入する手はずになっていたのだ。

『お慈悲をぉ……』

雷切に貫かれたまま、完璧に戦意すらも消失して両手を合わせて免罪を求めるパペットに、

「私は最初に、悪党《ビラン》と名乗ったはずだ。その悪党の私が不快にさせたお前らを許す？　それは絶対にありえない選択だ。つまり、答えは既に出ているってことだ」

私が言葉を切った時、まるでベルゼの今の感情を体現したように、奴の全身から真っ黒な靄が出ると、パペットを呑み込んでいく。

静まり返る室内で、

「神使《しんし》様が負けた……」

「化け物だぁっ！」

「逃げろっ！」

この声が合図だった。出口に殺到する観客ども。

「押すな！　今扉を開ける！」

「開いた！」

扉を開いて歓喜の声を上げた途端、その全身が膨れ上がり破裂する。そして入り口から入ってくる背中に蠅のマークをペイントされた黒一色の上下のダブダブの衣服を着たサングラスの

男。

「我らが偉大なる御方様、この屋敷の全ての救助を完了いたしました」

男は私に跪きながら唯一の危惧について報告してくる。大分、様相は変わったが、あれはパプラ事件の主犯、ジルマ。今回、ベルゼバブの眷属として行動をしていたようだな。ま、元人間なだけベルゼバブの配下の中では一番奴に常識がある。この手の任務には最適だったのだろう。

「よくやった」

「もったいないお言葉……」

声を震わせるジルマに肩を竦めながら、私はグルリと奴らを見渡し、

「分かったと思うが、お前らは逃げられん。試してもいいが無駄だ」

私のこの宣言に、オーブツ侯爵は両手を叩いて明らかな造り笑いを浮かべながら、

「素晴らしい強さだ！　君の強さに感服した！　我らはそこの帝国の召喚士に唆《そそのか》されただけなのだ！」

「い、今更、何ほざいてやがるっ⁉」

サードが声を荒らげるが、

「黙れぇい！　帝国の狗がぁっ！　君こそ、まさに神の使い！　我らの組織に招かせてくれい！　のお、そうじゃろう⁉」

オーブツ侯爵は司会者に振ると、

「も、もちろんです！　貴方は聖武神が遣わされた神の言葉をこの世に実現する遣い！　最高のおもてなしをさせていただきます！」

戯言を述べる。すると、会場に残った観客たちはそれに同意する趣旨の発言をし始めた。それと相対するように、ベルゼバブがギリギリと奇声を上げ始め、

『我らが神を木っ端神の使いだとおぉぉっ！』

ギリメカラも悪鬼の形相で跪く床を両手で抉り、それらは今も潜んでいた私の配下に伝染していく。

「お前ら、清々しいまでのクズっぷりだな。流石の私もお前らほど下種に突き抜けられぬよ」

正直、怒る価値さえも感じられぬクズ。ここまで価値を感じぬ奴に私は初めて会った。もう、関わるのさえ億劫《おっくう》だ。どのみち、こいつらは既に終わっている。いつの間にか背後にいたアスタに、右手を挙げて合図を送る。アスタが指をパチンと鳴らすと、

「ぐぎっ！」

突如、苦しみだすオーブツ侯爵や貴賓室にいた高位貴族ども。

「父上⁉　おのれぇ！　無能、貴様、父上に何をしたっ⁉」

苦しむオーブツ侯爵に駆け寄ると怒声を張り上げるフィーシズに、

「さあな、食あたりではないか？」

奴らが食っていた精霊核とやらは、私がすり替えるように指示しておいたアスタ特性の特別な呪いを含有した鉱石だ。

「ぐががぎぎぎぎぎぎぎぎっーーーー！」

全身の皮膚が波打ち、ボコボコと盛り上がって、ドロドロと溶解し始める。

「父上ぇぇっ！」

フィーシズの絶叫を契機に、悲鳴や絶叫が飛び交う。私が振り払うような仕草をすると、ベルゼバブの上空で漂っていた黒色の霧が肉片と化したオーブツ侯爵、支配人、フィーシズ、サード、その他の観客どもを呑み込んでしまう。

「お前たち、ご苦労だった。ベルゼ、ギリメカラ、事後処理は頼んだ」

『御意に！』

『御意でちゅう！』

私は労いの言葉をかけると闘技場を後にしたのだった。


数日後、屋敷の一階の居間でローゼが両手で頭を抱えていた。

「フェリスお姉さまがレジスタンスの首領？　しかも、その活動の拠点があの有名なエルディム？　そんなのバレたら間違いなく国際問題になるわ！」

「かもな」

ムジナからの情報ではその国にギルバート派の馬鹿貴族たちがちょっかいを出そうとしているわけだが、それを伝えればきっと卒倒してしまうな。

「此度の主犯格の者たちはどうするつもりです？」

「もちろん、私が適切に処理するさ」

「王国の司法には引き渡さないと？」

「あたりまえだ。奴らは私を心底不快にさせた。あんな自浄作用皆無な場所に戻すなど冗談ではない」

ローゼはホッと胸を撫でおろして、

「そうですか」

あっさり了承した。この発言、ローゼにしては聊か違和感があるな。

「ほう、てっきり、烈火のごとく反対すると思っていたんだがね？」

ローゼは良くも悪くも真っすぐだ。こんな悪党しか選択しないような手段など絶対に許容しないと思っていたのだが。

「ものごとには限度があります。精霊様を殺してその核を取り出して食べるなど、まさに鬼畜の所業。絶対に許すことなどできません。仮に国王陛下が知れば烈火のごとく怒り、関係者を厳罰に処するでしょう。たとえそれがどこの誰であろうとも」

「ふむ、そういうことか」

この地は過去に凶悪な魔獣の生息地だったが、アメリア王国初代国王が精霊の里である妖幻郷の王の力を借りて魔物どもを討伐し、現在のアメリア王国を建国したとされている。つまり、精霊はアメリア王国の王族にとってまさに守り神のような位置付けとなっている。それを辱めたと知れば、国王は厳粛な態度をとらざるを得ない。たとえ、それが高位貴族だろうと、実の息子だろうと、勇者だろうともだ。

　この件が公になれば十中八九、このアメリア王国は上を下への大騒ぎとなる。下手をすれば内乱に発展する危険性すらある。ローゼはこれを危惧しているんだと思う。

「それにミュウやアシュにしたことについて、私は本気で頭にきています」

　ローゼの瞳の奥に揺らめく激しい憤怒の炎を認識し、思わず口端を上げる。要するにだ。今のローゼにとってミュウやアシュは家族同然ということなのだと思う。

「心配するな。全てが終われば処刑台くらいには向かわせるつもりだ」

　その時にはきっと殺してくれと懇願するようにはなっていると思うがね。

「全てが終わったら……やはり、何か企んでおいでなのですね？」

「企むとはいささか人聞き悪いな。この王国に百害あって一利なしの異物に須《すべから》く退場願って、本来あるべき姿へ戻すだけだぞ」

　ムジナから得た情報を分析した私の結論は、この一連の事件は全て地続きで繋がっているということ。どうやら複数の勢力の思惑が交差し、複雑に絡み合っているようだ。今後も部外者にちょっかいを出されるのは少々面倒だし、今後の王位承継の選定戦《ゲーム》の正当な進行に差し支える。そこで王国内の不穏分子を一斉駆除しようと考えたわけだ。なにせ、ゲームは最低限の公正さがなくては面白くないからな。

「ほら、やっぱり破天荒な策を練っているんじゃないですか」

「破天荒どころか、頭のネジが完璧に外れたものにしか考えつかぬ計画なのである」

心底うんざりしたような表情で隣のアスタが、皮肉を口にする。そのアスタの言に暫しローゼはパチパチと眼を瞬かせていたが、

「カイ、本当に何をなさるおつもりですか⁉」

ハッと息を飲んでから鬼気迫る様子で問い詰めてくる。

「アスタ、ローゼが本気にするから、無駄に意味深なことを言うなよ」

「吾輩は誇張したつもりは微塵もないのである」

私が計画の全容を話すと、アスタは当初頭を抱えていたが、こんな趣旨の発言を口にするようになってしまった。

「カイ、危険はないのですね？」

「もちろんだとも」

神妙な顔で尋ねてくるローゼに親指を立てて、どや顔で即答する。

「信じてます。信じてますよ。信じてますからね？」

必死の形相で何度も繰り返すローゼに、

「あー、分かった。分かった」

あしらう私にローゼは暫し半眼で見つめていたが、

「ルーカス卿と帝国の剣帝殿はどうするつもりです？」

ようやく話を前に進めてきた。

「どうもしない。必要な情報のみを彼らに知らせるだけだ」

あの二人ならそれだけで、私の望むような選択をするはずだから。

「カイ、やっぱり――」

再度、話を元に戻そうとしたローゼに、

「ローゼ様、エミたちとあの精霊様方が面会を求めてきたので、客室に待たせてあります」

アンナが部屋に入ってくると報告をしてきた。あの一件以来、『神の盃』の残党や奴らの仲間の貴族どもに狙われる恐れがあった。だから、エミの両親と子供たち、そして、保護した精霊たちには、この屋敷に留まるよう指示していたのだ。

「だそうだ。行くとしよう」

「またそうやって誤魔化す！」

頬を膨らませてそっぽを向くローゼに近づくと、掌でその頭頂部をポンポンと軽く叩き、応接室へ向かって歩き出した。

応接室に置かれた大きな長い机の各席には、この度の誘拐事件に関与した者たちが集められていた。まずは、神妙な顔で座っているエミとその両親。そして、険しい表情でガチガチに緊張して身体を強張らせている兎顔の精霊を筆頭とする、『神の盃』に囚われていた人外たち。

私が部屋に入ると、精霊たちは一斉に私に跪いて深く頭を下げたまま震え出す。またこのリアクションか。どうにも人外たちにとって私はどこぞの極悪魔王や殺戮《さつりく》悪魔のように映っているようだ。

「だから、それは止めろ。そう言っているだろう？」

『『『は、はい！』』』

大慌てで皆立ち上がり、姿勢を正す。まいった。微塵も分かっちゃいない。これではお話にすらならん。肩を落としてローゼに委ねるべく右手を挙げて、私は隅のソファーに腰を下ろす。

「皆さん、初めまして。私はローゼマリー・ロト・アメリア、このアメリア王国の第一王女です。彼はカイ・ハイネマン、私の騎士ですので、取って食いやしませんからご安心くださいね」

ローゼは通常、王族であることを宣言するようなことはしない。此度、わざわざ名乗った理由は、例のごとく悪の大魔王のようになってしまった私への恐怖心を取るためだろうな。精霊たちにとっても、憎い人間の王族の騎士の方が大魔王よりかは幾分マシだろうし。

『王女？　本当にこの御方《おかた》は貴女《あなた》の騎士なのですか？』

案の定、困惑の表情で恐る恐る尋ねる兎顔の女に、

「ええ、そうですよね？　カイ？」

満面の笑みで頷くとローゼは私に同意を求めてくる。拒絶したいのだが、そうすれば間違いなく私の悪の大魔王扱いが固定化されるだろうな。だが、そのまま肯定する気にもならんのも事実だ。

「一部訂正が必要だな。あくまで、一時的な仮の騎士だ」

「はいはい、分かっていますよ。よりふさわしいロイヤルガードが見つかるまでの臨時的な騎

士ですよね」

微笑を浮かべながら、ローゼはテーブルの上に置かれたカップを手に取って口に含む。

「そうだが、どうにも釈然とせんな」

どうにもローゼのニュアンスにうすら寒いものを感じるぞ。

「ではさっそく、本題に入りましょう」

ローゼが無言で私に話を振ってくるので、まず、エミとその両親へと視線を向けて、

「オーブツ侯爵を排除した今、当初の契約通り、ローゼの陣営に入ってもらう。それで構わないな？」

エミの両親は厳粛な表情で顔を見合わせると大きく頷いて、

「あっしらは、貴方に助けられました。あっしらは、料理しかできませんが、微力ながら協力させていただきます」

「ありがとうございますッ！」

今までどこか硬かった表情から一変、嬉しそうに顔を輝かせたローゼは二人の手を取る。

大人三人と子供十数人の棚から牡丹餅的な獲得ではあるが、紛れもないローゼの初めての領民だ。それは嬉しいだろうさ。ま、元々、他の候補者は当初から領民が存在しているのだ。領民の獲得まで全てローゼがしなければならぬ道理はないからな。もっとも、私におんぶに抱っこは今回の事件が最後だ。不純物を排除し、このゲームを公明正大なものへと戻した暁には、ローゼに領民の獲得法を立案させるつもりだ。

「エミ、お前もそれでいいのか？」

「もちろん、それが約束だし。そんなことより、昨日の晩に出た料理を教えて欲しい！」

昨日の晩？　ハンバーグのことか。昨晩はファフにせがまれて私が晩御飯を作ったのだが、どうやら彼女にとってクリーンヒットだったらしいな。

「ああ、分かった。今晩、教えてやるさ」

どのみち、今晩アシュからハンバーグの調理法を教えて欲しいと頼まれている。一人教えるのも二人教えるのも変わるまいよ。

「カイ。精霊様方をこれ以上お待たせするのは……」

脱線しかかっている話を進めるよう促してくるローゼに、右の掌を向けて了承の意思を示し、兎顔の精霊たちに視線を移すと皆表情が哀れなほど固まってしまった。

「そう怯えるな。お前たちに危害を加えるつもりなら、端《はな》から助けやしない」

ため息交じりに諭すと、

『お、怯えてなどおりません！　私たちはただ緊張しているだけです！』

兎顔の母親は両手をブンブン左右に振って、私の指摘を否定する。

「それならいいさ。では本題だ。この件をハンターギルドに伝えた。直にハンターギルドの適切な使者がお前たちを故郷へ送り届けてくれるはずだ」

王国に伝えても握りつぶされた上、捕らえた『神の盃』の引き渡しを要求されるのがオチだ。何より、下手に王国が動いて今滑稽に踊っている道化どもが行動を見合わせたら面倒だ。だから、王国には知らせず、バルセのハンターギルドにのみ内密に報告した。どういうわけか、バルセのハンターギルドの幹部たちは私に不自然なくらい厚意的であり、概ね私の提案を快く受け入れてくれたのだ。

兎顔の母親が他の精霊たちを見ると全員大きく頷く。そして、喉を鳴らすと私に大きく頭を下げて、

『お願いします！　どうか、私たちの王に会っていただけないでしょうか⁉』

まるで運命に取り組むかのような真剣極まりない表情で懇願してくる。

「ふむ、ハンターギルドの幹部たちにはその旨伝えておこう」

特にハンターギルドの魔導士たちは事件の全容を耳にして烈火のごとく怒り狂っていた。精霊たちにかなり厚意的であるのは間違いない。精霊の王との会談は精霊たちが望む以上、両者に一定の利があるだろう。

『いえ、御会いしていただきたいのは、貴方様です！』

「はあ？　私がなぜ、お前たちの王と会わねばならん？」

『もちろん、それが如何に不敬な発言なのかは、私たちも重々承知しております！　ですが、滅びゆく私たちにはそれが今是非とも必要なのですっ！』

「いや、そう意味じゃなくてだな……」

『どうか、どうか――お願いいたしますっ！』

精霊たちは、遂に全員が床に這いつくばって私に頭を下げながら声を張り上げる。

どうにも想定外の事態になったものだ。目を丸くして呆気に取られているローゼに精霊たちのこの奇行について尋ねても無駄だろうさ。

「これ、どう思う？」

私の隣で優雅に茶の入ったカップを口に含んでいるアスタに意見を求めると、

「それらは分をわきまえず、マスターに助力を願い出たのである。ならば、それは至極当然の態度である」

さらに意味が分からんぞ。まあいい。別に会うだけなら、こちらに何ら不利益はない。

「分かった。だが、目下取り込み中だ。それを終わらせてからで構わんか？」

『もちろんでございます！』

精霊たちは抱き合って歓喜の声を上げる。感極まって咽び泣く者、拝む者までいるのを目にして頬が痙攣するのを自覚する。

「ならば、私が送っていくしかないな。それまでこの屋敷にいてもらうしかないが、ローゼ、それでもいいか？」

正直、私のような一介の剣士と会って、精霊たちの王にメリットがあるとはとても思えないのだがね。ま、本人たちが望むのだし、致し方ないか。

「え、ええ、もちろん、私も異論はありません……」

まだ事態を上手く理解できていないのか、妙に歯切れの悪いローゼに私は大きく息を吐き出すと、

「だ、そうだ。時が来るまでゆっくりしてくれ」

諦めにも似た歓迎の言葉を吐いたのだった。

◇◆◇◆◇◆

辛うじて中の構造を認識できる暗い室内で、目と鼻をマスクで隠した優男コリン・コルターヌは、

「パペットが行方不明になったか……」

眼前で跪く白色のコートに真っ白の帽子を深く被った男の報告に、目頭を押さえて立ち上がると、窓へと歩いて行ってそれを開く。月明りが部屋を照らし、部屋の中で佇立している複数の男女を映し出す。この男女全員の背には真っ白な翼が生えていた。

「君らはこの件、どう思う？」

「弱っちいとはいえ、パペットも仮にも我ら神使《しんし》の一柱《ひとり》だもん、この世界の連中には傷一つつけられないわーん」

白服を着こみ、仮面をしたおかっぱ頭の女性、神使《しんし》ビアンカが両腕を首の後ろで組むと、やる気なく返答する。

「同感だね。だとすると、二つしかないね？　僕らを裏切ったか、それとも他の神の勢力に倒されたかじゃないかね？」

長身で顔が異様に細長い男、神使《しんし》ルゥズが角刈りの頭を掻きながら疑問を呈する。

「我らはアレス様の意思を下界に伝える忠実な僕《しもべ》。裏切りはあり得ません！」

左手に聖本を持ちながら、四角頭のスキンヘッドの男、神使《しんし》プレトが右手を固く握りしめて熱く力説する。

「だとすると、あの腐王の勢力だね？」

「パペットを滅ぼせるものなど、この世界にはそのくらいしかいやしません！」

神使《しんし》プレトは大きく頷く。

「だけど、封印が解かれたってのはあり得ないわーーん。もしそうなら、今頃、人間たちが上を下への大騒ぎだろうしぃ」

「違いない。大方、配下の一匹が動いているにすぎまいよ」

「我らならば、後れを取ることはないが、用心に越したことはないか……」

コリン・コルターヌは、己に言い聞かせるように右手で顎を摩《さす》ると、

「それで、獣どもの里の件はどうなった？」

神使《しんし》ビアンカに尋ねる。

「今、貴族どもが雇った傭兵団が目的の獣の娘を攫ったところよぉ〜。あとは娘をダシに、父親の獣を焚きつけるだけよぉ」

「全て順調ってことか。人間どもの信徒を増やさねば、この世界の管理者たる我らが神すらこの地を踏めぬとは、厄介なルールもあったものだ」

近くの椅子に腰を下ろし、大きなため息を吐いて現状を嘆くコリンに、他の神使《しんし》たちも苦笑しながら、

「だが、もう少しです」

神使《しんし》プレトの言葉に、皆、神妙な顔で首肯する。

「それはそうと、ルゥズ、今回の計画で使用する人間どもが駐留する街の近くにある遺跡、あの調査はどうなった？」

「あれは……」

コリンの問いにルゥズは一瞬言葉に詰まるが、

「過去に人間が作った神殿のようなものですね。なんの力もない、ただの廃墟でした」

普段と同様、顔色一つ変えず返答する。

「そうか。ならばいいさ」

満足そうにコリンは頷く。

この時、コリンがルゥズの瞳の奥に潜むどす黒い欲望にもっと早く気づいていれば、ここからの最悪の厄災は未然に防ぐことができただろう。だが、コリンは己の危惧をこの時振り払ってしまい、事態は混迷へ向けて動き出していくのである。

◇◆◇◆◇◆

――王都の宿の一室。

「アシュ様が行方不明になった⁉　それは本当なのっ⁉」

四大魔王――アシュメディアの最高幹部の一人、ネイルが声を荒らげて尋ねるが、

「情報が錯綜しておりますが、ドルチェ様からの伝令ですので、まず間違いないかと」

ネイルの側近の魔族は、苦渋の表情でそんなネイルにとって悪夢に等しい台詞を吐く。

「よりにもよって帝国の勇者のチームの侵入を許し、大老とエーガが殺され、アシュ様が誘拐された⁉　そんなの信じられるかっ！　というか、なぜ、結界が働いていないっ⁉」

あの結界なら、勇者チームといえどおいそれと侵入できるはずがないのだから。

「『凶』とかいう輩のマジックアイテムによるものらしいです！　緊急に御前会議が開かれ、大多数の賛成のもと、霧の魔王、プロキオンと手を組むことが決議されました！」

「はあ⁉　なぜ、奴が出てくる⁉」

霧の魔王、プロキオン。霧を司る魔王の一柱であり、悪質で強力無比な白霧の能力を有する。

四大魔王は基本外道ばかりであり、他者を虫けら以下の存在にしか見ちゃいない。民を考える心優しき魔王など、アシュ様ぐらいだろう。だからこそ、今まで勇者という脅威に魔族は団結し得なかったのだから。

「打倒人間への布石らしいです。同時に新たな指令がきております！」

「この状況で新たな指令だとっ⁉」

思わず怒号を張り上げていた。当然だ。今はアシュ様の救出を最優先に考えねばならぬ時のはずだから。

「はい。人間どもを上手く唆して指定の遺跡の封印を解け、だそうです」

「そう上手く行ったら世話はないわ！　我らが今までどれだけ苦労したと思っているっ！」

多くの部下を失い、誇りすらも砕かれ、勇者チームにことごとく計画自体を潰されているのだ。ネイルにはこの方法が正解だとは、もはや思えなくなっていた。

「それでもやらなければなりませんっ！　でなければ我らが闇国の民が犠牲になりますっ！」

「それはどういうことだっ⁉」

「闇城最上階の儀式場で、大規模な大神降臨の儀が実施されます。その儀式で指定の遺跡で封印されているものが必要らしいのです。もし、規定の期日までにそれを持ってこなければ我らの民の半数を犠牲にすると」

「そんなの脅迫ではないかっ！　本国の連中、いや、ドルチェは一体、何を考えているっ⁉」

「これは今までの本国の指示とは決定的に違います。確証まではありませんが、ドルチェ様は、魔王プロキオン側についたのではないかと」

「最悪だ……」

アシュ様が拉致されて、最高幹部のドルチェが離反。おまけにプロキオンに闇国が占領されて、民が人質に取られる。八方塞がりもいいところだ。

「ネイル様、いかがなさいましょう?」

悲壮感たっぷりの部下の表情から察するに、既に答えは出ている。

「やるしかないわ。もし、そんな暴挙を許せばアシュ様に合わせる顔がない」

だが、此度の命令は、いつもの遺跡に封印されている闇の神を復活させると言った漠然とした
ものではなく、もっと具体的な意思を含んでいる気がしてならない。

「それで、ドルチェが指定してきた遺跡とは?」

「七か所ありますが、最も近いのは、サウロピークスです!」

「サウロピークス? ああ、丁度アメリア王国の高位貴族が駐留している場所か……」

あの一癖も二癖もありそうな連中が、わざわざ長期に駐留する理由か。どうせ碌なものでは
あるまい。一方で欲望に弱い奴らならば、上手く唆すことも可能かもしれない。

「分かった。サウロピークスにすぐに向かうわ!」

ネイルは立ち上がると、出立の準備を開始した。

◇◆◇◆◇◆

アメリア王国の私の自室には討伐図鑑の愉快な仲間たちを中心に、本計画の関係者が集まっていた。

「本当にやるつもりであるか？」

アスタがうんざり顔でそんな疑問を投げかけてきたので、

「もちろんだとも」

満面の笑みで了承する。これが此度の計画の骨子だからな。自重などするつもりは全くない。

「あんな力のないお猿さん二匹に、マスターがそこまで固執する理由が吾輩には理解できないのである」

「それはそうだろうさ。本計画に二人を起用するのは力が理由ではないからな」

此度の計画の英雄の役をジグニールに委ねようと思ったのは奴が見せた最後の意地にある。ルーカスはどちらかというと真逆。奴の瞳の奥底に私に近いもの感じたからだ。

「だからと言って、あの娘をマスターの――いや、なんでもないのである」

アスタは不貞腐れたようにそっぽを向いてしまった。いつも変だが、特に今日はすこぶる変な奴だ。ま、アスタの機嫌などどうでもいいか。

「サトリ、手筈は？」

背後で控えていた緑色の髪をおかっぱにした少女に問う。

『ご指示の通り、関係者の記憶は全て書き換えました』

「そうか。ギリメカラ、スパイ、お前たちも準備は問題ないか？」

『はっ！　全ては我らが御身の御心のままに！』

「用意は万端に出来ております！」

それぞれ即答するギリメカラとスパイ。

「ご苦労さん。ならば、あとは私が赴くだけだな」

これでゲームが動き出す。此度の下らん計画を仕掛けたクズどもは私を本気で怒らせた。ならば、精々、若人の成長のための贄にでもなってもらうとしよう。

「そこが一番納得いかないんですけど。なぜ私が蚊帳の外なんですか？」

アスタ同様、ローゼが口を尖らせて不平不満を垂れる。

「一応、計画の人員の候補には上がっていたぞ。しかし、これ以上登場人物を増やしてややこしくしても、計画に支障をきたすだけという理由で見合わせたのだ」

「だからって、なぜアシュなんですか⁉」

「アシュがエルディムと深い関係がある様子だからだ。おそらく、記憶の欠如とも関係があるんだろうさ」

アシュはエルディムに強い固執があり、是非訪れてみたいと言っていた。一応、サトリにも探らせたが、複数でかつ複雑なプロテクトがかかっており新たな情報を得ることはできなかった。おそらく、件の魂の融合が関係しているのだろう。どうやら、当初不安定だった魂の融合が中度半端に安定化し、今アシュの身体には二つの魂が両立しているような状態となっているらしい。ま、サトリの驚きようからいって相当レアなケースなんだろうさ。

「それは理解しています。私はアシュをエルディムに連れて行くなと言っているわけじゃありません！」

「ふむ、だったら何が不満なんだ？」

「そ、それは……」

もごもごと何やら口にしていたが、

「もういいです」

肩を落として、口を閉ざしてしまう。ローゼも一応は納得したようだし、計画を始めることとしよう。私は左手の中指に付けた指輪に魔力を込めると、フード付きのローブを羽織り、ブーツを履いた商人の服装に金髪をツーブロックにした青年の姿へと変わる。

「では楽しく心が躍る遊戯《ゲーム》の始まりだっ！」

右手を挙げて私は扉に向けて歩き出す。


——これは怪物の気まぐれ。ただの遊戯にすぎない。ただこの怪物、その遊戯に一切の妥協も自重もない。その遊戯の目的を遂げるべく英雄たちに試練を課す。中立国家都市エルディムを舞台としたこの世で最も、はた迷惑な大祭の幕は、この時ゆっくりと上がっていく。そう、人間、獣人、エルフ、魔族、悪の軍勢、あらゆるものを巻き込んで……。

# 第二章　ビースト

ジグニールが眠りから覚めたのは、年季の入った部屋の一室だった。

「気が付いたようで何よりです」

「ここは？」

混濁する頭を数回振っていると、次第に思考にかかっていた霧が晴れて行き、鮮明な記憶として思い出してくる。

「ルーカス、あの獣人の子供はどうなった⁉」

ベッドから飛び起きて安否を尋ねるジグニールに、

「ご心配なく。ほら？」

ルーカスは苦笑しつつもベッドの隣の置かれた椅子で眠っている銀髪の獣人族の少女に指を指す。

「そうか。無事だったか」

安堵感に深いため息を吐いた時、銀髪の少女が目を擦って起きると、パッと目を輝かせて、

「お兄ちゃん、起きたよぉっ！」

立ち上がってパタパタと部屋を出ていくと、暫くして二人の男女と金髪の童女を連れて戻ってきた。

女は長い黒髪を前髪だけ綺麗にそろえ、男は金色の髪をツーブロックにした商人風。そして、男の手を握るのは黄金の髪にリボンをした童女だった。

ツーブロックの金髪の商人風の青年は、右手を胸にあてて一礼してくると、

「起きたようだね。初めまして、僕はカイト。今はしがない商人をしている。この隣が私の商会の見習い料理人、アシュ。こちらが僕の妹、ファフ」

自己紹介をしてくる。

「アシュ、よろしくなのだ」

「ファフなのです！」

右腕を振り上げて元気よく名乗る金髪の少女の頭をカイトは優しく撫でると、ジグニールたちに向き直り、

「私の商会の家族のミュウを助けてくれて本当にありがとう」

頭を深く下げた。

「いや、元々、ガウス殿に頼まれて我らも探していたのです。こちらこそ、ミュウ殿を保護していただき、感謝します」

「親御さんが見つかってよかった。やっぱり、子供は両親の下が一番いい。明日の朝にでも向かうとしよう」

一礼をすると、カイトたちは部屋を出て行ってしまった。

「ルーカス、これって一体？」

「偶然にも我らが助けたあの少女がミュウだったのです。明日、里へと向かうことになりました」

「さっきの男、信用はできるのか？　獣人族の子供を奴隷として買った奴なんだろう？」

正直、全うな商人なら獣人族の子供を高額で買うなどという選択はしない。しかも、その奴隷商は確か――！

「ぐっ！」

突如頭に生じた激痛を右の掌で額を押さえて何とかやり過ごす。

そうだよ。バルセに向かったはいいが、奴隷商とは会えなかった。だから、仕方なく情報を収集しようと王都に向かう。そして、王都で偶然、あの事件の噂を聞いてルーカスとともにあの場所に乗り込んだんだった。

「ジグニール、大丈夫ですか？」

「ああ、それより詳しい事情を聴きたい」

ルーカスは大きく頷くと話し始めた。

カイトは過去に銀髪の獣人に助けられたことがあった。偶然、同じ外見のミュウを見かけて恩義を返したいという強い想いが生じ、奴隷商から身請けしたらしい。家族として一緒に暮らし始めてから数か月たった時、ミュウがあのクズ組織に攫われてしまったってわけだ。確かに話の筋は通っている。

「それで、結局、俺たちを助けてくれたのが灰色髪の剣士か……」

あの絶望の化身のような神使《しんし》パペットを倒したのが、灰色の髪の剣士。颯爽《さっそう》と現れてあの場のクズどもをサードやパペットごと皆殺しにしてしまったらしい。

(灰色髪の剣士ね。偶然か、それとも……)

その容姿で思い浮かぶのは、ジグニールが目を覚ました切っ掛けを作った最強の剣士。あれに勝利し得るものをどうしてもジグニールはイメージできない。もしかしたら、本当にあの剣士なのかもしれない。もっとも、ジグニールはこうも短時間で負け続けているんだ。この世界は強者で溢れている。同じような外見の強者がいても大して奇異ではないわけであるが。

「灰色髪の剣士は、カイト殿が雇った剣士とのことです。腕のよい情報屋を介して依頼したから、名前その他一切が不明らしいですが」

そうか。ならば今証明する手段はない。あとは全て推測の域を出なくなる。

それに、ルーカスは単なるお人好しではない。間違ってもガウスたちに危険が及ぶことを選択しないだろう。カイトの同行を許したのも安全確保の確信があるからだと思う。ならば――。

「分かった。明日だな。なら、もう少し眠らせてもらう」

瞼を閉じるとすぐに意識は深い闇へと落ちていく。

次の日の早朝、王都を出発する。出会って数日間はかなり警戒していたが、次第にこのカイトという男と打ち解けていく。

今は野営して夕食を食べている最中だ。

「カイト、今晩のスープ、どうなのだ?」

カイトは口に含み味わっていたが、

「うん、いいんじゃないか。美味いぞ。なあ、ファフ?」

合格点を出して隣のファフに尋ねる。

「美味しいのです!」

幸せそうに頬を緩めながらファフは即答した。

「よしなのだっ! やったのだっ! 合格したのだっ!」

よほど嬉しかったのだろう。アシュはガッツポーズをとると、カイトに抱き着いてしまう。

「アシュ、食事中だぞ?」

「っ⁉」

ため息交じりのカイトの注意に、アシュは途端に真っ赤になって慌てて離れる。

この胸やけしそうなアツアツな関係も、本人たちの説明では一応、幼馴染み以上のものではないらしい。

先日、宿の女将に夫婦と間違われ、同じ部屋にするかと問われてカイトが眉一つ動かさずそれを否定し、別々の部屋をとっていたから、それは間違いないんだろう。もっとも、アシュが果実のように真っ赤になって大慌てになっていた様子から察するに、少なくともアシュは夫婦になることにまんざらでもないようだが。

少なくとも、この数日間のカイトたちとの関わり合いで、カイトの説明を疑う気持ちはなくなっていた。

「ジグ！」

今まで温かな目で見守っていたルーカスが、神妙な顔で声を張り上げた。

ルーカスの視線の先に蠢く複数の気配。闇夜で遠くもあり、確証とまでは言えないが、どうやら女が追われているようだ。

「どちらを助ける？」

長剣を手に取って、自明の質問をする。

「武器も持たない女性と武器を持った屈強な男。言わずもがなでしょう」

「それもそうだな」

というか、おそらく狩りのつもりだろう。男たちには遊んでいる風ですらある。

「お母さん！」

追われている女性に目を細めて凝視していたミュウが悲鳴のような声を上げる。

「追われているのはウルルか！」

「助けましょうっ！」

地面を蹴り上げ、距離を詰める。

「んなッ⁉」

賊どもの驚愕の声を最後に、ジグニールの剣が舞う。直後、バタバタと意識を刈り取られた賊どもが地面に伏す。ルーカスも逃げようとした残党を一撃のもと、意識を奪う。

「ジグ……あの人が……」

ウルルはその言葉を発して意識を失ってしまう。ウルルが狙われた時点で、十中八九、ガウスたちのあの隠れ里に何かがあった。どうにも、途轍もなく嫌な予感がする。

「お母さんっ⁉」

ミュウが駆け寄ると母に抱き着き、焦燥たっぷりの声を上げてその体を揺らす。

「心配いりませんよ。気を失っているだけです。この程度の傷ならば私の魔法ですぐに癒えます」

ルーカスが優しく言い聞かせ、ウルルを背負うと野営テントの場所まで運んでいく。

「まさか、よりにもよってあの隠れ里が奴らに狙われるとは……」

気が付いたウルルから聴取した情報は、まさに最悪と言って過言ないものだった。

「ミィヤが攫われて、彼女を人質にガウスにアメリア王国の貴族を襲えか。ははっ！　どこまでクズなんだッ！」

地面を拳で打ち付けるジグニールに、

「冷静になりたまえ。ここで君が喚いても事態は全く好転しない」

カイトが諭すように語り掛ける。

「す、すまねぇ」

そのギラギラした獣のような表情で薄ら笑いを浮かべている様は、今までの昼行燈なカイトとは別人のようで思わず息を飲んでしまう。

「まずは現状確認だ。君の娘、ミィヤは奴らに攫われており、指定された期限までに特定の貴族を殺さないと命の保証はないと脅迫を受ける。そこで、君の夫ガウスは攫われたミィヤを救うため特定の貴族を襲うふりをするためにその場を離れる。その間に君がエルディムへ向かって助力を得ようとしたところ、奴らに捕捉された。それでいいかい？」

「は、はい。その通りです」

ウルルは躊躇いがちに頷く。今のカイトはジグニールすらも気後れをするような独特で危険な雰囲気だ。戦闘の素人に過ぎないウルルにしては、上手く答えている方だと思う。

「タイムリミットは三週間か。その間に、貴族を襲わねばミィヤ嬢は殺される。それまでにエルディムの協力を得て里の住民を保護し、ミィヤ嬢の救出隊を編成して救出しなければならない。だが、それは――」

「相手も重々承知ってわけか？」

「そうさ。それなりの妨害手段はとっているはず。ところで、ルーカスさん、エルディムは彼女の要請を受け入れると思うかい？」

「おそらく拒絶するでしょう」

ルーカスは苦虫を噛み潰したような顔で、首を左右に振る。

「そ、そんな……」

絶望に声を震わせるウルルに、カイトは大きなため息を吐くと、

「ミュウ、君はどう思う?」

もっと取り乱して非情な現実に泣きわめくと思ったが、ミュウが大きく動揺したのは最初だけ、ウルルを保護してからは恐ろしいほど冷静だった。

「まずはエルディムで、協力してもらえるように説得するしかないと思う」

「でも駄目だって!」

ヒステリックな声を上げるウルルに、

「駄目かどうかはやってみないと分からない。そうだよね。お兄ちゃん?」

両手を組んでミュウは己の考えを口にすると、カイトへ同意を求める。

「その通りだ。諦めた時点で敗北は確定する。動かないとならない。ミュウ、君ならどうする?」

「うん! まずはみんなでエルディムへ避難すべきじゃないかな!」

「そうだ! この場に住民を残しても全く意味がない。むしろ第二、第三の人質を取られる危険性がある。それがベストの見解だろうな」

「もし、受け入れてもらえなかったら!?」

やはり、泣きそうな顔で悲観的な意見を言うウルルに、

「受け入れてもらえるように説得するしかないよ。何より困っている避難民を見捨てる判断をするような組織なら、もはやそんなところに頼む価値なんてない。他の手を考えるべきだと思

う」

ミュウは軽く一蹴してしまう。これはさっきの幼い少女と同一人物なんだろうか。ここまで冷静沈着な判断など、帝国軍人だってそうできるもんじゃない。

「ふむ。そうだな。説得にも色々ある。受け入れざるを得ない状況を作り出すしかないだろうさ。それでも受け入れないという判断をしたなら、こちらから切り捨てるべきだ。それで？」

カイトは大きく頷いて、ミュウに話の続きを促す。

「その上で、お姉ちゃんの救助チームを編成して賊を強襲して奪還する。ねぇ、お兄ちゃん、お姉ちゃんの捕らえられている場所って分かる？」

カイトの求めで、ミュウはさらなる提案をする。

「すぐにでも、情報屋に頼んで位置を調査しよう」

「……」

呆気に取られているジグニールたちに、

「ではさっそく動くとしよう。夜間は危険だし、昼がいいね。最優先は里の周囲に配置されているバカどもの駆除だろう。さーてどうしようか」

カイトは顎に手を当てて、今も雁字搦めで横たわっている賊どもにニィ――と悪質な笑みを浮かべつつも、追い打ちの台詞を吐く。そのカイトの顔を目にして、賊たちから悲鳴が上がる。おそらく、こいつらから敵についての情報を聞き出すつもりなのだろう。

「カイト、君は私たち同様、闘争の中に身を置く人種ですね？」

ルーカスの分析に激しく同意する。こんな一連の発想、とても戦闘の素人が思いつくものじゃない。というより、この発想はもちろん、一挙手一投足、間違いなく実戦で培われたバリバリの戦闘のプロのものだ。

「い、いや、違うぞ。私は商人だよ。うん」

慌てて取り繕うかのように、カイトは薄気味の悪い笑みを消し、いつもの柔和な表情に戻す。

「こんな悪質で物騒な思考をする商人がいてたまるかよ！」

ジグニールの至極当然の指摘に、カイトは雷に打たれたように固まると、

（まいったなぁ……計画を少々変更せねばならん）

カイトはそんな意味不明なことをぼやきながら、頭をガリガリと掻いていたが、

「うん、僕は元傭兵だよ」

肩を落としながら、予想通りの返答をしたのだった。

◇◆◇◆◇◆

――アメリア王国最北西端にある密林地帯の中。

（まさか、こうも簡単に粗が出るとはな……）

ため息交じりの私の独り言は、夜の冷たい強風による木々の騒めきで掻き消えてしまう。

まいった。本当にまいる。自身がここまで演技が下手だとは全く自覚していなかった。銀髪

の獣人族に助けられた戦闘の素人の商人という設定は放棄し、元傭兵の商人で傭兵時代に銀髪の獣人族に助けられたという筋書きに変更するしかあるまい。まあ、まだ修正が利くレベルの矛盾にすぎないが、この調子ではあっさり、アシュとミュウの記憶は回帰するかもしれんな。なにせ、サトリが施したのは最小限度での記憶の修正に過ぎない。自己の記憶との矛盾が生じれば、簡単に記憶は元に戻る。さてどうしたものか……。

（自業自得である。こんなことをしている怪物を人畜無害な商人など信じる方がどうかしているのである）

背後の何もないはずの空間から聞こえる、ため息交じりの声。どういうわけか、面倒くさがりなアスタがこの旅だけはこうして付かず離れず、ずっと姿を消した状態で私の発言に一々ツッコミを入れてくる。

（そうかね。こんなものベルゼの尋問と比べれば、天国のようなものだろ？）

（それは、そもそもの比較対象が間違っているのである！）

（あまり声を張り上げるなよ。気付かれたらどうする？）

アスタに注意を促すと、小言を言いながら口を塞ぐ。どうにも、最近アスタの機嫌がすこぶる悪い。

（とはいっても、聞かれるような心配はいらんわけだが）

ジグニールは、ミュウたちの護衛のためテントに残っている。ルーカスが当初尋問をしていたが、その温い尋問ではゲロしそうもなかったので、私が引き受けて今に至る。ちなみに、ルーカスは私が尋問を始めると顔色が大層悪くなってしまったので、周囲の偵察を指示しておいた。そんなこんなで、今この場にいるのは、私と姿を消しているアスタと、こいつらだけだ。

（マスター）

（分かっている。この気配はルーカスか）

ルーカスが戻ってきたらしい。尋問の証人は必要だったし、丁度良かった。木々の間から姿を現すルーカス。ルーカスは尋問の成れの果てを目にして、頬を痙攣させた。

「さてと、全てゲロする気になったかな？」

恵比寿顔で尋ねると、

「は、ばなじでばす！　さっぎからずっと素直に話じでるっで言ってでるのにぃーー！」

金切り声を上げる。中級ポーションを取り出して、尋問で生じた傷を全開させる。

「いいか？　傷を癒したのはお前らを慮ってのことではない。単によく聞き取れないからだ」

「……」

賊どもは涙目で何度も顎を引く。ま、もう一つ治す理由を上げるなら、ジグニールたちには聊《いささ》か刺激が強すぎるってこともあるがね。

「今から私の仲間の前に連れて行く。皆の前でしっかり、お前たちの知りうる全てを話せ。もちろん、偽りなくだ。もし、少しでも疑義があれば――分かるよなぁ？」

たちまち、血の気が引いていき、先ほど以上に必死に首を縦に何度も振る。やれやれ、これでレールから脱線しかかった計画を元に戻せるってものだ。

「カイト、貴方は一体何者なんですか？」

私がアイテムボックスから取り出した特殊な拘束用の紐で奴らを拘束していると、ルーカスが躊躇いがちに尋ねてくる。

「ん？　元傭兵のしがない商人だよ」

さっき新たに付け足された設定を口にする。

「誤魔化さないでいただきたい！　卓越した戦術眼に、一切の容赦のない尋問。どう考えても普通ではない！」

「あのね、一般の傭兵なら僕程度の頭は回るし、尋問もこんなの大したものじゃない」

戦術眼というほどまだ策は立てていないし、あのダンジョン内では当初、傷つかない日などなかった。この程度の尋問など苦難にすら入らないだろうさ。

「な、ならば、一瞬で傷を癒した魔法の妙薬はッ⁉」

「奇跡の妙薬？　あれはただの中級のポーションだよ」

「ポーション……とは？」

「回復薬さ。都市部では普通に売ってると思ったんだけど？」

「申し訳ありませんが、そんな魔法の薬を売っている都市を私は知りません」

まいったな。ポーションって珍しいのか。ラムールで売ってなかったのは田舎だからだとずっと思っていた。そういや、ザックたちも驚いている風ではあったな。私のような無能が高価なアイテムを持っていることが原因とずっと思っていたが違ったたってわけか。

ごまかすべく、咳払いをすると、

「ともかく、全て些細なことさ」

「ですが――」

「そんなことよりも、こいつらからこの事件の概要を聞くことが先決じゃないのかい？」

ルーカスの反論を遮り、強制的に話題を私から本件へと引き戻す。

「……そうですね」

「ならば、野営までの連行、手伝ってくれ」

私は縛られた賊どもの紐を持って野営場所まで歩き始める。

賊どもの口から出てきた情報は、概ね予想通りだった。この地を襲っているのはアメリア王国の貴族が雇った傭兵ども。意外だったのは――。

「野獣《ビースト》ねぇ」

どうやら、帝国六騎将というジグニールの元同僚が、今回のこの小さな里への襲撃に加担しているらしい。尋問の結果、サードも帝国皇帝の指示で私に嫌がらせをするよう指示を受けたとの報告が上がってきている。この誘拐事件もグリトニル帝国がからむか。多分、私がローゼを助けたことを根に持っているんだろう。明確に喧嘩を売ってきているというより、少々ちょっかいを出してきているレベルに過ぎないが、これ以上鬱陶しい真似をされるのも不愉快極まりない。警告はするつもりだ。

「どうします？　元の同胞ならやりにくさもありましょう。私がやりましょうか？」

ルーカスの提案に、ジグニールは左右に大きく首を振って、

「もう俺は帝国軍人ではない。一介の剣士、ジグだ。それは余計な配慮だぜ」

長剣を握って森の中を睨みつける。そのジグニールの瞳の中には、決意という名の強烈な光が揺らめいていた。弱き者のために命を賭けられる。やはり、ジグニールは英雄に必要なものを既に持っている。

「ジグ、野獣《ビースト》の能力は知っているかい？」

「ああ、知っているぜ。奴の能力は、獣化《ビーストフォーマ》。虎のような獣の姿になる能力だ。魔法を弾く鋼のような強固な皮膚と十数倍に及ぶ膂力を持ち、しかも器用さすらも向上するから大型の武器も自在に操ることができる」

ふむ。典型的な前線タイプか。だとすると——。

「性格は猪突猛進ってところかな？」

「その通りだ。前線で獣化して突進して敵軍を無茶苦茶に破壊するといった戦術を好む」

討伐図鑑の愉快な仲間たちの中にも、そんな単細胞はいたな。あとはその実力だよな。

「君とその野獣《ビースト》、どちらが強い？」

ジグニールとルーカスは、いずれも未熟だ。二人より圧倒的に強いようなら内密に私が排除することにしよう。なーに、やり方なら色々あるさ。

「俺は六騎将ではフォー以外に後れをとるつもりはねぇぜ。ま、サードにいいようにやられて

いるから、あまり説得力はないけどよぉ」

ジグニールと同等の強さってことは、少なくとも現時点では雑魚だな。六騎将とかいう組織はおそらく、各分野の才能のあるダイヤの原石を帝国中から集め、特殊な訓練を施している組織なのだと思う。要は発展途上の各分野の天才の集まりということか。

「ちなみに、その野獣《ビースト》は君から見て武人か？」

ジグニールは顔一面を嫌悪に染めて、

「他人をいたぶることが趣味の糞野郎だ！」

そう吐き捨てた。

「そうか……」

ならば躊躇の必要はないな。いくら武の才があろうが、魂から腐りきったカスに遠慮など必要ない。何より、タイムリミットは限られている。そんな雑魚に一々、時間をかける価値などないのだ。

「僕の策に乗らないかい？」

「お前の策？」

「そうさ。労力なくバカどもを駆除するための策だよ」

「労力なくって、さっき言ったように相手にはあの野獣《ビースト》もいるんだぞ？　一体どうするつもりだよ？」

「文字通り、地獄に落とすのさ」

「さっきは強がっちまったが、野獣《ビースト》はマジで厄介なんだっ！　俺もタイマンなら命懸けになる！」

「どうやら、君は強さというものの意味を履き違えているようだ。強さとはね、色々な種類があるものだよ」

野獣《ビースト》とかいう愚物が本当に強いのならば、今私たちがこの情報を獲得しちゃいまい。あの無力なムジナでもそんなヘマはしない。つまり、この野獣《ビースト》の詳細な情報を私たちが得た時点で私たちの勝利は既に確定しているんだ。あとはどのようにして相手を料理するかの手段の差にすぎない。

「それ、どういう意味だっ⁉」

「今の君に口で言っても理解できまい。行動をもってそれを示すとしよう」

もう必要な情報はほとんど手に入れている。

「カイト、お前、奴を舐めすぎだっ！」

「彼に委ねましょう」

立ち上がって怒声を上げるジグニールの右肩を、ルーカスが掴んで言い聞かせる。

「くそっ！」

全身で憤りを表現しながら、両腕を組んで瞼を閉じてしまうジグニールを尻目に、ルーカスは神妙な顔で私を見据える。

「では、カイト殿、その策とやらを教えてください」

「じゃあ、話すとしよう！」

私は口角を吊り上げて、悪巧みの策を話し始めた。

◇◆◇◆◇◆

――アメリア王国最北西端にある密林地帯の中。

「部下と連絡が取れなくなった」

傭兵団金鶏《チキン》のボスである覆面の男、ナンバンは鎧姿の赤髪の巨人、野獣《ビースト》に報告する。

「獣の女とお楽しみ中ってかっ！　はっ！　いい御身分だなぁ！」

小馬鹿にしたような赤髪の巨人に、ナンバンは難しい表情で首を左右に振ると、

「それにしては時間がかかりすぎている。速やかにここに連れてこい。奴らにはそう指示を出していた。この状況でここまで遅くなるのは……」

言葉に詰まるナンバンに、

「おいおい、獣のメス一匹捕らえるのに、失敗したぁ？　へっ！　お前ら一応王国で十指に入る傭兵ギルドなんだろぉ？　王国の傭兵ってのはそこまで弱っちいのかぁ？」

鼻で笑う野獣《ビースト》に、ナンバンはギリッと奥歯を噛みしめるが、

「今回は簡単なミッションだと高を括っていた我らの落ち度だ。この失敗は我らの手でかたを付けさせて欲しい」

「お前らの決意は理解した。好きにしろ。俺はここでお前らの朗報を待っている」

先ほどとは一転、厚意的な了承の台詞を語る。

「恩に着る」

ナンバンはもう一度頭を下げると、剣を抜いて森の中へ姿を消す。

金鶏《チキン》たちが見えなくなった途端、野獣《ビースト》は顔を醜悪に歪め、

「バーカ、お前らのような臭くて弱い王国のクソカスどもにこの俺が任せる？　単に俺はお前ら王国のクソカスどもの一丁前のプライドがズタズタに引き裂かれるのを見るのがとってもとってーーも楽しいだけさぁ。お前らが意気揚々と勝利の中戻れば、その愉悦の中で殺す。お前らが逃げ帰ってきたら、もちろん、絶望の中で殺す。ほらほら、とっても最高にそそられるだろう？」

舌なめずりをしてそう独り言ちた途端、野獣《ビースト》の全身から真っ赤な獣毛が生え、全身の筋肉が盛り上がる。鋭い牙が生えて顔は猛虎にも似た姿へと変わっていく。

『さーて、行くとするかぁ』

野獣《ビースト》は凶悪な笑みを浮かべながらも歩き出す。

ナンバンが気付いたのは本当に偶然だった。具体的に言葉にするのは難しいが、あえて言うなら周囲の体感温度が一度下がったような違和感だろうか。本来なら無視したであろう独特な感覚のために、その足は止まり、根でも張ったかのように一歩も動くことができなくなってい

た。

「隊長、ここから先はヤバイ！」

顔中に流れる大粒の汗を拭いもせず、無精髭の副隊長が森の奥を凝視しながら声を絞り出す。

「この先に何かある？」

副隊長の恩恵《ギフト》は、『トラップハンター』という罠破りに特化したもの。その副隊長がここまで危機感を覚えるなど、トラップ以外にあり得ない。

「罠《トラップ》、だと思います」

「突破できそうか？」

「無理……ですね。この先にあるのは我らの死だけです」

「もう一度聞く。お前でもトラップの解除は無理ってことか？」

今まで副隊長は張り巡らされた、どのような罠にも対処して解除してきた。解除できない罠など一度たりともなかったのだ。それがこうも簡単に敗北を宣言する。

「ええ、そうですとも！　これは、僅かな隙すらもない完璧なトラップ！　しかも、解除方法すら不明。こんなのどうやったって突破できるわけがない！」

鬼気迫る表情で語る副隊長の様子からも、この先の突破は多大な犠牲が出るのは明白。もし運よく辿りつけたとしても、このような悪質なトラップを張るような輩だ。ナンバンたち同様、闘争のプロなのは間違いない。

「王国貴族のド素人どもめ！　何が目を瞑ってでもできるような簡単な仕事だ！　気を抜いた

ら即死の特級クラスのミッションじゃねぇかっ！」

いや、今から考えると確かに違和感はあったんだ。簡単なはずのミッションになぜ、王国で有数の傭兵ギルドである金鶏《チキン》が選ばれた？　おまけに、帝国六騎将の野獣《ビースト》まで帝国皇帝の勅命でこのミッションにゲスト参加している。それだけ、ここの完全制圧が難しいと感じていたってことじゃないのか？　奴らの事前の説明では獣人族の王族の血族であるガウスとその協力者を警戒してとのことだった。このトラップを仕掛けたのは、その協力者だろうか？　いや、それより今はこのトラップの対策を立てねばならん。下手をすると、この森全体に罠が張り巡らされているような事態に陥っているのかもしれない。このまま突き進んでも全滅は必須。一度態勢を整える必要がある。野獣《ビースト》の協力を得て万全の態勢で臨むべきだ。

「一度、元の場所まで後退して策を練り直す」

部下たちに指示を出して踵を返そうとした時、巨大な毛むくじゃらな何かが上空から降ってきた。

『尻尾巻いて逃げ出すってかぁ！　残念でしたぁ〜〜。駄目なんだよなぁ、これがっ！』

愉悦の含んだ声とともに、巨大なバトルアックスが前方を歩いている部下に振るわれて、その上半身が真っ二つに切断される。血肉が舞う中、ナンバンたちの眼前にはバトルアックスを背負った二足歩行の虎が佇立していた。

「うぁ……」

呻き声を上げる部下の首が、次の瞬間飛ぶ。

「ひぃぃぃっ！」

悲鳴が響き渡り、虐殺は開始された。

『お前が最後だぞぉ』

喉笛を掴んで軽々と持ち上げる野獣《ビースト》を睨みつけながら、ナンバンは、

「裏切り者がぁ！」

最後の力を振り絞って叫ぶ。

『裏切り者ぉ？　馬鹿を言うな！　お前ら王国のクソ雑魚と仲間になった覚えなんてねぇよ！』

「クズ野郎っ！」

虎の顔に唾をかけると、

『馬鹿が』

ゴキンッとナンバンの首があり得ぬ方向へ曲がり、糸の切れた人形のように脱力する。野獣《ビースト》はこと切れたナンバンを放り投げると、首をコキリと鳴らして、

『さーてと、お次は俺の縄張りに入り込んだ兎でも狩るとしようか』

バトルアックス片手に奥へと歩き出した。

野獣《ビースト》が森の中を突き進む。

『なんだ……これは？』

崖の上につま先立ちして立っているような独特の感覚。それは野獣《ビースト》がまだ弱かった頃に、頻繁に覚えていた野性の感情。すなわち、濃厚な死の危機の予感。

ここで顧みていればよかった。そうすれば、もしかしたらまた違った結果になっていたかもしれない。しかし——。

『馬鹿馬鹿しい！　獣やその協力者どもにこの俺が倒せるわけがねぇ！』

野獣《ビースト》は野生の勘を振り払ってしまう。

全身の獣毛が逆立ち、己の危機意識がここから全力で逃げろと叫ぶ中、それを振り払いながら一歩、一歩、前へ進むと、前方に変色した地面が視界に入る。

『はっ！　こんなもので罠のつもりかよ。惨めだねぇ』

古典的なトラップ、落とし穴と判断してバトルアックスを無造作に振り下ろす。

バトルアックスが前方の地面に突き刺さった刹那、背後の地面が爆発し、その巨体ごと吹き飛ばされる。

『うぉっ⁉』

前方の地面に投げ出された時、カチリッと音がする。足元から眩い光が走り、耳を弄する轟音が響き渡る。

『ぐおおおぉぉぉっ！』

何者にも傷つけられぬはずの鋼の両足に走る、背骨に杭が打ち込まれたような激痛。絶叫を上げつつ、よろめきながら退路を探すべく後退《あとずさ》った時、再びカチッという音。四方八方から迫る矢のようなもの。

『舐めるなぁっ！』

バトルアックスでそれらを全て撃ち落とすべく、旋回させる。

『ぐおっ！』

真っ白な閃光が走り、視界は真っ白に染め上げられてしまう。同時に撃ち落とし損ねた矢が左腕に突き刺さり、爆発を起こす。神経の末端を焼かれるような激しい刺激により絶叫を上げる。

『目が見えねぇ！』

視界が封じられた上での全身に走る正体不明の激痛。それらが野獣《ビースト》に随分と忘れていたある感情を呼び起こす。すなわち、恐怖！

『ふざけるなぁっ！』

震える全身にムチ打ち、己を鼓舞すべく空へと吠える。奴らは野獣《ビースト》にとっての捕食対象。それ以外ではない。いや、それ以外ではあってはならない。一度最初の安全地帯に戻って態勢を整えるべきだ。この点、視覚と聴覚はあの閃光と爆音により奪われて、方向感覚を失ってしまってはいるが、嗅覚はまだ生きている。この周囲に立ち込める鼻の曲がるような嫌な臭い。十中八九、これがトラップだ。ならばこの臭いを避けて通れば安全地帯に戻れるはず。

『ぬ？』

鼻をひくつかせながら僅かに身を捻った時、右腕が糸のようなものを引っ掛けてしまう。

『ごぉぁっ！』

野獣《ビースト》のいる地面が爆発し、その身体は再度大きく投げ出されてしまう。着地した野獣《ビースト》に降り注ぐ無数の矢。それらが野獣《ビースト》の皮膚に衝突すると爆発する。意識を失うような激痛に野獣《ビースト》は絶叫を上げて仰け反ると、さらに糸に触れて爆発。その爆風によって、その巨体は大きく吹き飛ばされてしまう。

それは、野獣《ビースト》にとって地獄の逃亡劇の始まりだった。


『なぜ……こうなった？』

意識が朦朧となりながらも野獣《ビースト》はもう何度目かの疑問を口にしていた。既に全身焼けただれており、立っているのもやっとの満身創痍。おまけに閃光により視界は防がれ、何度も吹き飛ばされたことにより、とっくの昔に方向感覚すらもなくなっており、自分がどこにいるのかも不明な状況。

『これを仕掛けた奴は……』

野獣《ビースト》は帝国最強の六騎将の一人。この世の誰だろうと簡単には負けぬ自信があった。それが心身ともに徹底的になすすべもなく打ち砕かれている。金鶏《チキン》どもが逃げて戻ってきた理由が今ならはっきりと分かる。きっと、ここは地獄。踏み込めば最後、生きて戻れぬ死の森なのだろう。何より――。

『こんなものが罠のものかっ！』

これを仕掛けた奴は真面じゃない。いや、こんな怖ろしくも残酷な地獄を作り出す奴が同じ人間だとは到底思えない。フォー同様、人とは異なる理《ことわり》に生きる奴だ。

『逃げねば！』

どうにかしてここを離脱して、皇帝陛下に具申しなければならない。この件からすぐに、手を引くようにと！

そう考えた時、ようやく復活した視界に樹木がなくなり、草原が広がるのが見える。間違いない。ここから先はこの地獄《密林地帯》の終わり。

『助かったっ！』

自身の声は哀れなくらい震えていた。安堵の涙を流しながら、フラフラと眼前の安全地帯へと歩を進める。

「よう。野獣《ビースト》、久しぶりだな」

月明りの下佇んでいたのは、かつて同じ六騎将だった黒髪の剣士。

『てめぇ、ジグニール！　なぜ、貴様がこんなところにいやがるっ⁉』

混乱する頭でそう叫んでいた。

「さーてな。俺にもよく分からねぇよ」

『貴様ぁ、裏切りやがったなぁぁっーー！』

もちろん、甘ちゃん坊やのジグニールにこんな悍ましいことができるわけがない。ジグニールは、よく分からん恐ろしい存在と手を組んだ。それはもはや疑いはない。

「裏切りね。俺は帝国を脱兵した身だ。今更もいいところだぜ」

肩を竦めて皮肉に笑いながら返答する。

『分かってんのかっ！　こんなこと、皇帝陛下がお知りになれば――』

「それ以上は不要だ。とっくの昔に全てを捨てる覚悟くらいできている」

『ジグニール、まだ間に合う！　今すぐ出頭し――』

「その手の交渉は不要だ。何より、たとえ俺ごときがここで寝返ったところで、おそらく結果は大して変わりはしない。なあ、カイト、そうだろう？」

ジグニールが背後を振り返ると、佇立している金髪の男カイトに問いかける。

「さてさて、どうだろうな。このタイミングで裏切るというのは少々、想定外だけど、それなりの対処をするつもりだよ」

「あんたの淡々としたそれが恐ろしすぎんだよ！」

「そうかね。ともかく、この闘争は僕が請け負った。最後の始末は僕自身でつけよう。ほら、かかってきなさい」

カイトは野獣《ビースト》に剣先を向けて、そう挑発してくる。正直、ちっとも強そうには見えない。しかし、このトラップを張ったのがこいつなら、限りなく危険な相手と言える。

『分かった！　こうしよう！　お前をこの俺六騎将、野獣《ビースト》の名で皇帝陛下に上申する！　陛下は強者を好まれる！　必ずや重宝される――』

「興ざめなことを言うなよ。お前の道は二つだけ。この僕と戦って敗北して死ぬか。それとも勝って生を手に入れるのかのいずれかだ」

その言葉を最後にカイトの雰囲気が一変する。

『ひっ⁉』

喉の底から出たのは悲鳴じみた声。

ヤバイ！　ヤバイ！　一目見ただけで分かる。こいつはヤバすぎる！　超巨大な怪物が大口を開けているような危険極まりないイメージに、最後に残された戦意はあっさり消失して、

『バ、バケモノぉぉ！』

劈《つんざ》くような悲鳴をあげて一目散で地獄へと走り出す。

「弱者には嬉々として力を振るうのに、このタイミングで敵に背を向けるか。ジグの言う通りだ。お前は剣を振るう価値すらない」

吐き捨てるようなカイトの声。刹那、何かが足元の地面に突き刺さり、大きく崩れる。

『ひへ？』

野獣《ビースト》の素っ頓狂な声とともに、高い場所から落下していく独特の感触。直後、眼前に無数の鋭い何かが迫り、次の瞬間、爆音とともに野獣《ビースト》の意識はプツリと消えてしまう。

◇◆◇◆◇◆

深い穴の底で、焼けた肉塊となった野獣《ビースト》を見下ろしながら、

「結局、あらかじめ聞いていた通りの奴ってことか」

落胆気味に率直な感想を述べる。ジグニールからの事前の情報では、他者が打ちのめされるのを見るが三度の飯より好きな極悪非道ではあるが、武だけは超一流ということだった。だが、実際は己よりも弱い者しか傷つけられぬ卑怯者。それだけだった。

「カイト、あんた、マジで何者なんだっ⁉」

血走った目で迫るジグニールに、

「何度も説明したろ？　元傭兵の商人だよ」

私の今の身分を口にする。

「ざけんな！　一介の傭兵風情に、あんなバケモノ染みた殺気が出せてたまるかよ！」

「そう言われてもね。奴が想定以上に臆病で勝手に自爆しただけだろ」

奴に戦士としての最後の意地を見せる機会を与えた。それを溝に捨てて、勝手にトラップにハマって死んだ。私とて最悪の意味で想定外だったのだ。

「自爆……」

「ああ、自ら己の目を潰したのは、さっきの阿呆だ」

ムジナから金鶏《チキン》とかいう傭兵団にトラップマスターの恩恵《ギフト》を有する奴がいると聞いていた。だから、あのトラップで何割かに減らした上でジグニールとルーカスをぶつける算段だったが、野獣《ビースト》とかいう馬鹿が殺してしまい、ここに辿り着くまでにズタボロのぼろ雑巾のようになって

しまう。ジグニールは良くも悪くも真っすぐだ。どんな外道でも傷ついている敵を全力で倒すことはできまい。ルーカスもアメリア王国の騎士らしいから、気は進まないだろう。こんな奴のせいで二人の信頼を失い、計画が頓挫するのも馬鹿馬鹿しい。そこで、最後の戦士としての花道をこの私が用意しようとしたら、自らトラップにハマって死亡したってわけだ。

「カイト、なぜ、ビーストの守りをあっさり貫けたんだ？　奴には魔法に対する耐性があったはずだぞ？」

ジグニールは鬼気迫る様相で私に尋ねてくる。ジグニールからの情報では六騎将ビーストとは、強力な身体能力と斧を手足のごとく扱う戦闘スタイルをとり、獣化《ビーストフォーマ》という変身能力を有する。こうなると身体能力は跳ね上がり、魔法に対する著しい耐性が生じるんだそうだ。これが真実ならば確かに魔法は効きにくい。もっとも――。

「それはそうさ。あれはそもそも魔法ではないからね」

「魔法ではないとすると、何なんです？」

背後にいたルーカスが興奮で鼻息を荒くしつつも詰め寄ってくる。

「あれは火薬さ。一定の力の弱い者たちに対して殺傷能力を有するとされる、異なった世界の兵器だよ。ま、僕も商人となって仕入れた本による知識で今回初めて作ったわけだけど、上手く行ったようだ」

あれは魔法ではなく異界の理論である『科学』による兵器。あのイージーダンジョンで発掘した本の中にあった理論に基づき作成したもの。ダンジョン内での攻略で数度自作したものを使用してみたが魔物に全く効果がなかったことから、以後ずっと埃をかぶっていた。

しかし、前にスパイの魔導銃が予想以上に使える仕様だったので、研究をしていたのだ。その上での推論は、この手の兵器はほんの一握りの最底辺の魔物と未熟な人間には効果があるかもしれないということ。要は羽虫同然に弱い連中ならば魔物だろうが人間だろうが効果がある可能性があるってわけだ。今回の実験で、私の推論は実証されたと言える。

「一定の弱い者たちって、相手はあの野獣《ビースト》だぞ?」

「さあね。でも、それがちゃんと効いた以上、そいつも弱かったってことさ」

私や配下の者たちには一切効果などなかったから、それは間違いない。何より、ビーストはジグニールが死闘を繰り広げるような強度なのだろうし、効かぬ道理はない。

「そんな……」

放心状態となるジグニールと、

「素晴らしい！　素晴らしすぎる！　人間離れした卓越した戦術眼に、あの冷徹極まりない思考。さらに魔法の奇跡さえも超えた力の叡智！　そして、あの常軌を逸した闘気、貴方はおそらく我らを導く……」

恍惚の表情で虚空を眺めながらブツブツと呟くルーカス。

さてと、あとはこの誘拐事件を企んだクズの駆除だろうさ。

（ギリメカラ、この件を企んだ鼠がこの辺にいる。一応駆除しておけ）

（御意！）

悪いが、子供を誘拐するようなクズにかける情けなど、この私にはこれっぽっちもない。

「さてと、奴らの無力化にも成功したし、時間も押している。ミュウの故郷の獣人たちを説得してエルディムへ向かうとしよう」

私は今も己の世界に埋没している二人を促して歩き出したのだった。

◇◆◇◆◇◆

周囲に立ち込める黒霧の中、神使《しんし》ビアンカは懸命に逃げていた。既に配下はすべて奴らに殺されている。

「なんで、こんなところに悪邪の神柱がいるのよ！」

鼻の長い怪物のあの絶望的で圧倒的な圧は、ただの神使《しんし》とは桁が違う。腐王、いや、多分そんなレベルではない。もっと上位のビアンカたちにとって雲の上の存在。そう。それはまるであの悪の総本山である悪軍のような――。

「そんなこと、あってたまるもんですかっ！」

最悪の結論に行き着いて、思わず首を左右に振ってその考えを振り払う。

悪軍とはこの世の絶対の悪を自称するものどもであり、この世の二大勢力の一角。その組織に所属している将官クラスとなれば、その強度は上級神のアレス様を優に超えるとされている。事実上、天軍でなければ討伐できないこの世に存在する数少ない理不尽。そんな存在がこの世界レムリアに召喚されたとしたなら、今頃天界は上を下への大騒ぎとなっているはず。しかも、今ビアンカを追っているのは、あの鼻の長い怪物だけではないということ。

『逃げられませんよ！』

突然、白色の人型の塊が空から降ってくると、行く手を阻む。

「ひぃっ⁉」

悲鳴を上げて踵を返そうとするが、正面からぶつかって尻もちをつく。顔を上げると、八つの目を持つ上半身が素っ裸の怪物が冷たい目で見下ろしていた。

さらに横を向くと左側には全身黒色のっぺらぼうの怪物に、右側にはあの鼻の長い怪物がいた。

そして、ぞろぞろと木々の隙間から現れる悪邪の神々たち。それらはビアンカをまるで親の仇でも見るかのような目で睨みつけていた。

「あり得ない……こんなの絶対にあり得ない！」

こんな悪軍に匹敵する戦力に追われるなど悪い冗談だ。

鼻の長い怪物は、血走った目で周囲の悪邪の神々を見渡しながら両腕を広げて、

『貴様は我らが至高の御方の怒りに触れたぁ！　それは最も犯してはならぬ大罪なのだっ！

貴様ら、この愚物を許せるか⁉』

大気を震わせる大声を出す。

『否！　断じて否！　許せるわけがありません！』

白色の人型の塊が叫ぶと、

『そうだ！　殺す！　僅かな救いもなく殺してやる！』

『死を！　絶望の中での死を！』

のっぺらぼうの怪物と八つ目の怪物が怒号を上げると、

『殺せ！　殺せ！　殺せ！　殺せ！』

周囲の悪邪の神々から悪質な黒色のオーラが巻き起こって大気をギシリッと軋ませた。

「いやだぁぁぁぁーーーー！」

その黒色のオーラによりビアンカの全身がゆっくりと塵と化す中、拒絶の言葉を吐き出して
その意識はプツンと失われる。

# 第三章　怪物の試練

獣人族の里でミュウの熱弁とウルルの説得により、比較的混乱もなく、エルディムへ向かうことができた。その道中、ジグニールとルーカスの二人に求められて簡単な戦術の手解きをする。同時に、中断していたミュウの鍛錬も再開する。鍛錬は本来一日たりとも怠るわけにはいかぬものだからな。私たち以外の者に教わるのもよい経験になる。そこで、ミュウの教官役はジグニールとルーカスに委ねたが、二人ともミュウの潜在能力の高さに舌を巻いているようだった。そして、約五日後、私たちはエルディムへ到着する。

真っ白な大きな石の城壁で囲まれた円形の都市。これが中立独立都市国家エルディムだ。

この都市は合議制の政治形態をとっており、現在獣人族の長が議長を務めている。もっとも、議長が獣人族というだけで、エルフ族、女人族、ドワーフ族、そして人族など様々な種族が政治や経済に参加している世界でも稀有な国だ。場所的には丁度、アメリア王国とグリトニル帝国の国境付近に位置しており、古来二か国が己の領土であると主張していた。長く不可侵領域であったこの場所につき、バベルが提起して世界会議が承認したことにより、独立した国家として自治権が認められたのである。

このように、他種族国家ではあるが多くの移民を認めているわけではなく、実のところ国籍取得の要件は極めて厳格に審査されている。多分、他国の干渉を可能な限り制限しようとする趣旨だと思う。

今回の獣人たちの入国はこの国籍の取得であり、城壁の外の滞在所の宿で既に一日足止めにあっている。つまりタイムリミットはあと二週間ということ。

「カイト殿、ジグ、ウルル、ミュウ、来てください」

意外だな。てっきり、部外者の私とジグニールははぶかれるものと思っていたんだが。まさか、私がローゼと関わりがあると知られたとか？　いや、ルーカスにその様子はない。何より、サトリがそんなヘマをするはずもないか。

「ご主人様……」

ファフが私の腰に抱き着いて私の顔を見上げてくる。おそらく、私とミュウの両者と離れるのは、この旅で初めてだ。大方、いつもの不安に襲われてしまったのだと思う。

「悪いな、ファフ。アシュたちを守ってやってくれ」

ファフの頭を優しく撫でると、彼女は私のお腹に顔を埋めていたが、

「はい、なのです！」

右手を挙げていつものように快活に答える。ファフは純粋に強い。王国や帝国の中でも真の強者が刺客として襲ってこない限り、鼻歌交じりに撃退できよう。さらに、アスタにも護衛を頼んでいるし、危険になっても転移能力で逃げることが可能だ。

「では、いくとしよう」

ルーカスを促し、私たちは歩き出す。

長細いテーブルと椅子しかない応接室と思しき場所に通される。質素ではあるが、作りにセンスがある。少なくとも、アメリア王国のゴテゴテしたものよりもずっと好感を持てる。

しばらくすると、獣人族の年配の女を先頭に次々に部屋の中に入ってくると席に座る。そして最後尾にいた十四、十五歳ほどの金色の髪の一房を横っちょ結びにした少女が、最後に席に座るとこちらを値踏みするように凝視してきた。容姿が伝聞と一致する。おそらく、この女がフェリス・ロト・アメリア。これでも、三十歳の公女殿下というんだから、若作りというにしても限度がある。

各人が席につき、私たちも席を進められて腰を下ろす。

「私はこのエルディムの評議会議長シラウスです。よろしくお願いしますね」

獣人族の年配の女が軽く頭を下げるとウルルに向き直って、

「ウルル、お久しぶりですね」

「はい。御無沙汰しております」

「貴方がガウスとウルルの子、ミュウですね?」

シラウスはウルルに挨拶をした後、優しくミュウに問いかける。

「う、うん」

躊躇《ためら》いがちに頷くミュウを暫し愛しそうに微笑んでいたが、ウルルに視線を固定する。

「それで、ご用件を伺いましょう」

「ミィヤを、私たちを助けてください！」

ウルルからのこの要望は予想通りだったのだろう。眉一つ動かさず、

「残念ながら、それはできません」

瞼を閉じてゆっくりと首を左右に振るシラウスに、

「なぜっ⁉　ミィヤは貴方の孫ですよっ！」

ウルルが犬歯を剥き出して声を荒らげる。

「だからこそです。私の孫を助ければこの件を仕組んだ者どもに格好の口実を与える。それは今私が議長の地位を退いたとしても同じ。誓ってもいい。ミィヤを助ければ奴らは攻めこんだこと自体を理由に、このエルディムに攻め入る」

国家のリスク回避のためならば、身内すら見捨てるか。シラウスは為政者の選択として何ら間違っていない。というか、まさにお手本のような決断だろう。だが、私はそんなお利口さんの判断を見たいわけではない。ミュウの頭に右手を置きながら、彼女を見下ろすと大きく頷いてくる。

「たとえ、お姉ちゃんを見捨てても、奴らはここに攻め入ってくるよ」

ミュウの指摘にシラウスの微笑が一割増しになる。

「子供が適当なことを言うなっ！」

「そうだ！　ここは神聖な評議会の場だぞっ！　部外者は引っ込んでいなさいっ！」

たちまち、居合わせた評議会の幹部たちからミュウへの凄まじい怒号が飛び交う。そんな中、

ミュウは眉一つ動かさず、口を開くが喧騒にかき消されてしまう。この評議会の連中の幼子のような反応。とても、天下のエルディムの評議会とは思えぬ。もしかしたら……。

「私は今ミュウと話しています。少し静かになさい」

シラウスから透き通るような制止の声が響き渡る。途端に、先ほどの喧騒が嘘のように、室内は静寂を取り戻す。やはりこの反応、どうも不自然だな。さっきから、こいつらミュウをこの件に関わらせないようにしていないか？

「ミュウ、どうしてそう思うんです？」

「どうやっても、貴女がお父さんのお母さんであることには変わらない。それが理由」

「どういう意味？」

眉を顰めて尋ねるシラウスに、

「たとえ貴女が傍観しても、お父さんは期限がくればお姉ちゃんを助けるために指定された人族の貴族を襲う。それを理由にしてここは攻められる。もちろん、貴女が指摘した通り、お姉ちゃんを助ける選択をしたとしても、それを理由に奴らはここに攻めて込んでくる」

淡々とミュウは返答する。

「ならば、お前の父ガウスを我らが拘束すればいいだけではないか？」

幹部と思しき髭面の小人が興味深そうに、そして試すようにミュウに問う。確かにこの指摘にも一理ある。まあ、敵が相当なお人好しの間抜けであったらという条件付きだが。

「エルディムの民がそれをしようと現地に赴いたら、そこをまとめて襲撃されて口封じをされる。そして、結局その罪の全てを背負わされる」

こうして簡単に予防策を立てられてしまう。シラウスの孫を人質に取られてしまった時から、エルディムは、引くも地獄、逃げるも地獄の最悪のスパイラルに陥ってしまっている。逃げることなど端から許されちゃいない。だが、まだ、おそらくそれを真の意味で理解しているのはこの部屋には誰一人としていない。

急に今までやかましく喚いた連中も、途端に尻すぼみとなってしまった。これは、危機を初めて実感したからではなく、演技をするのを忘れてしまったってところか。

「恐ろしいですね」

ポツリと呟くシラウスに、

「ええ、末恐ろしい少女です」

側近と思しきエルフの青年のしみじみとした同意に、

「いえ、違いますよ。この流れを作ってしまった貴方がです」

私を見据えてシラウスは、それを否定する。

「この男が……ですか？」

不躾にも私を胡散臭そうに見てくるドワーフ族の男に苦笑しながらも、

「貴方は今のミュウの策を私たちが採用できない理由を知っている。違いますか？」

私に尋ねてくる。

「概ねは」

この女、本当に面白いな。そこまで読んでいたか。

その通り。今までの話はあくまで素人でも簡単に思いつく戦術の話。そんなことこの国家元首ならば百も承知の話だ。それでも国家として選択できない絶対の理由があるのだろう。

「シラウス殿、受け入れられないとはどういうことじゃっ！ まさか、幼い子供を見捨てるつもりかっ⁉」

フェリスがシラウスに食って掛かる。ミュウはもちろん、ルーカスとジグニールの驚愕の表情から察するに、この流れは予想すらしていなかったのだろう。

「先ほどのミュウの話を踏まえても、私たちが動けぬ理由があるのです。貴方ならご存じでしょう？」

「バベルの秘匿特記条項だろ？」

今度こそ演技ではなく、ざわざわざわっと林がゆれるようにざわめきが走る。その叩きつけられる強烈な警戒心の中、

「やはり、ご存じでしたか。そうです。完全非武装条項です」

バベルが発議し、世界会議の決議を得て承認された正当な加盟国家は、ほとんどが独自の武装を保有することが許されている。その例外が完全非武装条項だ。一切の武力を持たないことを条件に、加盟が許されている特殊な条項。ではなぜこの条項が秘匿扱いされているかというと、おそらくは加盟国への侵攻の抑制のためだろう。通常、加盟国へ侵攻してもそれはあくまで二国間の争いであり、自国で対抗しなければならない。その例外が、この完全非武装条項で

ある。仮にこの条項付きの国が他国から攻め込まれた場合、バベルを中心とした国家からの武力支援を受けられる。加盟国には東の大国ブトウもある。大国たるアメリア王国であっても、世界を相手にすれば聊か分が悪くなる。このように、加盟国への条項の有無を秘匿することにより、力のない国に攻め込むことが高リスクだと認識させることに意義がある。

もっとも、一切の武力を持たないことは実のところ相当大変なことだ。何せ一定レベルの盗賊の襲撃すらも、庶民レベルで対抗しなければならないわけだしな。要は大事たる大戦を回避するために、小事たる小競り合いに庶民に血を流させるわけだ。

「お兄ちゃん、それがあるとマズイの？」

ミュウが焦燥たっぷりの声色で尋ねてきた。

「もし、武力行使とみなされれば、秘匿特記条項は消滅する。つまり――」

アメリア王国の部隊に損害を与えるなら、それは紛れもない武力行使。そして、敵は一定の武力を用いなければ救出できない鉄壁の布陣を敷いているだろう。

「侵略を止めるものがなくなると？」

「ああ、だからこそ、なんとしてもエルディムは無視を決め込まねばならないわけさ」

それこそが、シラウスたちの過ちであり、これから始まる苦難でもある。

「ふざけるなっ！　幼子が危険に晒されているのじゃぞっ！　しかもお主の孫じゃっ！　お主はそれで平気なのかっ！」

フェリスの泣き声すら混じった叱咤の声に、

「平気なわけがない！　ですが、この国を今守るにはこれしか方法がないんですっ！」

下唇を血が流れるほど噛みしめながらシラウスは決意の言葉を絞り出す。

「よかろう。では、一時的な獣人族の難民の保護を要請する。それなら別に特記条項にひっかかりはしないだろう？」

「はい。それは承りました」

「では行こう。もうここに用はない」

踵《きびす》を返す。ミュウももっと反論を口にするかと思ったが意外なほど素直に従った。唯一の例外が――。

「本当に⁉　本当に、幼子を犠牲にするつもりなのかっ⁉」

ついに泣きながら喚き散らすフェリス。ローゼ以上に直情的な奴だ。だが、こういう馬鹿は正直嫌いじゃない。少なくとも他力本願で己の誇りまでも溝に捨てようとしている輩よりはずっと。まあ、若造どもに助言くらいしといてやるか。私は部屋の大扉の前までくると、肩越しに振り返り、

「いいか。これからお前たちは選択を迫られる」

ある宣言をする。

「選択？」

眉を顰めて聞き返してくるシラウスに口角を上げると、

「ああ、辛くも苦しい己の身を切る選択さ。願わくば、お前たち自身が納得のいく道を選びと

らんことを」

部屋を退出する。

「おい、カイト、さっきの選択ってなんだ？」

「あの者たちが選び取らねばならないことだよ」

「ミィヤはどうするんだ？」

ジグニールの私にとっては至極当然の問いに、私の裾をギュッと握り絞めるミュウの頭を一撫でし、

「心配するな。僕を信じろ。悪いようにはしない」

力強く励ましてやる。なにせ、幼子を犠牲にする未来などこの私に必要ない。既に手は万端に打っている。

「うん！」

おそらく空元気だろう。ミュウは普段同様、元気よく大きな声で返事をする。

「カイト様、ご尽力くださり、ありがとう……ございます」

涙目のウルルに軽く右手を挙げると、私はファフたちの待つ宿まで歩き出した。

◇◆◇◆◇◆

エルディムの南十㎞の草原に存在する無数の存在たち。

一柱は鼻の長い二足歩行の怪物。その周囲には『悪邪万界』の最高幹部たちが揃い踏みをしていた。ここにいるものたちは、この世の圧倒的強者。たとえ、悪軍、天軍の戦神であっても裸足で逃げ出す自他ともに認める最強の悪邪の神々たち。

『首尾は？』

「万事予定通りです」

傍らで跪く白色スーツの隻眼の男、スパイが返答すると、草原は歓喜の渦に包まれた。

『此度も我ら「悪邪万界」が至高の御方が御創り遊ばされた計画の一翼を担えるのだなっ⁉』

鮫の頭部の悪神が問うと、

『もちろんだとも！　もうじき、我らの神が主催する大祭のメインキャストがこの世界に現界するぅ！』

鼻の長い悪神ギリメカラが両腕を広げて大気を揺るがす大音声を発する。

『メインキャストですか……これは御方様の試練。その試練のラスボスには最低限の強度が必要ですが、この度は悪軍ですか？　それとも天軍ですか？』

宙に漂う白色の人型の悪神、ドレカヴァクの疑問に、

『もし、悪軍なら中将以上でなければ、もはや御方様の遊びにすらなりそうもないがな』

八つ目の怪物ロノウェが両腕を組みつつ、独り言ちる。

『ああ、中将のティアマトで大分失望しておられたようだ。このようなことは、二度とあってはならぬ！』

のっぺらぼうの存在、アザゼルが過去の己の主の期待に答えられなかったという失態に、握り絞めた右拳を震わせる。

『心配いらん。呼び出すのは、六大将マーラだ』

ギリメカラの何気ない言葉に、静寂が訪れ、次の瞬間、狂喜が爆発した！

『かの六大将マーラか！　相手にとって不足なし！』

一つ目の悪神の幹部が咆哮を上げると、悪邪の神々は空で、大地で欣喜雀躍《きんきじゃくやく》し始めた。

『マーラが呼び出されるというと、かの『魔下王《きかおう》』も現界しますよね。ギリメカラ、貴方の義妹はどうなさるおつもりです？』

『ふん！　既にそのための策も十二分に練っている！　無論、大将のマーラには我らの神が直々に鉄槌を下す』

ドレカヴァクの問いに即答するギリメカラ。

『だがいいのか？　マーラはお前の以前の主だろ？』

ロノウェの疑問に、

『それは余計な心配だ。我が神こそが至高にして至上！　それ以外は我らも含め全てゴミ虫以下の存在よっ！　かつての主だろうがそれは変わるものではない』

そう力強く断言する。

『……そういうことにしておこうか』

ロノウェは暫し、ギリメカラを凝視していたが大きなため息を吐く。

『では、全身全霊をもって我らが至高の御方の計画を遂行しようぞっ！』

狂気の籠った三つの瞳を血走らせながらギリメカラは咆哮し、それを合図に悪邪の神々もまた歓喜に沸きつつも己の信じる神のために行動を起こす。

◇◆◇◆◇◆

エルディムへの滞在が許された次の日、カイトにエルディムの観光をしたいと頼んだら、二つ返事で了承される。今はカイトと二人で街へ繰り出しているところだ。

「ファフとミュウも連れて来なくてよかったのだ？」

「まあな、今、ミュウにはファフがいる。今ミュウに必要なのは大人との気晴らしではなく、仲の良い友の優しさだ」

ミュウは現在、父ガウスと姉ミィヤが極めて危険な事態にあることを実感し、物憂げな表情でため息をつくことが多くなっていた。そんなミュウを心配したファフが一時も離れず一緒にいる。

ファフは超がつくブラコンであり、カイトと常にともにいる。兄といっても、血は繋がってはおらず、本人曰く、薄暗い場所に閉じ込められていたところをカイトに助け出されたらしい。以来、カイトをご主人様と呼び、ずっと離れずにいるそうだ。

カイトは草原で記憶喪失のボクを助けてくれた商人。これはカイトが自称しているだけ。ボクもミュウも彼がただの商人だとは思っちゃいなかったから、ルーカスに元傭兵だと暴露された時、妙に納得をしてしまった。だって、一つ一つの言動がどう考えても、一介の商人とは乖離しすぎて。

「……」

そんなことを考えながら、カイトの横顔をぼんやりと眺めていたら突然目が合って慌てて視線を反らす。

「ん？　どうかしたか？」

「な、なんでもないのだ」

どうも、最近、カイトと二人っきりでいる時、彼の目をまともに見れなくなってしまっている。

「ふむ。ならいいか」

掴んでいるカイトの袖を強く握り絞めて、ボクも足を動かす。

獣人族、人族、ドワーフ族、エルフ族、女人族《アマゾネス》、道を行き交うのは本来、互いを嫌悪し、敵対している複数の種族。特にエルフ族とドワーフ族は互いに不倶戴天の仇のような存在と聞く。それが肩を並べて歩いていることすらあった。

「これがエルディム……」

どうしてだろう。この光景を見ていると、胸が締め付けられそうになる。

──この世界にはエルディムという多種の部族が住む国があるらしいですぞ。陛下の理想の国造りの参考になるかもしれませぬ。一度調べてみるのも一興かと……。

突然頭に響く懐かしくも優しい声。目頭に熱いものがこみあげてきて、

「あれ？」

両方の瞳から流れる大粒の涙。右袖で拭うがとめどなく出る涙に困惑していると、

「アシュ？」

隣を歩くカイトが眉を顰めてアシュの顔色を窺ってくる。

「な、なんでもないのだ」

大慌てで涙を拭いて取り繕って、

「ねえ、カイト、なぜこのエルディムでは他種族が普通に一緒に暮らしていけるのだ？」

今、最も疑問に思っている現実について疑問を投げかける。

「それはおそらく本人たちが相当努力しているからだろうな」

「努力しているから？」

まさかリアリストのカイトから精神論の返答があるとは夢にも思わず、聞き返していた。

「ああ、ここにいるのは各種族の中でも訳ありだ。そもそも、本来の同族たちとはともに歩めぬ者たちばかり。そんなはぐれ者たちが、生きていける場所。それがこのエルディムだ。人種的な軋轢や遺恨に目をつぶるよう努力しないとやってはいられないのさ」

「でも、努力している割には皆、全く無理しているようには見えないのだ」

「それはそうだろうよ。その同族どもの醜い姿に嫌気がして、この地に辿り着いた者も多い。むしろ、真に恐ろしいものが何なのかを知って大分肩の荷が下りただろうからな」

「真に恐ろしいもの？」

カイトは首肯すると、

「アシュ、真に恐ろしいのは種族でもなければ、御伽噺の中の神でもない。その心の在り方だよ」

厳かな表情でそう語る。

「カイトの言っていることが、ボクにはさっぱりなのだ」

「そうか。なら別にいいさ」

カイトはボクの頭に右の掌を乗せるといつもの微笑を浮かべる。その優しい感触に胸の底が温かくなって目を細めていると、

『お前のような真正の化け物がそれを言うかしら……』

頭の中に木霊するハジュの声はどこか怯えていた。

（ハジュ？）

『これは忠告かしら。その男にこれ以上、関わるべきじゃないかしら』

（なぜなのだ？　カイトはとても——）

『違う！　そいつはお前を——』

ハジュは声を張り上げた時、

——それくらいにするのである。

頭の中に響くもう一つの女性の声。ハジュは息を飲むと以後口を閉ざしてしまう。今までハジュだけで、こんな声、聞こえたことはなかった。もしかしたら、精霊のようなものが複数、僕の身体の中に潜んでいるのかもしれない。

ともかく、ハジュはカイトが苦手らしく、このようにその言動を批判ばかりしているし、そう珍しいことではない。気を取り直して歩き出そうとした時、

「カイト殿っ！」

エルフと思しき耳の長い青年が血相を変えてこちらに駆けてくるのが見える。

「うむ、思ったより早かったな」

カイトの微かなその囁きは、雑踏にかき消されてしまう。

エルフの青年はカイト一人で来て欲しいようだったが、カイトがボクの同行を望み、供についていくことになる。

会議室のような部屋に通されると、卵円形のテーブルにこのエルディムの幹部と思しき多種多様の種族が揃い踏みをしていた。全員のその表情は例外なく石のように固くなっていた。

「貴方はこれを知っていたんですね？」

獣人族の金髪の中年の女性が苦渋の表情で攻めるような口調でカイトに問いかける。ウルルから聞いていた容姿とも合致する。おそらくあれがこのエルディム評議会の議長であり、ミュ

ウの祖母、シラウスなのだろう。

「どの件かな？」

「とぼけないでいただきたい！　公開処刑を始めとした、この一連の事態についてですっ！」

声を荒らげるシラウスに、

「あー、その件か。まあな。お前らがミィヤを見殺しにすることを見越して、奴らは先手を打ったのさ」

しれっとした顔でカイトは返答する。

「こんな非道、許されるわけがない！　国際問題になるっ！」

シラウスの叫びに、カイトは大きく左右に首を振って、

「ならないさ。お前たちは祖国にすら見捨てられたこの世界のつまはじきもの。お前たちは運よくこの国特有の資源により、バベルと交渉する機会を得て保護された。だが、お前たちが見捨てた者たちまでは、その限りではない」

優しいカイトらしくない無情な台詞を吐く。

「見捨てたわけじゃないっ！　機会を見て救助するつもりだったたっ！」

シラウスが声を荒らげると、

「私たちの事情も碌に知りもしないで、勝手なこと言わないでよっ！」

「そうだっ！　戦も知らぬ商人風情がいい加減なことを言うなっ！」

部屋中から嵐のような罵声を浴びせられる。カイトは大きなため息を吐くと、

「機会を見て迎えにいく？　馬鹿馬鹿しい。それを人は見捨てたというのだ」

初めて聞くような、ぞっとする声で宣言した。途端室内は一瞬で静まり返る。

「カイト殿、私たちが見捨てたとは、どういう意味ですか？」

この中で比較的冷静なエルフの青年が皆を代表して尋ねる。

「分かりきったことを一々この私に説明させるなよ。お前たちはそれを自身の負い目として眠れぬ日々を送っているんだろう？　だから私のこの至極当然の指摘に怒りを覚えたんじゃないのか？」

口調すらも別人のようにガラリと変わり、カイトは一同をグルリと見渡して確認する。

俯き悔し涙を流す者、下唇を血が出るほど噛みしめる者。シラウスすらも無言でカイトに刺すような視線を向けていた。そんな中、

「カイト殿はどうするべきだとお考えですか？」

エルフの青年が続けてカイトに問題の核心に問いかける。

「お前たちが選ぶ道は二つ。彼らを見殺しにするのか。それとも、ここで彼らを救出に向かうかだ」

「もし、救出に向かえば？」

「救出に失敗すれば捕らえられ、このエルディムとの関連性の情報をあらゆる手を使って聞き出される。アメリア王国軍を襲撃したことで秘匿条項は効力を失っており、奴らが攻め入ることに何ら制限はなくなる。故に奴らはアメリア王国軍を襲撃したことを理由に、この国に攻め

入ってくる。要するにだ。失敗は絶対に許されない。もっともただ救出を成功させればいいってわけでもない。このミッションをコンプリートするには、いくつか条件がある」

「その救出する際の条件を教えていただきたい」

エルフの青年の疑問に、

「救出者がこの国と無関係の者であることであり、救助者をこの国に連れてくることは以後できなくなるということだ。つまり――」

「一生会うことはできなくなると?」

「その通りだ。それでも、この国は存続するし、お前たちの家族も生を全うできる」

部屋中で会話がなされる中、

「アメリア王国軍から救い出すという最も重要な役目を誰が担うと?　まさか貴方がするとでも仰るつもりですか?」

シラウスの様子からも、カイトにはそれが不可能であると判断していることがボクにも理解できた。

「私は商人だぞ?　それこそ、まさかだ。私はただできる奴を知っているだけさ」

「それは誰ですか?」

「ジグニール・ガストレア。元剣帝だ。もちろん、私たちも補助として参加するぞ」

直後嵐のような喧騒が巻き起こる。

「帝国の剣帝がなぜ、私たちを助けるんです?　まさか、帝国が私たちを支持すると?」

「いんや、帝国はむしろ、王国に裏から手を貸しているよ。ジグニールは帝国とは現在反目し、我らに力を貸してくれている。現に我らによって帝国から派遣されていた野獣《ビースト》とかいう愚物は駆除された」

「あ、あの野獣《ビースト》を退けた⁉」

「その通りだ。今回も上手く策を練ればミィヤたちを無事救助することは可能だろうさ」

暫し、顎に手を当てて考え込んでいたが、シラウスは立ち上がって、

「皆さん、申し訳ございません。やっぱり、私はミィヤを見捨てることができそうにありません。皆さんはどうですか？」

グルリと見渡して意見を求める。今まで俯いていた者、絶望に打ち震えていた者、室内の全ての者に僅かな希望の光が灯っていた。

「カイト殿、どうか我らの家族を救っていただけるようお願いいたします」

シラウスがカイトに頭を下げると、部屋中のエルディムの幹部たちも立ち上がり、深く頭を下げる。

「承った。フェリス、あんたもそれでいいな？」

「も、もちろんじゃともっ！　妾もカイト殿を支持する！」

フェリスも目を輝かせて席を立ちあがって賛同の意を示してくる。

「ただ、無料奉仕というわけにもいかない。私は商人なものでね」

「何が要望ですか？」

予想はしていたのだろう。シラウスが即座に対価を聞くと、

「このエルディムでの私の商会の商売の許可及び、私が不在の間のウルルを始めとする獣人族の避難民たちの保護だ。彼らは私の商会の将来のメンバー候補だし、丁重に頼むよ」

実にカイトらしい要望を口にする。多分、前半の許可がおまけで、ウルルたちの保護が本筋なのだろう。

「貴方は……承知いたしました。皆さんもそれでよろしいですね？」

皆が頷くのを目にしてカイトは満足そうに頷く。そして――。

「では我らはすぐに行動に移すとしよう。アシュ、いくぞ！」

「う、うん！」

ボクも慌てて頷き、部屋を颯爽と退出するカイトの後に続く。

カイトは宿に戻ると、状況を完全に呑み込めていないジグニールを半強制的に荷馬車に押し込め、ファフを連れて出立する。過保護なカイトがミュウをエルディムに残した理由は、ミュウがエルディムの議長の孫だから。もし、エルディム側が今回の救出ミッションに関与していると公表されればこのエルディムを攻める一因となりえる。奴らがやろうとしているのはエルディムが管理の必要な危険な国であると世に知らしめることなのだから。

ファフはいかなる理由があってもカイトから絶対に遠くへは離れない。そして、カイトも決してファフを置いてはいかない。それはカイトたちと一緒に暮らしていれば、周知の事実。フ

ァフはミュウと離れることに難色を示したが、最終的にカイトの指示に従い馬車に乗り込んだ。

「事情は分かった。だからって、俺たちだけでそのサウロピークスに駐留している王国軍を撃退するのは流石に無理があるんじゃね？　何より、奴らも戦力くらい増強させているだろう？」

馬車の中でのジグニールの至極当然の指摘に、

「別に王国軍と正面切って戦う必要はないさ。要は人質を救出できさえすればいいのだよ」

カイトは口角を吊り上げて返答する。

「また、エグイ策でも考えてんのか？」

「さーて、どうだろうな」

十中八九、企んでいると思う。何よりこのタイミングでルーカスをエルディムへ置いてきたことも気になる。まさか、カイトはエルディムで何かあるとふんでいるんだろうか？　いや、だとすると、ミュウをエルディムに残すのは明らかに不自然だ。それはないか。

「ま、いいさ。俺はあんたを信じると決めた。最後まで付き合うぜ」

ジグニールは馬車でゴロンと横になると寝息を立て始める。それもそうだ。カイトはボクらを裏切るような人物ではない。ならば、今は彼を信じるのみ。

「着いたら起こす。お前たちも寝て身体を休めなさい」

「はーい、なのです！」

ファフが元気よく右腕を上げると、カイトにしがみ付いて寝入ってしまう。

「おやすみ」

アシュもいつもの夜の挨拶をすると、毛布に包まって瞼を閉じた。

◇◆◇◆◇◆

――サウロピークス
サウロピークスの駐屯所の豪奢な一室のソファーに、白服を着た顔がやけに細長い男、ルゥズが腰を掛けて、右手に持つ真っ赤な果実酒を口に含んでいた。

「そのトレジャーハンターとやらが、あの遺跡の封印の解除には人間の贄が必要と言ったのだね?」

跪く白服の男に尋ねると、

「はい。そのハンターは遺跡が極めて危険だから人間を近づけるなと注意喚起をしていました。それを伝えるとすぐにこの街から姿を消したことからも、到底信じるに値しない与太話ですが、一応我らが主の御耳に入れておこうと」

恭しく返答した。

「そうね……の遺跡の封印の解除に人間の贄が必要なんだねぇ」

「ルゥズ様?」

ぼんやりと虚空を眺めながら独り言を口にするルゥズに、眉を顰《ひそ》めて聞き返す白服。

「報告ごくろう様ね。下がっていいんだね」

「はっ！」

一礼すると部屋を出て行く白服。白服がいなくなった途端、ルゥズは立ち上がって窓の近くへ行き、その窓を開ける。月明りに照らされるように山の頂上には神殿のようなものが荘厳にも聳《そび》え立っていた。

「あれはきっと神の遺跡。比喩ではなく正真正銘の神が創りしもの！　あの遺跡の古代語には大いなる善なる大神エアへの溢れんばかりの賞賛の言葉が刻まれていたんだねっ！　とすると、あれを創りしはエア神！　封印されているものは、かつてエア神が使用したとされるあの神器の可能性が大！　もし、それをこの僕が手に入れたらぁ！」

ルゥズは恍惚の表情で天を仰いで声を張り上げる。

善なる太陽の神エア――かつて最強最悪の厄災ベルゼバブへ戦争を仕掛けて滅ぼされた太古の大神。その神器は一振りで大地を割り、空を引き裂いたとされている。

神使《しんし》であっても大神クラスの神器を持てば、神格を得られる。神使《しんし》にとって神への昇格は生涯を通じて求める永遠の夢。特にルゥズは他の神使《しんし》とは違い常に向上心をもって使命に臨んできた。幼い頃からのルゥズの夢がこの遺跡の中にある。

「そうですねぇ。エルディム側が少数の人間の救助隊を送ったと連絡がありましたし、精々これを利用してやりましょうかね」

エルディム内の間者からの情報では、なんでもその人間は帝国の元剣帝ジグニール・ガストレアらしい。この手の贄を必要とする封印はその種族の魂や肉体が強固なほど効果的である傾向が強い。そして、ジグニールは今捕らえている獣人族の娘と一定の関係があるようだ。餌は確実な方がいい。コリンからあの獣人族の娘は最後にしろと指示されていたが、今回使用するべきだろう。

「どうせなら、贄は多い方がいいですからねぇ」

たとえ取るに足らない力しか持たなくても生贄は生贄。多くて悪いことはあるまい。どうせなら、この都市の人間どもも皆まとめて生贄にすることにしよう。そうすれば、神格を得た後、ルッズのしたことが天に知られることを防ぐことができる。

「そう。これはあくまでただの事故なんだからねぇ！」

ルッズはケタケタとまるで狂喜に溺れるかのように笑い始めた。

◇◆◇◆◇◆

――悪と天との闘いは気の遠くなるスパンを経てなされてきた。故に一般の神使《しんし》、いや天軍に属する神々ですらも、それが最悪のゲームの典型的なトラップであることを知るものは少ない。その無知ゆえに神使《しんし》ルッズは最悪の禁忌に触れる。こうして、最強の怪物が描いた物語は遂に佳境を迎える。

三日後、サウロピークスへ到着する。王国の駐留軍がおり、いくつか検問があったが、カイトが荷馬車の積み荷を示して駐留軍へと運ぶ物資の運搬だと伝えるとあっさり通行が許され、こうして都市の内部へ潜入することができた。今は宿をとって、今後の対策を話し合っているところだ。

「それにしても、やけにすんなり入れたな」

ジグニールの何気ない呟きに、

「それはそうだろうよ。私たちが救助に来たことは既にこいつらに筒抜けだろうしな」

カイトがそんな元も子もない事実を指摘する。

「ちょ、ちょっと待て！　今、この作戦の根幹に関わる事情をサラッと言わなかったか⁉」

「うん？　言ってなかったか？　我らの行動は奴らのスパイにより逐一報告されているのさ」

「微塵も聞いちゃいねぇよ！」

「ふむ、だが、こうして伝えた。ならば何ら問題はあるまい」

「問題ありまくりだろっ！」

同感だ。こちらの行動が敵に周知されているなら、此度のミッションの成功率は限りなく低くなってしまうはずだから。カイトは頭を抱えるジグニールの右肩をポンポンと叩くと、

『為せば成る為さねば成らぬ何事も』ってやつだ。追い込まれれば、人間ってのは思わぬ力を発揮したりするものさ」

カイトは励ましにすらなっていないことで煙にまこうとする。直後、宿の外から聞こえてく

る男の声。

『今から王国に弓を引いた大罪人の処刑を開始する！　処刑の場は山頂にある遺跡だっ！　全員今すぐそこに集合すべし！』

大音声で同じ台詞を繰り返し、遠ざかっていく。

「これも、あんたの策のうちってか？」

「さあ、どうだろうな」

「あんた、マジでイカレてる」

ジグニールが、おそらく心の底からの台詞を口にした時、

「ご主人様、ファフ、眠いのです」

ファフが大きな欠伸をしながらもカイトの袖を引っ張る。

「ふむ。ファフ、もう少し待っていてくれるか」

カイトはファフの頭をそっと撫で、ジグニールに向き直ってその顔を厳かなものへと変える。

「ジグ、これが引き返す最後のチャンスだ。この作戦は君の剣の腕にかかっているといっても差し支えない。もし、君がこの件から下りるのなら、どのみち、この作戦は破綻する」

「あんたは本当に戦えねえのか？」

「ああ、この手の戦は不慣れなものでね」

カイトは決して不要なことを言わない。その発言には必ず深い意味があった。そのカイトらしからぬ独特な言い回しからも、カイトはジグニール自身が策戦実行の主体を担わねばならな

いと結論付けているのかもしれない。

「もし、俺がしっぽを巻いて逃げることを選択したら？」

「その場合は全て忘れてここから離脱することを最優先で考える。仮に作戦の中止を決定したとしても誰も君を責めない。もし成功したとしても、報酬は出ないし賞賛など誰からもされない。それでも、君は助けにいくかい？」

ジグニールは大きく息を吸い込み、吐く。そして――。

「俺はな、ある剣士に負けた。奴に手も足も出ずに敗北し、頂だと信じた今いる場所が何ら価値のないガラクタに過ぎないと知った。自暴自棄で死にかけた時にミィヤたち親子に救われたんだ。もう一度、剣士として再起を得るチャンスを貰った。俺にはミィヤたち親子に多大な恩がある。それこそ俺の一生を左右するほどのな！　だから、ここで逃げることだけは絶対にできねぇ。たとえ、この身がどうなろうともだ！」

ジグニールはどうしても動かすことの出来ぬほど堅固な決心を眉のあたりに集めながら、噛みしめるようにそう宣言する。

「そうか。ならば我らも命を賭けよう。アシュ、君まで危険に晒してすまないな。それを扱えるのが、どうやら君だけなんだ」

ボクの右手の人差し指に嵌められた紫の宝石が埋め込まれた指輪を見つめながら、カイトはすまなそうに頭を下げてきた。この指輪は丁度、過去に知り合いのハンターからカイトが高値で買い取ったものらしい。その実験にも何度か付き合ったが、転移の能力が付与されている指輪であり、転移できる人数はその指輪を装着した者の魔力量に依存する。つまり、その量が多ければ多いほどより長距離を大人数で移動することができる。此度処刑の対象となっているのは、数十人規模であり、魔力量が桁外れに多いボク以外にはできなかったのだ。

「大丈夫。ボクもやれるのだ！」

『いけしゃあしゃあと……』

嫌悪感丸出しのハジュの声が頭の中を反芻《はんすう》するが、いつものことなので放っておくことにする。

「で？　俺はどうすればいい？」

「もちろん、英雄《ヒーロー》らしく悪に囚われた民衆を助けるのさ。ほら、敵さんがご丁寧に要救助者を一か所にまとめてくれるそうじゃないか」

「あんた、これを狙ってわざと奴らに知らせたな？」

呆れたように尋ねるジグニールに、

「まあ、そんなところかな。じゃあ、そろそろミッションの開始だ」

カイトは肩を竦めると、そう返答して立ち上がる。ジグニールも傍に立てかけておいた剣を手に取る。そして、救助作戦は動き出す。

作戦は非常にシンプル。気付かれずに処刑場まで行き、ジグニールが処刑場から一時的に皆を救い出して一か所に集めてアシュが持つ指輪で指定先である近くの森まで転移。そこから、中立都市であるバベルに向かい、そこでエルフの王女ミルフィーユの協力を得る。あそこなら、アメリア王国やグリトニル帝国も迂闊に手出しができないはずだから。特にエルフの王女の庇護下にあるなら猶更だ。エルフの大国ローレライの王女と知り合いとか、カイトって本当に何者なのだろうか。

簡単に処刑場までは到達できた。それもそのはず、王国駐留軍の指示でサウロピークスの全住民が山の頂付近にある遺跡前広場に向けて、ぞろぞろと歩いていたのだから。

「なあ、カイト、これってどう思う?」

「これは何かあるな」

「うん、変なのだ!」

カイトも感情を消した表情で相槌を打ちながら、ボクも抱いていた危惧を口にした。パフォーマンスにしても、ただの処刑の観戦にこんな大勢の人など必要ないはずだから。

処刑場は集まったサウロピークスの住民でごった返していた。そして、遺跡の祭壇のような場所に目隠しをされた者たちが次々に連れて来られる。

王国駐留軍の指揮官と思しき煌びやかな鎧を着た者が、一歩前に出ると銀髪の獣人族の少女の首元に剣先を押し付けて、

「今から処刑を始める」

そう宣言した。

「いきなり、大ピンチかよ!　カイト!」

「ああ、武運を祈る」

ジグニールが人混みの隙間を縫って走り出す。

「アシュ、僕らも行こう！」

「うん、なのだ！」

カイトに促されて、ボクらも群衆を掻き分け、処刑台の祭壇へと近づいていく。

先頭についた時、既に戦場となっていた。ジグニールが剣を手足のように操り、すれ違い様に王国兵を一撃で沈めながら、祭壇で剣を向けていた指揮官へと疾駆する。まさに赤色の線となったジグニールは髭面の指揮官にピクリとの反応すら許さず、一刀のもとに両断する。ジグニールは剣で銀髪の獣人の少女の全身を拘束していた鎖を切断してその少女を抱きかかえる。

「ジグ、お兄ちゃん！」

泣きべそから一転、パッと顔に喜色が表れてジグニールにしがみ付く銀髪の少女。ジグニールは抱えたまま、近づくボクへと銀髪の少女を渡すと、

「カイト、アシュ、こいつを頼む！」

他の救助者を助けるべく走り出す。

処刑場は混乱状態へと陥り、観客は我先にと逃げ惑う。そんな時、上空から詠唱が降ってくる。咄嗟に声のする空を仰ぎ見ると、

「――ッ⁉」

遥か上空には白色の衣服を着た十数人が、呪文のようなものを唱えていた。同時に遺跡前広

場全体の地面に巨大な魔法陣が浮かび上がる。その魔法陣から伸びる無数の真っ黒な触手。その触手に触れた兵士、民衆たちは次々に意識を失いバタバタと倒れていく。

「ル、ルゥズ様、これはどういうことですかっ！」

上空に浮遊する顔がやけに細長い金髪の男に、近くの副官らしき金髪の青年が叫ぶ。

「ご苦労様ですねぇ。君らは良く任務を全うしましたねぇ」

さらに、最悪は加速する。地面に描かれた魔法陣は盛り上がり、ボクらを覆うように真っ赤な球体を形成していく。

「カイト！　これマジでヤバイぞ！」

ジグニールの焦燥たっぷりの叫びに、カイトは大きく頷き、

「アシュ、転移を！」

ボクに指示を出してくる。

「で、でもこの人数じゃ！」

「処刑予定の者たちだけでいい！　早くしろっ！」

カイトの初めて聞く大声に、ビクッと全身を硬直させながらも、

「う、うん！」

必死に今も抱きかかえる銀髪の少女にジグニールやカイト、ファフ、そして処刑場で拘束されている人たちを指定して指輪に魔力を込める。ボクの足元から青色の魔力が溢れてそれらは指定した人たちに延びる。発動しようとしたその時、

「くっ⁉」

足元の魔法陣から延びた黒色の触手がボクの足元へとからみついていた。

『贄候補内に憑依者波旬《はじゅん》の魂を確認！　記憶《メモリー》しました！　天と悪条項一一〇条二項を執行。只今から波旬《はじゅん》の憑依している肉体を用いて大神降臨の儀を開始いたします』

そんな無機質な女性の宣言する声が頭の中に響き渡り、

「どうやらここまでか」

傍のカイトのそんな発言とともに、ボクの足を侵食していた黒色の触手が粉々に砕け散る。同時にボクの右手の指輪から莫大な青色の魔力が溢れて、次の瞬間視界は真っ白に染まってしまう。

気が付くとボクはエルディムの中央広場の噴水の前に佇んでいた。霧がかかったような意識の中、気怠い身体にムチ打ち周囲を眺めると、ジグニールに、ミュウの姉と思しき銀髪の少女、処刑されるはずだった者たちが地面で気を失って横たわっていた。

「あれ？　カイトとファフは？」

今ボクが最も会いたい人とその妹の姿がないことに気付いた時、ボクの意識はストンと失われた。

アイテムボックスから【絶対に壊れない棒】でアシュに伸びた触手を粉々に切断する。さらに、この結界内にいる全ての触手及び結界を粉々に切断した。

◇◆◇◆◇◆

直後、アシュの指輪が発動してジグニールと銀髪の少女、そして処刑のために囚われていた者たちの姿が軒並み消失する。

「んなッ⁉　これはどういうことだねっ⁉」

ルッズと呼ばれた男が、仰天したような声をあげた。

「アスタ、打ち合わせ通りにやってくれ」

「了解である」

アスタが私の傍に姿を現すと、パチンと指を鳴らす。次の瞬間、民衆や駐留軍の姿が綺麗さっぱり消失する。

「ば、馬鹿なっ！　一体、贄どもをどうやって消したのだねっ⁉」

血相を変えて声を張り上げるルッズと、あっけに取られている白服集団。それにしても贄ね。やはり、民衆ごと儀式の生贄にしようとしていたってわけか。感服するほどのクズだな。

「ご主人様、あいつらぶっ殺していいですか？」

そんな中、歯茎を剥き出しにして威嚇するファフ。ファフは最近元気のないミュウを付きっ

きりで慰めていた。ミュウが悲しんでいる元凶の一つがあれらであることは、当然ファフも承知している。ミュウの親友として本気で憤っているのだろう。

「すまんが、あれらはこれから始まる祭りの贄なのだ。それにあんなカスどもはお前が殺す価値もない奴らだ」

宥《なだ》めるべく左の掌でファフの頭をそっと撫でる。

「分かったのです。ファフ、我慢するのです」

全く納得はいっていまいが、渋々了承して引き下がるファフ。対してルゥズは細長い顔中に青筋を漲らせて、

「たかが人間風情が、舐めるでないねぇ！」

怒号を上げると羽を十数枚分離させてそれらを放ってくる。羽は矢となり炎やら氷を纏って私に迫る。

何の工夫もない無数の矢を木刀で絡めとって全て奴らに返してやる。跳ね返した無数の矢は超高速で空に浮かぶ白服どもの羽を打ち抜き、各々が悲鳴を上げながらボトボトと地面へと衝突する。

「はへ？」

私は地面を蹴って素っ頓狂な声を上げるルゥズの背後まで行くと、背中から生えている真っ白な翼を切断し、軽く蹴り落とす。ルゥズは弾丸のように一直線で地面に衝突する。

「少々やり過ぎたか」

舌打ちをしながら、ポーションを取り出して振り掛けるとたちまち癒える。奴は暫し、茫然と自分の身体をペタペタと触って確認していたが、私と目が合い小さな悲鳴を上げて、

「おまえ、人間じゃないねぇ⁉」

金切り声を上げる。

「いいや、人間だ。何の混じりけもない純粋な人間だよ」

「これほど胡散臭く、信憑性もない台詞を吾輩初めて聞いたのである」

アスタが余計な茶々を入れてくる。

「分かったんだね！　おまえ、他神の神使《しんし》なんだねっ！　僕はこの世界の管理神アレス様の神使《しんし》、ルッズ！　アレス様はあの最強神デウス様の御孫様にあたる御方っ！　この僕に手を出せば、アレス様が黙ってはいない！　お前のような神使《しんし》など――」

「煩い。喚くな」

妄想たっぷりの発言を捲し立てる奴の顎を蹴り上げて砕くことにより、騒々しく喚くその言葉を塞ぐ。

「時間も押している。アスタ、手はず通りやってくれ」

「了解である」

アスタが右腕を上げてパチンと指を鳴らす。刹那、幾多もの球体の魔法陣が出現して、今もガタガタと震える白服どもを包み込む。私が儀式場である神殿にルッズを蹴り上げると超高速でふっとび、衝突する。陸に打ち上げられた魚のように痙攣しているルッズを球体の魔法陣が

包み込み、黒色の触手を出す。

なんでもこの儀式場は一般の封印の解術を発動すると、その術式を強制的に術変して降臨の術式へと変貌させるんだそうだ。つまり、条件を満たす限り、誰がやってもそれが一般の封印の解術である限り、降臨の術式となるらしい。

魔法陣の内部へ延びた黒色の触手はルゥズと白服どもに突き刺さり、ドロドロに溶解させていく。

あとは、少々の仕込みをする必要がある。

「アスタ、やれ」

「了解である」

アスタが長い詠唱を唱え始める。この遺跡全体の上空に巨大で真っ赤な魔法陣が浮かび上がる。それらは回転しつつも、ゆっくりと降りていく。血のように赤い魔法陣は全てを飲み込むように、綺麗さっぱり全てを消滅させる。

遺跡と召喚儀式ごとエルディムの南に広がる誰も入り込むことのない砂漠のど真ん中に強制転移させたのだ。サウロピークスを訪れる行商人たちを巻き込むわけにもいかぬからな。

一応、私が敵戦力の確認をして、もし強ければ私が即駆除。もしゲームに使えそうな強度なら砂漠の周囲に我ら配下の者たちを配置して包囲網を形成。暫しの間奴らの封じ込めをしようと思っている。

「さて、これでここでの仕込みは終わりだ。あとは計画を次のフェーズへと進める。ファフ、行こうか」

私はそう宣言してファフの小さな右手を握ると、アスタに目で合図する。

「では、王都のローゼたちの下に飛ぶのである」

アスタが指を鳴らし、私たちは王都アラムガルドへと転移する。

◇◆◇◆◇◆

――エルディムから五十km南、ラハサ砂漠

いくつもの魔法陣が空中に浮かび上がり、接近すると一つに融合していく。そして中の肉片がドロドロに溶けて行き、一つの人型の何かを形成していく。

血管が、脳が、心臓が、内臓が、骨格が、筋肉が次第に形勢されていく。そして佇むのはサングラスをした桃色の髪の男。

『くはっ！　くはははっ――！　この俺が一番乗りってかぁっ⁉』

暫し、桃色の髪の男は有頂天になって魂の底から狂喜していたが、左薬指を噛みちぎり、詠唱を唱え、

『魔下王《きかおう》、姿を見せろ』

いくつもの魔法陣が出現してそれらが高速で回転していき、長い黒色のハットを被り、黒色の衣服を着こなす真っ白の仮面をした男を形作っていく。

『魔下王《きかおう》、魔縁、参上いたしました。マーラ様、この魔縁をお呼びいただき恐悦至極にございます！　その美しく神々しいお姿――』

真っ白の仮面の男、魔縁は片膝を突いて恭しくサングラスの男マーラに首を垂れながら、賛美の言葉をつらつらと口にする。

『世辞はいい。それより、波旬《はじゅん》はどうした？』

低い苛立ちを含んだマーラの問いに遮られて、魔縁は暫し考え込んでいたが、

『マーラ様の召還は我らの魂に刻まれた盟約。それに応じないということは――』

返答するが次の瞬間、左腕が吹き飛ぶ。

『裏切ったかへマをして敵に捕らえられたってことかぁ？』

額に太い血管が浮き上がり、周囲の地面にミシリッと亀裂が入る。

『口の端にのぼらせるのも、憚り多いことながら』

魔縁は全く動揺するそぶりすら見せずにそう返答する。

『裏切り者はいらんし、役立たずはもっといらん！　波旬《はじゅん》は処分しておけ！』

『御意に！』

『ここを拠点に悪の軍勢を呼び出せぇ！　お前が指揮をとり、この地を悪に染め上げろ！』

『はっ！　我らが主神の御心のままに！』

魔縁はそう叫ぶと立ち上がって、両手で印を結ぶ。直後、地面が盛り上がって悪趣味な建物が出現する。直後、マーラの姿が消失する。

『では、さっそく呼び出すとしましょうか』

魔縁が再度印を結ぶと、地面から次々に湧き出てくる悪の軍勢。

――こうして悪軍最高戦力、六大将マーラ、及び麾下王《きかおう》、魔縁その他、悪の軍勢はここに現界した。長きにわたる天と悪のゲームでも六大将自身が現界できたのは数えるほどしかない。

そして、その場合は悪軍が圧倒的な力で勝利し、大抵その世界は悪の限りを尽くされ滅ぼされている。もっとも、此度の現界を画策したのはまごうことなきこの世で最も強く邪悪な怪物。この怪物、己の目的のためにあろうことか六大将をこの地に呼び出す。その極めて個人的で利己的な目的を遂げるための手段としては、これは最大の愚策。それは間違いない事実。そうカイ・ハイネマンという頭のねじが飛んだ怪物以外にとっては。それを知らぬ六大将たちは、不運にもこの時何も知らずに破滅へ向かっての行進を始めたのである。

◇◆◇◆◇◆

「サウロピークスの王国駐留軍が全滅⁉　ビアンカとルゥズも消息不明だと⁉」

コリンは声を荒らげて報告してきた配下の最下級神使《しんし》に聞き返す。

「はい。獣人族の森を監視していたビアンカ様からは一切の通信が途絶しております。さらにルゥズ様失踪の件でサウロピークス一帯を探索しましたが、すべてもぬけの殻。駐留軍、住民を含めて人っ子一人見当たりません」

　未だかつて一度も見たこともないコリンの剣幕に、報告してきた最下級神使《しんし》は縮み上がりながらも返答する。

「サウロピークスの全住民がいなくなったというのか？」

「はい。それだけではありません。近くの神殿があった遺跡も消失しております」

「は？　今、遺跡も消えてなくなった。そう言ったのか？」

「近くの遺跡を中心とする一帯が更地と化しています」

「馬鹿な……何が起こっている？」

　駐留軍、サウロピークスの全民衆、さらにルゥズの失踪。おまけに、遺跡一帯が消滅したという。特にルゥズは神使《しんし》だ。人ごときが倒せるものでは断じてない。さらに、遺跡一帯を丸ごと消滅させる奇跡を実行できる存在。そんなものは限られている。それは――。

「エルディムの背信者どもめッ！　よりにもよって他神の力を借りやがったっ！」

　サウロピークスでは、エルディムの関係者を多数人質に取っていた。このタイミングでのサウロピークスの消滅だ。奴らがこの一連の事件に関わっているのはもはや疑いようがない。大方、他神の力を借りて此度の凶行に出たのだろう。

「他神というと、やはり、腐王でしょうか？」

　ダイスの副長であり、コリンの側近の神使《しんし》、アセチルが両腕を組みながらも尋ねてくるので、

「それ以外、あり得まいッ！」

苛立ちながら返答する。この世界でアレス様に面と向かって喧嘩を売ってくる身の程知らずの神の勢力など腐王くらいだ。それはまず間違いない。

「では、腐王の封印が解かれたと？」

「いや、もしそうなら、今頃、大騒ぎになっているはずだ」

腐王はこの世界の最大の厄災であり、アレス様を除けば唯一の上級の神。もし腐王自身が現界したのなら、隠し通すのは不可能。今頃アレスパレスは上を下への大騒ぎとなっている。それがアレスパレスから何の連絡もない。これはつまり――。

「エルディムの獣どもを唆したのは、腐王の眷属ってわけですか……」

「ああ、あんな悪神の配下ごときの甘言に乗るとは、本当に度し難い連中だ！」

「この件、アレスパレスに報告いたしましょうか？」

アセチルの一考の価値もない問を、

「冗談ではない！　そんなアレス様を失望させるようなこと、できるわけがないわっ！」

声を張り上げて否定する。相手は腐王ではなく、その眷属の神使《しんし》に過ぎない。恐れをなして主神に助力を求めるなど、絶対にできるわけがない。

「ならば、我らだけで対処するしかありませんね」

「ああ、その通りだ」

もう一刻の猶予もない。相手が悪の勢力に入った以上、コリンを始めとする神使《しんし》の全勢力をもって、この世から根こそぎ滅ぼさなくてはならない。

相手はパペット、ビアンカ、ルゥズを次々に滅ぼしているのだ。相当な強者だろうが、こちらには上級神使《しんし》のコリンと神使《しんし》アセチルがいる。神使《しんし》アセチルの実力は上級神使《しんし》に迫る。後れをとることはまずありえまい。問題は腐王の眷属との闘いに余計な茶々を入れられることだ。

「すぐに、神使《しんし》プレトに狂《ハウンドドッグ》犬を率いてエルディムを攻めさせろ。根絶やしだ」

「直ちに手配いたします」

神使《しんし》プレトは中級神使《しんし》。力的にはパペット、ビアンカ、ルゥズのような下級神使《しんし》とは強さの格が違う。腐王の眷属であっても、互角以上の戦いができるだろう。さらに、ダメ押しでAランクの傭兵ギルドの一つ狂《ハウンドドッグ》犬もつける。ま、神使《しんし》プレトは性格に若干難があるし、狂《ハウンドドッグ》犬もいたぶって殺すのが趣味のような輩だ。通常ならばあまり使えぬ奴らだが、エルディムは既に腐王の勢力により不死化している可能性が高い。やり過ぎにはあたるまい。これだけでも十分だとは思うが、念には念を入れるべきか。

「そうだな。勇者チームのパラディンに協力を要請しておけ」

相手が腐王の幹部なら神使《しんし》プレトが敗れることも想定しうる。そうなると、奴らは不死の軍勢を作り出してそれを率いてくるはず。そうはいっても、プレトにより奴らに相当の損害は与えているはず。総力戦となってもコリンたちの勝利は動かない。さらに、人であってもアンデッドに対して圧倒的優位性を持つパラディンの加勢があれば、対腐王との戦争は万全といえる。なにせ、高位貴族どもはプライドが高いだけで、大して使えない。あれらでは腐王の軍との戦争では対して役に立ちそうもないし。

「承りました。それで、サウロピークスは如何なさいましょう?」

「当初の計画通り、仕込みはしておけ」

「では、エルディムの国章の入った衣服をサウロピークス内に置いた上で、バベルの調査団の派遣を要請しておきます。ところで、あの獣の娘の父親にアキナシ領を襲わせる件はどういたしましょうか?」

「あー、もはや、奴らの襲撃自体は大勢に影響しないが、獣どもの愚劣さを世間に知らしめるくらいの意味はあるだろう。すぐにでも襲撃させろ!」

「お望みの通りに」

アセチルは頷くと敬礼をして退出していく。

「エルディムの獣どもめ! 悪に組みしたその罪の重さ、骨の髄まで思い知らせてやる!」

コリンは右拳を固く握りしめて、そう声を荒らげて叫んだのだった。

◇◆◇◆◇◆

そこは中立の立場の領主、アキナシ領内。アキナシ領主の館の傍にある小高い丘の上。ガウスを始めとする武装した獣人族の年配の男たちが集まっていた。

「やれば本当にミィヤは処刑を免れるんだな?」

ガウスが白服を着た仮面の男に確認する。

「もちろんだとも。君らが突入したら、魔法でその事実をサウロピークスにいるルゥズ様へと伝える。君の娘はすぐに解放する手筈となっている。もっとも、処刑は明日の朝、今晩決行しなければ君の娘には死が待っているがね」

「やるしか……ないのか……」

　ガウスの口から洩れたのは苦渋の言葉。娘、ミィヤはガウスにとって命にも勝る宝物。ミィヤのためなら己の命などすぐにでも差し出してやる。

　しかし、今からガウスたちが襲うのは全く無関係な無辜《むこ》の者たち。その者たちにもガウスたち同様、家族がいる。ひと昔なら覚えていた人族だからいかなる非道も許されるなどという質の悪い妄想などとっくの昔に綺麗さっぱり消え去っている。何せ、アメリア王国の甘言に乗ってガウスたちの祖国を分断させたのは、同じ獣人族の同胞の醜い裏切りだったのだから。

　だからこそ、ガウスたちがやらなければならないことは決まっている。

「ガウス、やろう。ミィヤは俺たちの里の子だ。見捨てることはできない」

　幼馴染みであり、元獣王国の近衛だった友がガウスの右肩を叩きながら、決行を促してくる。その瞳の奥の誇りは微塵も失っていなかった。

「そうだな」

　立てかけていたバトルアックスを手に取ると、下に見える領主の館を見下ろす。

　奴らにバレぬように、アキナシ領主側には襲撃の事実を知らせている。本気で攻めるから完全武装して迎え撃つようにとも。アキナシ領主側は万全の態勢で警戒体制をとっているはずだ。

まさに襲撃を開始しようとした時、

「あー、ちなみにこれ、なんだか分かります？」

仮面の白服は懐から巻物《スクロール》を取り出してガウスたちに示してくる。

「そ、それはっ⁉」

それは領主側に内密に送ったはずのスクロールだった。

「故意の自滅はいけませんねぇ。領主側に損害がなければ、君ら獣の悪逆非道さを世に示すことにはならない」

得々と弾むような声色で説明してくる。

「貴様ぁッ！」

左手で奴の胸倉を掴むが、あっさりと拘束されてしまう。

「君ら、獣は我らが聖なる計画の駒となる栄誉が与えられたんです。ぜひ、やり遂げていただかなくては」

「ふざけるなぁっーー！　貴様らは――――！」

視界すら歪むような憤怒に激高するが、

「ガウスぅ、やめろッ！　ミィヤのためだ！　堪えろっ！」

幼馴染の獣人が制止の声を上げる。そうだ、ここで短気を起こしても全くこちらに利はない。

それでも――それでもだ！　ガウスたちを理性と知識のない獣扱いをし、娘を人質に非道を行うこの外道だけはどうしても許すことはできなかった。だからだろう。咄嗟に、こんな無意味で非生産的なことをしてしまったのは。

「クズ野郎がっ！」

ガウスは、肩越しに振り返ると奴に向けて唾を飛ばす。

「……」

白色仮面の男は暫し、目を見開いて茫然と唾のかかった服を見下ろしていたが、

「この神の使いたるこの私に、下賤な獣ごときが唾を飛ばすだとぉっ！」

背筋が寒くなる低い怒声を上げる。刹那、ゴキンッという鈍い音とともにガウスの左腕があらぬ方向へと拉げる。同時に背骨に杭が打ち込まれたような激痛が走る。呻き声を上げるガウスに、

「止めだ……もう止めだ！　そもそも、こんな茶番など必要ない。私がアキナシ領主の館にいる人間どもを皆殺しにして、こいつらの死体を置けば済む話だしな！」

「話が違うぞっ！　ミィヤはどうなる⁉」

ガウスたちが実行しなかったならば十中八九、こいつらはミィヤを処刑する。それではガウスたちが命を賭けた意味がない。

「ふんっ！　あんな獣の娘など、とうの昔に死んでいるわ！」

小馬鹿にしたような仮面の男の言葉の意味をガウスはしばらくの間、理解できなかった。いや、理解したくはなかったんだと思う。

「死んでいる？」

だからオウム返しに尋ねていた。

「ああ、情報ではサウロピークスの人間どもは皆殺しになったということだ。情報は錯綜しているが、おそらくルゥズ様の悪い癖が出たんだろう。全く、あの御方は――」

愚痴を言い始めた白色仮面の男の言葉は途中から耳に入らなくなっていた。そしてそれに相反するかのように制御すらつかぬ荒々しいものが、疾風のようにガウスの心を満たしていく。

「ぐはっ！　くははっ！」

「ん？　何が可笑しい？」

眉を顰めて尋ねる白色仮面の男に、

「ああ、可笑しいね！　お前が神の使いというんだっ！　これが笑わずにいられるかっ！　誰がどう見ても貴様らこそ悪そのものではないかっ！」

喉が潰れんばかりの大声を張り上げていた。

「き、貴様、よりにもよって我らが悪だとぬかすかっ⁉」

今度は右腕に生じる焼け火箸に貫かれるような痛みに、歯を食いしばりながら、

「幼い子供を人質に取って無辜の者たちを襲わせる！　我らの世界ではそれを悪というのだっ！　この心を持たぬ悪魔どもめがっ！」

「薄汚い獣風情がぁっ！　神聖不可侵である我らに対する侮辱、万死に値するるっ！」

怒鳴りながら白色仮面の男が拘束していたガウスを地面に放り投げて右手に巨大な剣のようなものを顕現させると、振り上げる。

「すまん」

幼馴染に謝罪の言葉を述べて、

（ウルル、すまぬ。俺は一足先にミィヤの下へ行く。ミュウを頼んだぞっ！）

愛する妻に残された娘を託した時、白色仮面の巨大な剣が豪風を纏って振り下ろされる。

その大剣の剣先がガウスの眉間の薄皮一枚を切り裂いた状態でピタリと止まる。

「ぬぅっ！　動かぬ！」

懸命に大剣を動かそうとする白色仮面の男の頭部が、突然巨大で真っ白な手により鷲掴みにされて持ち上げられる。

「ひっ⁉」

ガウスの口から小さな悲鳴が漏れる。さもありなん。その長身の白色仮面を軽々と持ち上げていたのは、どう見てもこの世のものとは言えぬ悍ましい姿だったのだから。大男の体躯と頭部はボールのように真ん丸で、毛の一本もない作り物のような顔をしている。何より、その顔の目と口は黒色の穴となり、無数の虫のようなものが蠢いていたのだ。

『悪？　悪？　悪ぅ？　ダメ！　ダメ！　ダメーですねぇ。こんなものを悪と称することは我らに対する侮辱です！　イフリート、お前もそう思いませんかぁ⁉』

イフリートと呼ばれた黒と赤の炎を纏った筋骨隆々の怪物が出現して跪く。

『許せませぬ！　悪は我らの矜持《きょうじ》にして、誇りッ！　こんなクソカスどもと同類とみなされるなど、最大の侮辱でありますっ！』

イフリートは苛立ちを隠そうともせず、声を荒らげた。

『そう、そう、その通りでーす。この者たちには悪とは何たるかの認識から正さねばならぬようですねぇ』

「ーーッ⁉」

真っ黒な両眼でギロリと睨みつけられただけで、心臓を鷲掴みにされたかのような強烈な悪寒が全身に走り抜ける。

「貴様ら、他神の神使《しんし》だなぁっ！　ここには私の部下が配置されていたはずだ！　どうやってここまできた⁉」

白色仮面の男がそう叫ぶと、途端にイフリートの蟀谷《こめかみ》に太い青筋が張り、

『我らが主、大神ギリメカラ様の腹心たる悪邪の神柱、疫鬼様に何たる無礼！　万死に値するうっ！』

怒号とともにいくつもの黒色の炎が空中を走り抜け、白色仮面の男の四肢を一瞬で炭化させてしまう。直後、白色仮面の男の劈《つんざ》くような絶叫が夜空に木霊する。痛みでのたうち回る白色仮面の男など歯牙にもかけず、イフリートは疫鬼に跪き首を深く垂れた。

「あ、あ、悪邪の……神柱？」

白色仮面の男は痛みと恐怖に顔を歪ませながら、そう疑問の言葉を絞り出す。その顔には先ほどの余裕など微塵もなかった。

疫鬼は白色仮面の男をゆっくり引き寄せると、

『貴様は我らの誇り《悪》を穢した。ただで滅べると思うな？　悪がなんたるか、貴様にはたっぷりと教えてやる』

ぞっとする声色で告げると、背後に乱暴に放り投げる。一直線に尋常ではない速度で吹き飛ぶ白色仮面の男の頭部を、白色の布で全身をグルグル巻きにした集団の中心にいる巨人が軽々と右手で掴む。

「た、助けてっ！」

顔を恐怖で引き攣らせながら、慈悲の言葉を述べる白色仮面の男に、疫鬼は口角を耳元まで吊り上げると、人差し指を左右に振って、

『だめーに決まっていまーーす！』

拒絶の言葉を宣言する。

「い、嫌だ……」

『この、疫鬼が命じます！　それに悪を執行しなさい！』

「嫌だぁぁぁっーーーー！」

疫鬼が部下と思しき白色の布の怪物たちに非情な命を下すと、忽ちその姿を消失させる。

ガウスは痛みにより失いそうな意識をどうにか保ちながら、

「貴方たちは？」

尋ねていた。

『私は偉大なる神に仕えるもの。安心なさい。我らが神の御意思により、お前の娘である獣人

族の娘は無事保護されている』

「ミィヤは無事なのですかっ⁉」

『それこそが我らの神の御心』

疫鬼は大きく頷くと、パチンと指を鳴らす。

「あ……れ？」

突如、視界がグニャリと歪む。

『喜びなさい。お前たちの鍛錬は我ら悪邪万界が直々に行うことに決定しました』

そんな意味不明な言葉を最後にガウスの意識は真っ白に染め上げられた。

◇◆◇◆◇◆

ボクたちが意識を取り戻したのはあれから約一日後のエルディムだった。ミィヤを含めたエルディムの処刑対象者は全員保護できていた。もっとも――。

「カイトとファフは行方不明か……」

ジグニールが右の掌で頭を押さえつつも、最悪の事態を口にする。

「言っちゃ悪いが、君らが生きていてカイト殿が死ぬことなどあり得ない。おそらく、彼にはそうする理由があったのでしょう」

ルーカスは蚊が止まったほどにも気にしない口調で、身も蓋もない台詞を吐く。ボクから見てもジグニールは相当の強者である。その上でのこの発言だ。カイトをこの世界でも別格の存在とみなしているのだと思う。

「ルーカス、あんたはその理由ってやつに心当たりがあるのか？」

「私にも皆目見当もつきませんが、彼が姿を消したのだ。それなりの大きな動きがあるのでしょうよ」

「それなりの動きね。あんまり想像したくはねぇな」

確かに、あのカイトがそれなりの動きを見せる？　ひたすら悪い予感しかしない。

「なぜ、あの男をそこまで重視するのじゃ？　妾には悪巧みが趣味の気色悪い商人にしか見えぬぞ」

今まで二人の会話を聞いていたフェリスが指摘してくる。

「悪巧みが趣味の気色悪い商人ね。言い得て妙だな。その面も確かにあるな」

「ええ、ただし、彼は悪巧み以外の面も相当悪質ではありますが」

ジグニールのしみじみとした感想に、ルーカスも批評を加えてくる。

「それで、転移をしたミィヤたちの件はどうなったのだ？」

逸れた話を問題の核心へと強制的に戻す。

「もちろん、大もめじゃよ。当初の予定と異なり、サウロピークスから近隣の森までの転移のはずが、遥かに飛び越えてこのエルディムへと転移してしまったのじゃしの」

そもそも、エルディム側が処刑対象者たちの解放に動くことが、アメリア王国の介入の契機となるから、ボクらが現地に赴いたわけだし。ミィヤたちがこのエルディムにいることをアメリア王国側に知られれば、奴らは嬉々として攻めてくるのは間違いない。

「その理由はやっぱ、カイトが姿を消したことに関係があるのか？」

ジグニールの当然に浮かぶ疑問に、

「それが最も素直な理解でしょうな」

ルーカスが相槌を打った時、エルフの幹部の青年が部屋に飛び込んできて、

「緊急事態だ！　すぐに会議室へ来てくれ！」

声を張り上げて指示を告げたのだった。


会議室にはエルディムの幹部たちが揃っていた。アシュたちが席に着くとこのエルディムの長、シラウスが話を切り出した。

「四聖ギルドの一つダイスのリーダー、コリン・コルターヌが、サウロピークスへの襲撃をエルディムが原因だと断定し、宣戦布告してきました。バベルの調査団がサウロピークスの処刑場でエルディムの国章の入った衣服を発見したと発表しております」

「そんなの嘘だっ！」

ボクが声を張り上げると、

「ええ、ご存じの通り、真っ赤な嘘です。ですが、奴らは腕章の存在をもって、その証拠としているようです」

「王国はなぜ、そんな強硬手段に出たのじゃっ⁉　信憑性がないのでは誰も信じやしない！　それでは世界からの承認は得られないではないかっ！」

フェリスの強い口調での疑問の声に、

「その理由は二つ。一つは腕章がこのエルディムの幹部会議で使用されている正式なものであること。もう一つはエルディムの関係者として処刑されようとしている者たち、サウロピークスの民衆、王国の駐留軍、その他一切が行方不明となっていることです。これをもって王国はエルディムがアメリア王国を襲撃したとみなしたわけです」

シラウスが苦渋の表情で述べる。

「サウロピークスの民衆、王国の駐留軍までもが行方不明なのか⁉」

ジグニールが驚きの声を上げる。当然だ。普通に考えてあり得ない話だから。

「はい。何分これ以上情報を収集する手段がなく、それが真実かも分かりません」

「普通に考えれば王国軍が民衆と駐留軍の双方に危害を加えることにメリットなどない。しかし、サウロピークスでのジグたちの説明では、奴らの指揮官は民衆はおろか駐留軍すらも犠牲にしようとしていた。そして、結果的に民衆と駐留軍の双方がいなくなっている。普通に考えれば何らかの魔法的儀式の犠牲になったと考えるべきだが……同時にカイト殿とファフ嬢も姿を消している。これは……」

ルーカスが顎に手を当てて自問自答していると、

「宣戦布告したってことは、ここに侵攻してくるのは時間の問題か？」

ジグニールがシラウスへ今、最も重要な事項を問いかけた。

「はい。既にこのエルディムへの挙兵はなされているはずです」

「どうすんだよ？　他国の軍事支援は受けられそうなのか？」

「無理……でしょうね。アメリア王国が正式に宣戦布告したということは、今回バベルはエルディムによるサウロピークスへの襲撃を認定したということ。つまり……」

口籠るシラウスに、

「エルディムだけで対処しなければならないか」

ジグニールの言葉に、エルディムの皆の目の中には絶望の色が映ろっていた。

それはそうだろう。エルディムは国といっても都市程度の規模しかない。王国軍に大軍で攻められればひとたまりもないはずだから。

「そうはいっても、すぐにでも対処をしなければならないはずです。民衆を避難させることは？」

ルーカスの疑問にシラウスは大きく左右に首を振ると、

「このエルディムの民衆は各々の事情で行く当てがなくて最後の砦としてここを訪れた者ばかり。逃げる場所などどこにもありません」

悲痛な表情で返答する。

「徹底抗戦しても敗北は必至。だとすると、生き残る方法は一つだけ。全面降伏するしかない」

「ええ、それは分かっています。ですので、今、その旨を伝える使者を——」

シラウスのこの言葉は、勢いよく扉の開く音により妨げられる。エルディムの年配の衛兵が飛び込んでくると、

「こ、この国が何者かの襲撃を受けております！」

焦燥たっぷりの声で報告する。

「何者かの襲撃⁉ 王国軍ではないのかっ⁉」

「分かりません！ その一団の一人には牙の大きな動物のマークがありますっ！」

「牙の大きな動物……まさかっ！ それはこんな紋章ではありませんでしたか⁉」

ルーカスは暫し考え込んでいたが、机の羊皮紙に大口を開けた犬とその口の中の髑髏のマークを描く。

「そうです！ これですっ！」

「狂犬《ハウンドドッグ》かっ！」

ジグニールが叫び、ルーカスが大きく頷く。

「狂犬《ハウンドドッグ》とは？」

「様々な戦場を渡り歩く凄腕の傭兵集団だ」

「どんな傭兵なんです？ 交渉の余地はありますか？」

「人を嬲り殺しにするのが生きがいのような腐った連中だ。そんなのに交渉する余地があると思うか？」

ジグニールがそう吐き捨てると立ち上がり、扉へ向かおうとする。ボクやルーカスもそれに続く。

「どこへ?」

シラウスがボクらにとって当然のことを聞いてくる。

「もちろん、奴らをぶっ殺しに行くのさ! 相手はあの狂犬《ハウンドドッグ》だ。相手にとって不足はねぇよ。なあ、ルーカス?」

「ええ、私の魔法と剣の錆にしてやりますよ」

「ボクは?」

「アシュ、君にはカイトから譲り受けた例の守りがあるはずです。それを使って私たちの援護をお願いします」

カイトから譲り受けたアイテムは二つ。一つが二点間を一瞬で移動できる奇跡のアイテム。もう一つが、外敵から一定範囲を守ることができる結界系のアイテム。両者とも途轍もない奇跡を内包している反面、莫大な魔力が必要であって魔力量が常人よりも多いボクでなければ発動するだけで即気絶してしまう代物だった。

「もちろんなのだっ!」

右拳を握りしめながら、大きく頷く。

ジグニールは振り返ると、室内を見渡して、

「カイト、あいつならきっとこう言うと思うぜ。そこでじっとくっちゃべっていても時間の無

駄だ。まずは動けってな」

　確かに効率主義の権化のようなカイトなら、いかにも言いそうな言葉だ。

　シラウスはパチンと両手で頬を叩くと、

「そうですね。こうして悲観していても何も変わらない。民衆を一か所に保護してください。そして、戦える者は、私とともに来てくださいっ！」

「「「はっ！」」」

　シラウスの命に皆、胸に手を当てて頭を下げると動き出す。

「俺たちも行くぞ！」

　ジグニールのこの言葉に頷き、ボクらも部屋を出る。

　建物を出ると城門の方から爆炎が上がる。

「あそこだ」

　ジグニールが人差し指を城門に向けると、長剣を腰から抜き放って走り出す。それにルーカスも続き、ボクも遅れないようについていく。

　城門前には重傷を負って倒れ込む十数人の衛兵、そして彼らを銀髪の獣人族の少女ミュウが全身から血を流して庇いながら、眼前の金髪をおかっぱにした男に唸り声を上げていた。金髪の男の茶色のジャケット、及びその背後の茶色の鎧姿の男たちの胸には、髑髏をくわえた犬の紋章がある。多分あれらが、狂犬《ハウンドドッグ》だ。

「たかが獣人族の餓鬼に、こうも簡単にやられちゃってさぁ。そういうのを役立たずっていうんだよぉ」

線のように細い目で、地面で白目をむいて横たわる数人の茶色の鎧姿の男たちを見下ろして唾を吐くと、肩越しに振り返って、

「連帯責任。君ら、あとでお仕置きね?」

背後の同じ茶色の鎧姿の集団を、その細い目でにらみつけながら言う。途端に青ざめる茶色の鎧姿の男たち。

「もう大丈夫だ。頑張ったな」

ジグニールが左手でミュウの左肩をポンポンと叩きながら、労いの台詞を吐くと、

「ジグお兄ちゃん……」

ミュウはジグニールを見上げて安心したように口にすると、気を失う。

「誰ぇ、君?」

目が細い金髪おかっぱの男が、右手の巨大な剣先を軽々と操ってジグニールに向けて訝しげに問う。

「さあな。どうせ死ぬ奴に話したって意味がねぇさ」

長剣で構えを取り、ジグニールは重心を低くすると、

「その通りです。殺してやるからとっとかかってきなさい」

刀身が湾曲した長剣を抜くと、ルーカスも金髪おかっぱの男たちへと向けて挑発する。

金髪おかっぱの男はジグニール、次いでルーカスを凝視していたが、

「君ら、少々厄介だねぇ。ま、だからって僕らが負けることはありえないんだけどさぁ。なあ、そう思うだろぉ、バジリスクぅ？」

明後日の方に同意を求めると、

『所詮下等な人間だしなぁ』

突如、頭がでかい蛇のような生物が姿を現して、それに答える。

「対価はそうだなぁ、そこで伸びているバカどもでいいか？」

『我としては、もっと良質なものの方がいいのだがな』

「そう言わず、頼むぜ？」

『ハウ、貴様とは長い付き合いだし、此度は受けてやろう』

次の瞬間、気絶している狂犬《ハウンドドッグ》数人が大きく痙攣して動かなくなる。

「はいはい、これで戦闘終了っと。全部石になるかもだけど、それでもかまわないよねぇ？　中央教会の司教さん？」

目が線のように細い男、ハウが城門の入り口付近に佇立している左手に聖本を持つ四角頭のスキンヘッドの男に尋ねると、

「もちろんですとも！　穢れた我らが神敵を一匹残らず駆逐する。それが我らの主の望みならばぁ、いかなる下賤な手も許容されるのでありますぅ！」

聖書を両手で掲げて声を張り上げる。

「さて、クライアントの許可はもらったことだし、とっとと終わらせることにしようかなぁ」

ハウが右手で大剣を振り上げた時、エルフの青年幹部が放った幾多もの炎の矢が狂犬《ハウンドドッグ》たちの頭上に降り注ぐ。

ハウは空手となった左の掌を、その炎の矢に向けると、

「水　牙《ウォーターファング》」

言霊を叫ぶ。掌の前から生じた多数の水の牙が炎の矢を撃ち落として、吹き飛ばす。

「私たちの国を好きにさせやしない！　ねえ、皆！」

「「「おうっ！」」」

エルディムの幹部たちが声を張り上げながら武器を向ける。

「いい度胸じゃん。身の程知らずとも言えるんだけどぉ」

そう口にするとハウは凄まじい速さでジグニールとの距離を詰め、大剣を振り下ろす。その大剣を受けながら軽々とそらす、ジグニール。それを契機に狂犬《ハウンドドッグ》も動き出し、エルディム城門前広場は混戦となる。

◇◆◇◆◇◆

ハウは魔法と剣を自在に操る傭兵だった。剣術もそれなりの技術があったが、やはり、王国騎士長アルノルトとは比較にならないほど稚拙。魔法もルーカスのように、剣術に組み込むほ

ど精錬されてはいない。そんな中途半端な技術では今のジグニールには勝てない。

ハウが左手から出した火炎系の魔法がグネグネ曲がりながらジグニールに迫るが、それを全て両断する。

「んなっ⁉」

右足で地面を蹴り上げて驚愕の声を上げる奴の間合いまで接近すると、長剣の剣先で突き上げる。左肩に突き刺さると同時に、奴の顔に左回し蹴りを入れる。吹き飛ぶもハウはすぐに飛び起きると剣を構えた。

（驚いたくらい向上してやがる）

以前のジグニールにはこんな動き、間違ってもできやしなかった。これは多分、手持ち無沙汰な時にルーカスとともにカイトに戦術の手ほどきを受けたから。

ハウは左肩に手を当てて回復魔法を唱える。傷が癒える中、ジグニールを射殺すような目で見ながら、

「君、帝国の剣帝だな？」

先ほどのふざけた調子とは一転、厳しい表情で確認する。

「どうだろうな」

もはやこいつの程度は知れた。こいつにジグニールは倒せない。問題は残り二つの戦場だ。

一つは、アシュ、エルディムの幹部たちと狂犬《ハウンドドッグ》の傭兵どもとの戦い。

狂犬《ハウンドドッグ》が一斉に炎の球体をエルディム幹部たちへ向けて雨霰《あめあられ》のごとく放つと、アシュがカ

イトから借り受けたブレスレットに魔力を込めて発動する。途端、眼前に薄青色の透明の膜が生じて炎の球体が一瞬で弾けて消滅し、同時にその透明の膜も消えてなくなる。あのブレスレットの効果は物理的及び魔法的攻撃に対する防壁を張るというもの。極めて強力な反面、一回の発動により相当な魔力を消費してしまうという欠点があり、莫大な魔力量があるアシュにしか扱えないというデメリットがある。

「また、その結界か！　その女をまずやれっ！」

隊長らしき髭面の男が叫ぶと狂犬《ハウンドドッグ》の傭兵たちは一斉に攻め込んでくる。

「させるものですかっ！」

それを迎え撃つエルディムの幹部たち。このようにアシュたちは一進一退の戦いを繰り広げていた。

もう一つの戦場は、まさに一方的なものだった。

バジリスクの眼光が輝くと同時に、ルーカスが空中に浮遊させていた炎の塊から、細い炎の柱が伸びて、バジリスクの顔面に直撃する。

『ぐおおおぉっ！　おのれぇ！　たかが人間《ただ》風情がぁっ！』

バジリスクの全身は至る所が焼け爛れ、鱗が剥がれ落ちていた。対してルーカスはほぼ無傷。

「貴方は運が悪い。少し前までの私ならきっとかなり苦戦していたことでしょう。ですがねぇ生憎、私は彼に会った。今の私なら、石化するしか能がない君ごとき、敵じゃない」

湾曲した剣先を向けるとそう宣言する。

ジグニールとルーカスが優勢な以上、もう勝負の形勢はあらかた決した。もっとも一つだけ危惧がある。今も薄気味悪い笑みを浮かべながら、この戦場を傍観しているあの中央教会の司教とかいう男だ。あいつを見ていると、全身の肌が粟立《あわだ》つような奇妙な感覚に襲われる。あれはまるで神使《しんし》パペットを目にした時のようで――。

「薄汚い背信者の豚どもぉ、注目するのでありまーーす！」

丁度その時、聖書を片手に中央教会の司教が声を張り上げる。声のする方を見ると司教が人差し指を上げており、その上空にはミィヤと数人のエルディムの住人、フェリスが背に翼を生えた覆面をした男たちに抱えられていた。

「離せ！　離すのじゃ！」

中央教会の司教は顔を顰めながら背に光り輝く翼を生やすとフェリスに近づき、

「騒々しいのでありまーす」

岩のような拳でその顔を殴りつける。鮮血が飛び散る。脱力するフェリスに、

「フェリス様っ！」

ルーカスの意識がそれた一瞬の隙をついてバジリスクの眼球が怪しく光る。直後ルーカスの下半身が石と化し、直後聞き覚えのある少女の悲鳴が上がる。視線を音源に向けると、銀髪の少女ミィヤが地上へと落下していた。

「くそっ！」

ジグニールは全力で地面を蹴り、ミィヤをキャッチした途端、背骨に杭が打ち込まれたよう

な激痛が生じる。腕の中にいるミィヤに視線を落とすと、焦点の合っていない目でミィヤの持つナイフがジグニールの腹部に突き刺さっていた。

「どうしたのぉ、お兄ちゃん、痛い？」

ケタケタと笑うミィヤの顔は本人と思えぬほど歪んでいた。

「くそがっ」

これがミィヤなのは間違いない。とするとこれは――。

「洗脳かっ！」

「そう！　それでありまーす！　この力こそが神に私が頂いた奇跡の力でありまーす！　私や眷属の目を介して神の力を発動し、操ることができるぅ！」

得々と己の能力の効果を暴露する中央教会の司教に、

「お前、人間じゃないな？」

ずっと覚えていた違和感を口にする。やはりだ。こいつがただの司教だとは微塵も思えない。この絶望的な感じは、あの神使《しんし》パペットと相対した時のよう。

「わたーしぃ、誰でありまーすかぁ？」

左手を耳元に添えて尋ねると、

「偉大な中位神使《しんし》プレト様です！」

『偉大な中位神使《しんし》プレト様です！』

ハウとバジリスクが声を張り上げて異口同音に返答する。この様子では既に洗脳中ってわけか。しかも、予想が的中して神使《しんし》。神様の使いって奴はとことんまで幻滅させてくれる。

「な、なぜ神の使いの御方が我らを襲うのですっ！」

シラウスが焦燥たっぷりの声を上げると、プレトのスキンヘッドの頭にいくつもの太い青筋が張り、

『汚らわしい獣がぁ！　このわたーしぃに、意見具申するなど、許せないでありまーす』

そう叫ぶと同時にシラウスの眼前へと出現して殴りつける。シラウスは一直線に何度も路上をバウンドしながら、民家の壁へ衝突して血反吐を吐く。

プレトは周囲をぐるりと見渡すと、

『いいでありますーーかぁ!?　人とエルフ以外は全て家畜未満の存在！　いわば糞尿のようなもの！　この神の使いたるわたしぃーに意見するなど許されることではないのでーーありまーーす！』

今も怒りで声を震わせながらそう宣う。静まり返る城門前広場で、

『人間にはこのプレトのために働くという栄誉を与えるでありまーす』

プレトは先ほどまでの怒りの籠った声から一転、弾むような声で悍ましいことを叫ぶ。こいつはマジだ。正真正銘イカレてる。

「ざけんじゃねぇ！　おい、あんたら！　こいつらは俺がひきつける！　すぐにこいつらを連れて逃げろ！」

ジグニールはミィヤを引き離すと下腹部に突き刺さったナイフを抜きながら、血をまき散ら

してありったけの声でエルディムの幹部たちに指示を出す。

「……」

しかし、エルディムの幹部たちは皆例外なく微動だにせず、肩を落とすのみ。

「早くしろ！」

『うるさい人間でありまーーす。全く、人間だって何をしてもよいわけではありませんーーーのですよぉ！』

まさに瞬きをする間、ジグニールの目と鼻の先に現れると左手で首を締め上げてくる。

『いいでありますーーかぁ？　お前たち人間はいわば家畜でーーす。我らが神に全てを捧げる存在にすぎないのでありまーす。そのお前たちが、このわたーしぃに、意見など何様のつもりでありまーーすかぁ⁉』

再度、一瞬で綺麗に剃りあがった頭に太い血管を浮かべながら、ヒステリックな声を張り上げる。

本当にこいつらは醜悪だ。何が神だ。何が神使《しんし》だ。こいつらの思考は御伽噺の中に出てくる邪悪な悪魔そっくり。いや、それよりもずっと糞野郎だ！

「お前らが神の使い⁉　そんな薄汚い邪教などごめん被るねっ！」

唾を奴の顔面に飛ばす。

『わ、我らが神を侮辱し、なおかつ、家畜《にんげん》風情が、このわたーしぃに向かって唾を吐くなどぉ、神に唾を吐くのと同義ぃ！　絶対に許せないのでありまぁーーーす！』

プレトの顔が真っ赤に染まっていき、大きく振りかぶってジグニールを放り投げる。視界が高速でグルグルと回転し衝突する寸前で、誰かに支えられる。

「本当、今のお前はガッツあるよ。少なくも神使《しんし》とかいう戯言を信じて戦意すら喪失したあの者たちよりかはずっとな」

「カイトか？」

「ああ、お前は少し休め。ここまではただの余興。起きてからがお前の真なる試練だ」

頼もしい声とともにジグニールの意識は真っ白に染まっていく。

◇◆◇◆◇◆

ジグニールを締め上げる神使《しんし》プレトに、ボク、アシュは金縛りにあったかのように指先一つ動かせていなかった。

『いいでありますーーかぁ？　お前たち人間はいわば家畜でーーす。我らが善なる神に全てを捧げる存在にすぎないのでありまーす。そのお前たちが、このわたーしぃに、意見など何様のつもりでありまーーすかぁ⁉』

大声で喚き散らすプレトに、

『何が善なのかしら。思考が完璧に悪そのものかしら』

吐き捨てるようなハジュの声がボクの頭に響く。同感だ。善と悪にどんな定義をほどこしても、あれは悪にしか当てはまるまい。それを聞いた直後、ジグニールはプレトの言葉を全否定し、その顔に唾を吐き捨てる。そして怒り狂ったプレトによりジグニールは放り上げられて民家の壁に衝突する寸前、ある人物に支えられる。それはボクが今一番この場に来て欲しかった人物、カイト。

『お前、誰でありますー一か？』

訝しげに問うプレトに、

「私か？　今はカイトと名乗っている」

そんな意味深な発言をする。今の彼は今までとはまるで別人のような口調と態度だった。だからだろう。

「本当にカイトなのだ？」

混乱する頭でこんなバカみたいなことを尋ねてしまっていた。

「それ以外に見えるかね？　変装は完璧なはずなんだがね」

カイトは肩を竦めて苦笑すると本のようなものを取り出し、十数匹のスライムを召喚すると、

「ここにいる者たちを癒すのだ」

スライムたちはプルンと震えると凄まじい速度で跳ねまわりながら、石化したルーカスを包み込み、一瞬で石化すらも解除して癒してしまう。シラウスを始め、次々に瀕死の重傷にあった者たちを軒並み癒してしまう。スライムたちはカイトの周囲を少しの間、嬉しそうに飛び跳ねていたが、すぐにその姿を消失させる。

『癒えるスライムを召喚する人間ですありますかぁ。中々の希少恩恵《ギフト》を持っているのでありまーす。少し、お前に興味を持ったでありまーーす。お前は特別にわたーしぃのコレクションに加えてやりまーーす』

プレトがそう叫んだその時、突然生じる何かギリギリと軋む落雷のような音に、

『ひっ！』

ハジュが小さな悲鳴を上げた。

（ハジュ？　どうしたの？）

『この尋常ではない圧《プレッシャー》の暴風、アシュは認識できないのかしら？』

初めて耳にするハジュの濃厚な恐怖を含んだ震え声。

（尋常ではない圧《プレッシャー》の暴風？）

全く何も感じない。少なくとも今感じているのはプレトから滲み出る強烈な威圧感のみだ。

『感知するにも一定の魂の強度が必要。そういうことかしら。でも本来のアシュならば……』

ブツブツと意味不明なことを呟くハジュを尻目に、カイトは右手をヒラヒラさせて、

「いんや間に合ってる。というかゲテモノに配下になれって言われたのは初めての経験かもな。よほど己の強さに自信があると見える。もしかして秘められた力でも隠しているとか？」

興味深そうに呟くカイトに、

「いやいや、ただの身の程知らずの馬鹿である」

紫服の女性が忽然と姿を現すと、呆れたように答える。

「ぐっ⁉」

突如生じる割れるような頭痛に顔を顰《しか》める。この女性、どこかで会ったことがあるような気がする。どこだったろう？

プレトのスキンヘッドの頭に今までにない以上の血管が浮き出て、再度顔中が真っ赤に染まっていく。そして――。

『下等な人間どもがぁ、その不敬、決して許さないのでありまーーすっ！　お前たち――』

周囲を取り囲む真っ白な翼を生やした仮面の者たちに指示を送ろうとしたプレトの後頭部は背後からカイトによって鷲掴みにされる。

「アスタの言う通り、本当にただの雑魚だったようだな」

『き、貴様、ど、どうやってっ⁉』

眼球を強烈な怯えによりさ迷わせているプレトの耳元で、

「そんなことはどうでもいい。お前は私を怒らせた。通常なら、このまま地獄へ落としてやるわけだが、ここでお前にチャンスをやろう。ザック、当初の計画通り、お前がこれの処理をしろ！」

いつの間にかカイトの背後に出現していた野性的な風貌の大男、ザックに指示を出す。

「おうよ！」

ザックは両拳を衝突させて、気合の声を上げる。

「がっ⁉　また⁉」

アスタの時と同様、まるで固いもので頭を殴られたような痛みが走り、同時にぼんやりとある男性の輪郭が脳裏に浮かぶ。やはり、アスタ同様この男、ザックにも強烈な既視感がある。どこかで会ったことでもあるんだろうか？

「その男は人間だ。人間は家畜なんだろう？　なら人である私の弟子を倒して見せろ。もしそれが叶ったら、スパッと一思いに殺してやる」

カイトはそう囁くと、プレトをザックの前に突き飛ばすと軽く跳躍してザックの背後に移動して距離をとる。

『あれが、わたーしぃよりも強い？　否！　断じて否！　人間は所詮人間！　我ら神使《しんし》に勝てるはずがないっ！　今のは転移系の能力！　そうに違いない！　でなければ、人間ごときに、このわたーしぃがいとも簡単に背後を取られるわけがない！』

プレトは己を奮い立たせるかのように何度も言い聞かせて立ち上がると、

『遊びは止めです！　その不愉快な人間二匹を殺しなさい！』

厳命を下す。

「「「はッ！　偉大な神使《しんし》プレト様ッ！」」」

『はッ！　偉大な神使《しんし》プレト様ッ！』

プレトの命でハウを始めとする狂犬《ハウンドドッグ》とバジリスクが一斉に叫んで戦闘態勢をとる。

「じゃあ、とっとと終わらせるか」

ザックがそう呟いたと思うと、バジリスクの頭上へと下り立ち、右拳を叩き下ろす。

バジリスクの頭部が破裂して真っ赤な血肉の薔薇を咲かせる。重力に従い、倒れ込むバジリスクに、

「は？」

ハウが間の抜けた声をあげた時、背後からその左胸にザックの右の手刀が突き刺さる。ザックが右腕を払ってハウを地面に放り投げる。

「……」

呆気なく絶命した己のボスに呆然として動けずにいる狂犬《ハウンドドッグ》の傭兵たち全ての頭部が宙に舞う。

『う、動くなでありますっ！　少しでも動けば、その虫どもを――』

プレトが裏返った声を上げた時、空中でエルディムの住人たちを抱えて浮遊していた白色の翼に覆面をした者たちの全身が破裂して、ザックが落下する住人たちを全てキャッチし、地上に下り立つ。

「あとはお前だけだぜ」

住人たちをそっと地面に置くと、プレトに視線を向ける。

『ば、化け物ぉっ！』

プレトは恐怖で顔を引き攣らせながら、白い翼をはためかせて逃げようとするが、ザックは右肘を引いて重心を低くし、武術の構えをとる。

「覇刃《はじん》」

ザックの手刀が突き出されて、水平に振りぬかれる。直後、空に巨大な亀裂が走り、プレトの全身を飲み込み、塵も残さず消し飛ばしてしまう。

武術の構えをといて息を吐くザックに、

「見事だ。ではそろそろ本題に入ろうか」

カイトの言葉に、姿勢を正すとザックは深く一礼する。

それが全ての契機だった。急速に黒色の雲が上空に立ち込めてくる。

『平伏せよ！　平伏せよ！　偉大なる御方の御前《おんまえ》である！』

双頭の黒鳥が数羽叫びながら飛び回る。ボクらが戸惑っていると、稲光とともに上空から地上に降ってくる幾つもの存在たち。

「あ、あれは？」

スライムに癒されたシラウスが声を震わせると、

「超越者《トランセンダー》だ……」

エルフの青年幹部が声を絞り出す。

「超越者《トランセンダー》？　それはあの？」

「そう！　そうですっ！　あの御方たちは我らが神と呼んでいる超常の存在ッ！　我らエルフは生涯に一度、超越者《トランセンダー》の方々にお目通りし、契約することを至上の命題としてきた一族です！　だから、このエルフの血が理解している。間違いなくあのお歴々は超越者《トランセンダー》ですッ！」

超越者《トランセンダー》……この世の神と呼ばれる存在たち。それはどこかでボクも聞いたことがあった。

それが思い出せない以上、おそらくボクの記憶を失う前に耳にした情報なんだと思う。

「おいおい、嘘だろ、まさかあれらが全部、神様だとでも言うつもりか？」

ドワーフの幹部が声を震わせる。当然だ。超越者《トランセンダー》たちの数は、千を優に超えているのだから。

「あり得ない！　こんなの絶対にあり得ない！　私は夢でも見ているのか⁉」

エルフの幹部は歓喜の表情で涙を流し、両手を組みながら、そうブツブツと呟き始める。

『こんなの……夢か何かなのかしら……』

ハジュから流れ込んでくるとびっきりの恐怖の感情。もうボクにだって、この存在たちが、プレトのような紛い物ではない真の超越者《トランセンダー》であることは分かる。

そして、鼻の長い三つ目の怪物が現れた時、

『ああ……あああああぁぁぁぁっ！』

ハジュが声を張り上げる。その声には懐古、怒り、親愛、様々な複雑で強烈な感情が含まれていた。

(ど、どうしたの⁉)

ハジュの鬼気迫る様子に強烈な焦燥に駆られて取り乱す理由を尋ねた時、鼻の長い三つ目怪物は両方の掌を打ちならし、

『偉大なる御方の御前《おんまえ》である！　皆の者、平服しろ！』

厳格な口調で命を下す。まるで何者かに操られているかのように、実に自然にボクは跪いて

首《こうべ》を深く垂れていた。そして、それはこの場にいる誰もが同じ。全てが平伏する。

『首をあげよ』

再度、三つ目の怪物が野太い声を上げた時、顔の自由が回復する。

「え？」

脳天に一撃食らったような衝撃的な光景に口から出たのは間の抜けた声。それはそうだろう。鼻の長い怪物を始め、超越者《トランセンダー》たちが跪いているのはボクもよく知る人物、カイトだったのだから。

『思い出した……』

ボソリと呟くハジュに、

（ハジュ？）

思わずボクは聞き返していた。だって、あまりにその様相が異様すぎたから。

『そうかしら！　うちは陰気臭いロプトの奴の口車に乗って——でも！　えっ⁉　うそ！　うそ！　うそ！　あり得ないかしら！　なぜ、あの怪物にお義兄様《にいさま》が平伏しているのっ⁉　それにあれは戦女神アテナ、あっちは最強の鬼神、酒呑童子⁉　不死神フェニックス⁉　竜の大神ラドーンもいるかしら！　みんな伝説の大神ばかりかしらっ！』

パニック状態となったハジュを宥めようとした時、

「さて、もう偽る必要はあるまい」

カイトは右手の人差し指に触れる。刹那、足先から少しずつ上るように全くの別の人物へと移り変わっていく。

「あ……」

その灰色髪の少年の姿を目にした時、今までにない頭痛がボクを襲い、その意識は濃密な霧の中へと落ちていく。

――『邪神王の指輪《ギリメカラリング》』からの通告。創造主の許諾を確認。全特殊条件を満たしました。アシュメディア・カルーロスと波旬《はじゅん》の魂の一部融合から完全融合へと移行いたします。

◇◆◇◆◇◆

計画は順調に推移している。

お目当ての魚どもは餌にかかって上手く乗ってきている。既に本事件の黒幕と思しき四聖ギルドの一つダイスのリーダー、コリン・コルターヌが、今回の首謀者と思しき貴族どもを率いてこのエルディムへ出兵したとの情報を得ている。情報では一応、建前上勇者チームのパラディンも本戦に参加するとなっているようだが、パラディンは近くにはいるが、黒幕どもとは別行動をとっている。おそらく、本事件の真偽を確かめるまで動かず様子見を決め込むつもりだろう。四聖ギルドは真正のクズだったからもしかしたら乗ってくるかと思ったが、意外に理性的であるしい。少なくとも、帝国のように実際に黒幕に加担してくるよりはずっと。まあ、あれ以来、帝国も本事件につき高みの見物を決め込むつもりのようだが、またいつちょっかいを出されるか分からない。今回の二度のオイタに対して最後通牒はしようと思っている。

エルディムから南のラハサ砂漠に転移した魔物たちも全てただの雑魚だったことは確認している。あれらなら、十二分に此度の計画に使用することも可能だろう。

「マスター、本当にあのマーラを駒に使うつもりであるか？」

「ん？　ああ、あのやけに尊大な人型の魔物のことか？　あの程度ならゲームの駒にはもってこいだろう？」

他の魔物と区別がつかぬ強さであったから、あくまでこれは勘にすぎないが、相手は魔物だ。基本、魔物は弱肉強食。偉そうなほど強いんだろうさ。ともかく、このゲームには適度の脅威が必要なのだ。

「尊大な魔物って……相手はあの悪軍大将なのである」

「そういや、お前たちの間でも悪軍、天軍という組織の妄言が流行っているようだな」

「妄言ではないのであるが、もういいのである。それより、そろそろ時間である」

「そうか。では行くとしよう！」

エルディムの城門前広場まで転移し、しばらく経緯を観察する。プレトとかいう魔物はあの悪を気取っていた悪軍どもと同様、人類に対する害獣だった。ジグニールがあのプレトとかいう魔物に吹き飛ばされたところをキャッチしてギリメカラたちに渡す。

ジグニールは私の想像を超えて大きく成長した。もちろん、技術的なものではなく、内面的なもの。雑念を捨て去った今のジグニールならば、己の努力でいずれ祖父と同じ剣の頂に到達できよう。

それから、ザックにプレト以下の腐れ外道どもを駆除させて、こっぱずかしい演出をして今に至る。これはもちろん、私の発想ではなく、スパイが考案したもの。なんでも、こうすることでこれからの交渉が上手くいくんだそうだ。

「さて、もう偽る必要はあるまいよ」

カイトという虚像の人物からカイ・ハイネマンの姿へ戻す。案の定、それを見たアシュが気を失う。これでアシュの記憶が一部蘇るはず。もちろん、元々封じられていた全記憶まで戻るかは不明だが、少なくとも今自身が置かれている現状を明確に理解することは間違いない。

これでゲームの主役が出揃った。あとはこの者たちへの説得のみ。もちろん、これは拒否が許されぬわけだが。

「初めまして、私はカイ・ハイネマン。君らにとってはカイトの方が馴染みがあるだろう？」

ぐるりと見渡しながら語り掛ける。

「この国は今未曾有《みぞう》の危機に陥っている！　この国の危機を救って欲しいのじゃ！」

フェリスが立ち上がって声を張り上げる。私の配下たちから一斉に放たれる嵐のような怒気を右手で抑える。

「不躾《ぶしつけ》だな。私たちがこの国とは無関係であることは、お前たちも十分に承知していることだろう？　その無関係な私がなぜ、お前たちの国を助けなければならん？」

これは彼らへの最初の試練だ。もし、私の思うような回答が得られなければ私が強制的に介入して、この事件を終わらせる。むろん、この事件を乗り切ったとしても、この国の情勢が変わるわけじゃないから、遅かれ早かれ、この国は滅びの道を歩むだろうさ。

「しかし、おぬしらならば、この国の民を救えるのだろうっ⁉」

「まあ今回の苦難程度ならな。だが、それは私の役目ではない」

「なぜじゃ⁉　なぜ力を持つ者が見て見ぬふりをするのじゃ！　そんなのただの意地悪ではないかっ！」

「意地悪？　はっ！　私にお前たちを救う義務もなければ責任もない。私は御伽噺《おとぎばなし》に出てくる勇者や英雄のような救いようのないお人好しでもない。今もこの地を襲うゴミを排除する意義などないのだ」

「……」

目じりに涙を溜めながら私を睨みつけるフェリスに、

「フェリス様、カイ様は別に我らに力を貸さないとは一言も口にされておりませんよ。そうですよね。カイ様？」

ルーカスはそんな助言をすると、法悦の笑みを浮かべて拝むような姿勢で私に尋ねてきた。どうにもこの御仁だけはやりにくいな。なぜか、ギリメカラたちと同様の狂気性を感じる。ごまかすように、大きく咳払いをすると、

「ともかく、この国を救いたいならここを攻め込むバカどもをお前たち自身の手で退けてみせ

ろ。私はお前たちにそのための力を貸してやる」

彼らにとって酷だが、生き残るための唯一の方法を授ける。

「この国の住人を危険にさらせというのかっ！　この国の民衆のほとんどが剣さえ持ったことがない者ばかりだっ！」

「だろうな。だが、それは今まで他者の力にすがって生きてきたつけだ」

武力を持たぬことがこの国の存続条件だったのだし、別にそれはいい。だが、このまま他力本願を続ければそう遠くない将来、似たような滅びの危機に陥ることだろう。アメリア王国とグリトニル帝国が今回の件で介入しようとしてきたのが、よい証拠だ。

「だが、そうしなければ生きてこられませんでしたっ！」

シラウスが恐怖に顔を引き攣らせながら、声を張り上げる。

「だからどうした？　お前たちにいかなる事情があろうと、今のお前たちが滅びに瀕しており、それを己の手で切り抜けねばならないことに変わりはない」

「それで、人勢の人々の血が流れようとでもですか？」

「もちろんだとも！　私は以前言ったはずだ。もうじき、お前たちに辛くも苦しい己の身を切る選択が待っていると！」

「あの言葉は、そういう意味だったのですね？」

シラウスは下唇を噛みしめながら、恨めしそうな眼で私を凝視してくる。

「さあ選ぶがいい。私の選択を受けて自らの手で苦難を切り開くか、選択を拒絶してこのまま滅びの道を歩むかっ！」

「勝手に話を進めるな！　妾は無辜《むこ》の民衆を戦に駆り立てるなど絶対に認めんぞっ！」

未だにギャーピー五月蠅いフェリスに近づくと、胸倉を掴んで持ち上げ、視線を合わせる。

「だったらどうする？　このまま大人しく滅びるか？　結局、お前たちには戦うか、それとも滅びるかの二択しかないのさ。だったら、他力にすがらず、たとえ敗北が濃厚だったとしても、勝負を決して投げるな。お前が息を止める最後の瞬間までだ！」

これはいわばダンジョンで学んだ今の私の信念だ。この世に困難や悲劇など掃いて捨てるほどある。その度に諦めず挑む者こそが、己の願望を実現できる。もちろん、上手くいかぬことがほとんどだろう。だが、投げてしまえばその時点で敗北は決してしまう。それは許しがたい怠惰であり、大罪だ。

どうも、今のフェリスを見ていると、己の無力を理由に全てをすぐ諦めていたダンジョンに飲み込まれる前の自分自身を見ているようでイライラする。フェリスを地面に放り投げる。彼女は尻餅をつき、咳き込みながら反論を口にしようとするが――。

「フィリス様、カイ様を信じましょう。話はそれからです」

ルーカスがフェリスの話を遮り、有無を言わさぬ口調で説得を試みる。そうだ、もはや選択する自由はこいつらにはない。

私は彼らをぐるりと見渡すと、

「では諸君、始めよう！　苦難たっぷりの試練を！　負ければ全てを失い、勝てば生き残るための道を得る、そんな破滅と栄光の物語を！」

両腕を広げて空を仰いで、試練を声高らかに宣言した。

◇◆◇◆◇◆

ジグニールが気付くと、そこは果ても見えぬ荒野のような場所だった。シラウスやルーカスを先頭に、エルディムの幹部を含めた民衆の約千人が集められているようだった。

そしてシラウスたちの石のように硬い表情が向いている背後を振り返って、

「くおっ⁉」

胸の中が煮え返るように動転する。さもありなん。そこは幾多の異形たちが、ジグニールたちをまるで値踏みするかのように観察していたのだから。そんな中――。

「このような場所に私たちを連れてきて、どうするおつもりですか？」

シラウスがこの場を代表して正面で両手を腰に当てた状態で立ち塞がっている鼻の長い怪物に金切り声で問いかける。鼻の長い怪物はシラウスに答えようともせず、背後の超越者《トランセンダー》たちに振り返ると、

『知っての通り、これは我らが偉大なる御方が紡がれた計画の中でも中核となるもの！　御方様は我らを信じて今ここに、我らにこのようなお言葉を賜れたぁ！　この者どもをあらゆる手段を用いて、この度の試練を潜り抜けるレベルまで強化し、鍛えよ！　これが偉大なる御方の

神言《かむごと》だ。いいか、繰り返す！　これは神言《かむごと》なのだ！　その神意は必ず、天地神明に誓って達成せねばならん！』

血走った三つの目で、両腕を広げて大気を震わせるような大声を上げる。

『分かっとるわ！　一々、大声を上げんでも聞こえとるっ！』

数多の竜たちの集団の先頭にいる七つ頭の黄金の竜が、鬱陶しそうに片方の眉を上げて声を上げた。

『各派閥に命じることはあっても、全派閥にそんな指示を出すことは未だかつてなかったしなぁ』

『それだけこの者どもを鍛えることを重視しているということじゃん？』

『だがよぉ、ただの人間をどれだけ鍛えても悪軍相手は無理じゃね？』

『そこのところは是非知りたいところじゃ。で？　ギリメカラ、御方様はどうお考えだ？』

七つ頭の竜が鼻の長い怪物、ギリメカラに尋ねる。この鼻の長い怪物は一度見たことがある。精霊王イフリートを子供扱いした灰色髪の剣士の出した召喚魔獣だ。

『もちろん、アシュという娘に対処させるのよ！　あの同化が上手くいきさえすれば、互角以上の戦いはできるはずだ！』

『マーラは俺っちたちでも、気合を入れねば勝てねぇ相手だ。あの嬢ちゃんには少々荷が重くねぇか？』

額に角のある三白眼の長身の男の疑問に、ギリメカラは大きく頷くと、

『むろん、アシュという娘が一時的にでも悪軍を圧倒しさえすればいい！　マーラは御方様ご自身が対処する。それで計画の全てを遂行できる！　何より――』

ギリメカラが隣の白服に隻眼の男に視線を落とすと、

『そもそも、マーラとやらをこの地に呼び出したのもカイ様の退屈を紛らわせるためさ』

一礼すると恭しく答える。刹那、周囲に歓喜が爆発する。

『あの六大将をも退屈を紛らわせるための玩具とするか！　流石は我らが御方様だぁ！』

『ああ、なんて傲慢で、覇王の思考。それでこそこの世で最強の我らの御方様っ！』

『そこにしびれる、憧れるぅぅ！』

超越者《トランセンダー》たちが幼子のようにはしゃぐ中、ギリメカラは両腕を掲げると、

『我らの使命はこの御方様の至上の計画を無事、軌道に乗せること！　そうだなっ⁉』

超越者《トランセンダー》たちをぐるりと見渡してそう問いかける。

『その通りだ。ならば俺っちたちで鍛えねばならねぇ。それこそ徹底的にな』

三白眼の男が左の掌に右拳をぶつけてそう言葉を絞り出す。

『ならば、この我が此奴らに闘争とは何たるかを叩き込んでやるっ！』

上半身鮫の怪物が声を張り上げると、

『それでは私は御方様の信奉者を鍛えて差し上げましょう！　あれは人にしては見込みがある！』

白色の人型の塊が同趣旨《どうしゅし》の台詞を吐く。

客観的に見てもこの雰囲気はヤバイ。途轍もない危険なにおいがする。

この異様な雰囲気の中、ギリメカラは満足そうに頷くと、

『では、恒例ではあるが、ノルンの領域内で時間を引き延ばす。なーに、奴らの到着までたっぷり十日はある。限界まで鍛えればそれなりの強度となるであろうよ！』

意味不明だが、鳥肌が立つ台詞を吐くと、超越者《トランセンダー》たちが歓喜に包まれる。

嫌な予感がする。猛烈に嫌な予感が……。全身を虫が這い上がってくるそんなあり得ぬ錯覚に苛まれながら、

「俺たちをどうするつもりだよ？」

ジグニールは尋ねていた。いや尋ねざるを得なかった。ギリメカラは答えず満面の笑みを浮かべながら、再び背後の超越者《トランセンダー》たちに振り返ると、

『教育の陣頭指揮は我がやるよう御方様から勅命を受けておる。貴様らも異論はないな？』

他の超越者《トランセンダー》に了承を求める。

『御方様の御意向なら仕方ないか』

『なら、僅かの間、我に任せてもらおう。御方様から此奴らの軟弱な精神を叩き直せと厳命をいただいておるのでな！』

他の超越者《トランセンダー》たちは、がっくり項垂れ、捨て台詞を吐き出しながらも、荒野を次々に去っていく。他の超越者《トランセンダー》たちがいなくなり、ギリメカラははじめてジグニールたちにその三つ目を向けると、

『我はギリメカラであーーーる！』

鼓膜が破裂するような大声を張り上げる。

『我がこれから貴様ら価値のないミジンコどもの教官だ！　我は貴様らを心底蔑み、憎んでいる！　一切の躊躇なくその腐った果実のような根性と弱い精神を叩き潰し、完膚なきまでに粉砕する！　憎い？　いくらでも憎むがいい！　それこそが我の最大の幸福であり、至福であるっ！』

悪夢のような言葉を吐き出し、ジグニールたちの修練という名の拷問は開始される。

どれくらいの月日が経っただろう。来る日も来る日も、荷物をもって罵声を浴びせられながらひたすら走る。最悪だったのは、この狂った場所では時間の流れが普通じゃないらしい。つまり、ここではそもそも年も取らないし、眠くもならず、腹も減らない。ただ、疲労や痛みだけはしっかりあるという悪質極まりない場所。唯一、日夜の区別があることがジグニールたちの心を辛うじて現実に繋ぎとめてくれていた。

幼い頃は厳しい修行、その後は軍隊で過ごしたジグニールでさえも辛いと感じるような、まさに苦行なのだ。戦闘とは無縁の生活を送ってきたエルディムの大半の住民たちにとっては地獄そのものであり、皆最初の数年は泣きながら走っていた。

気の遠くなるほど走り込みの後は、基礎体力を鍛える鍛錬。軍隊も真っ青の厳しい基礎鍛錬をひたすら繰り返す。

長い年月が過ぎてようやく、基礎鍛錬が終わる。だが、それからが真の苦行だった。超越者《トランセンダー》から各々、加護という不思議な力をもらい、そのものに応じた具体的な戦闘訓練が始まる。

各自、棒を渡されて超越者《トランセンダー》たちに徹底的に打ちのめされる単純なものから、地上に降り注ぐ火の玉からひたすら逃げ惑う修行、与えられた加護を伸ばす個別修行、さらには対人格闘術など、徹底的に教え込まれる。

一日の大半がこうした悪夢のような生活だったが、決まって夜になるとカイ・ハイネマンという存在が成した狂い切った偉業を繰り返し聞かされた。

そんなイカレタ生活をひたすら続け、まさに気が遠くなる年月が経過する。

『皆の者集合‼』

ギリメカラの掛け声に修行を行っていたエルディムの民衆たちはピタッと作業を止めて綺麗に隊列を組む。

『いいか、貴様らは今まで虐げられた世界からのつまはじきものだ。そうだな？』

「「「「ハッ！」」」」

大地さえも震わす大声を上げる、エルディムの民衆。

『貴様らはこの世界で生きる価値すら認められなかった価値のないミジンコだ！』

「「「「ハッ！」」」」

やはり、据わった目で声を張り上げるエルディムの民衆。

『しかし、こうして今この時、貴様らは偉大なる御方《おんかた》の配下となった。この事実がどういうことか分かるなっ⁉』

「「「「ハッ！」」」」

感極まって涙を流すものが現れる中、

『なら御方《おんかた》の配下として今まで受けた屈辱は数千倍にして返さなければならぬ。いいなぁ⁉』

ギリメカラの叫びに、

「「「「イエッサー‼」」」」

一斉に額に右手を当てて敬礼をするエルディムの住民たち。

『貴様らを滅ぼさんとカスどもがもうじきこの地に攻めてくる。貴様らは奴らをどうしたい？』

「殺す！　殺す！　殺す！　殺す！」

エルフの少年が両眼を血走らせながら叫ぶ。彼は冷静沈着が売りのエルフの青年幹部だったが、加護の影響からこのような少年の姿へと変貌してしまっている。

『奴らは偉大なる御方にさえも唾を吐いたクズ中のクズだ！　その行き先はどこが相応しい？』

「地獄！　地獄！　地獄！　地獄！　地獄のみぃぃぃっ！」

穏やかで優しく理性的だったエルディムの女性議長シラウスが悪鬼の形相で雄々しい声を張り上げる。

『そうだ。改めて問う。貴様らは奴らをどうしたい？』

「「「「「ぶ殺ぉぉぉーーーーすッ‼」」」」」

エルディムの民衆たちの声が綺麗にハモり、『殺せ』コールが起きる。それらは次第に大きくなっていき――。

『貴様らは自由。縛るものは何もない。徹底的に蹂躙し尽くせ！』

エルディムの民衆の獣のような咆哮が上がる。それは、世界に新たな危険極まりない狂信者の集団が解き放たれた瞬間だった。

◇◆◇◆◇◆

――エルディムから南に五km

遠方に見えるエルディムの城壁前で野営をしている集団。野営の一際大きなテントの中には、エスターク公爵を始めとする高位貴族の集団と、コリン・コルターヌを筆頭とする四聖ギルドの一つダイスのメンバーたちが揃い踏みしていた。

「我、貴殿たちの戦功を独占するつもりはない。貴殿たちとその悪の軍勢との闘いの健闘を祈る。もし、少しでも悪が優勢になるなら、このパラディンが、すぐに戦場に参上する。以上がヒジリ様からの文の内容です」

「おおっ！　ヒジリ殿は我らに悪に対する正義の鉄槌を下す機会をくだされるようだっ！」

「うむ、必ずや我らの手で悪を打ち砕いて見せよう！」

「流石はパラディン、我らが青い血の誇りというものを分かってらっしゃる！」

エスターク公爵を首魁《しゅかい》とする高位貴族たちが勇ましい声を上げる。

（低能どもが……）

コリンはあまりに単純な貴族どもに内心で毒づいていた。此度、パラディンが参戦しない理由はもちろん、貴族どもに戦功を譲るような殊勝なものではなく、コリンたちの正当性を疑っているから。もし、エルディム側に悪、すなわち腐王の勢力が確認されなければ、そのまま結果がどうあれ、この戦いから手を引く。逆に腐王の勢力が認められれば、即座に参戦してくることだろう。

（まあいいさ。結果は大して変わらない）

プレトとの交信が途絶えた。おそらく、プレトは失敗したのだろう。人にすぎない狂犬《ハウンドドッグ》はともかく、プレトは中位神使《しんし》。人が勝てるはずもない。つまり、腐王の眷属があの千人程度に過ぎない小規模都市にいることはもはや明らか。パラディンの参戦は時間の問題だ。

盛り上がるテント内に、兵士が入ってくると片膝をついて、

「伝令です！　エルディムから千ほどの集団が此方《こちら》に向けて進軍してきます！」

そのように報告してくる。

「千？　奴らのほぼ全勢力ではないかっ！　彼奴《あやつ》らめ、とうとう自暴自棄となったかっ！」

「好都合ではないか！　我らが軍をもって奴らを打ち破ってやるっ！」

さらに盛り上がるテント内。威勢のいい声が上がる中、唯一コリンだけは真逆の発想をもっていた。

進軍してくる？　奇襲がしやすい籠城戦の方がアンデッドも作りやすい。これでは遠方から火炎系の魔法で各個撃破されてしまうだけではないか。そのデメリットを腐王の眷属が知らぬわけがない。理由はそこまで頭が回らない低能ということか、もしくはそれを必要としないほどの自信があるかだ。そして、プレトが敗れた以上、おそらく後者だろう。

「舐めやがって……」

咄嗟に出てしまった言葉に、周囲の貴族たちから奇異の視線が集まる。

「失礼。邪悪な敵の勢力が徒党を組んで進軍してきたのです。敵は邪悪にして強力。接近戦に持ち込まれれば、こちらにも損害が出る。遠距離攻撃をメインに総攻撃を開始していただきたい」

エスターク公爵は総勢五万。そのうち魔法隊や弓隊は凡《およ》そ半数を占める。これはコリンがエスターク公爵側に要請したもの。アンデッドの死体から新たな眷属を生み出す性質は厄介だ。だから、エルディムの都市を遠距離から包囲して攻撃した後、コリンたちダイスの精鋭で都市内のアンデッドを全て駆逐する手はずだった。まあ、少し想定は違うが、敵がこちらを舐めているなら、むしろ好都合。

「では皆さん！　悪の掃討戦を開始しましょう！」

コリンが右の拳を胸に当てて叫ぶと、

「そうだ！　我らの正義の強さを見せてやれ！」

「邪悪な魔に鉄槌を！」

高位貴族たちも次々に声を張り上げる。

ここに、エルディム防衛線は圧倒的な戦力差をもって開始された。

◇◆◇◆◇◆

――エルディム掃討軍最前線
前線はエスターク公爵軍が務めるが、その最前線は雇われた傭兵たちで占められていた。これは自軍の被害を最小限に抑えるためのエスターク公爵軍がよく使う手の一つ。

「あれが今回の遠征目的の駆逐しなければならねぇ危険で邪悪な悪の軍勢ねぇ？　ただの人間にしか見えやしませんよ」

魔法で遠視ができる傭兵の報告に、

「そんなのただの建前だろ？　もしそうなら、若い女は捕らえろという命令にはならんだろう？」

無精髭を生やした隊長は、ぼんやりと返答する。

「違いない」

「で？　いい女はいるのか？」

「へい、特に最前列の銀髪の獣人族の女なんてしゃぶりつきたくなるようないい女でさぁ」

傭兵は遠視をしながら、欲望たっぷりの表情で舌なめずりをする。

「銀髪の獣人族の女ねぇ。確かに、それはまだ抱いていなかったな」

「エルフの女はいないのか？」

他の傭兵が身を乗り出してくると、

「いるぞ。他にもアマゾネス、あの人間の女も中々いいなぁ」

弾んだ声で返答する。

「素人集団を倒して多額の報酬。おまけに役得もあるってか！　隊長、マジで今回、俺たちついてるっすよ！」

「そうだな。おい、てめぇら！　暴れるぞっ！」

雄叫びが上がり、前線の傭兵たちの集団は動き出す。


エルディム民衆軍が目と鼻の先に迫り、二者の勢力は対峙していた。

「隊長、なんか、少し話と違くないっすか？」

副隊長がエルディム民衆軍を注意深く観察しながら、部隊長が丁度今思い浮かんでいた感想を述べる。現在、エルディム民衆軍は綺麗に隊列を組み、後ろで手を組んでいる状態だ。まるで帝国や王国の正規軍の精鋭のような貫禄がある。

「んー、だが、戦いすらしたことねぇ雑魚の集団ってことだしなぁ」

エルディムは、闘争を捨てることにより生き残った小規模都市。それが、世界の認識だ。軍事訓練などしていれば、世界会議の認定は解除されているはず。こいつらが、剣さえ碌《ろく》に握ったことがない弱者なのは間違いない。そのはずなのに、どういうわけか、この集団を目にしてから、部隊長は背筋に冷たいものを感じていた。そんな部隊長の危惧とは裏腹に、

「た、隊長、俺、あの正面の銀髪の獣人の女、マジで好みです！　捕らえてヤッてもいいですかね⁉」

「なら、俺はあのエルフの女もらうぞ！」

部下から上がる欲望の声。そうだな。エルディムでは碌な戦闘経験などできなかったのは紛れもない事実。弱者には違いないか。

「てめぇらやるぞ！　早い者勝ちだ！　狩るぞ！　男は殺せ！　若くていい女は捕らえろ！　戦利品はあとで山分けだぁっ！」

部隊長が声を張り上げると、傭兵たちから獣のような欲望の声が上がり、武器を構える。

最前列の中心にいる年配の獣人の女が無表情に右手で腰から剣を抜き放ち、柄を顔の前にもってきて剣先を上に立てると、

「我らが信じる偉大なる御方の望みはなんだっ⁉」

声を張り上げる。すると、エルディム民衆軍の約半分が次々に年配の獣人族の女にならって武器を抜き放ち、

「「「「「敵一切の殲滅なりっ！」」」」」

大地を震わせるような怒号を上げる。

「我らが偉大なる御方に逆らう愚者を我らはどうしたいっ⁉」

「「「微塵の慈悲すら与えず叩き潰すべしっっ！」」」

エルディム民衆軍のもう半分も武器を手に取って声を張り上げる。

「我らはこの愚者どもにどうするべきなのだっ⁉」

「「「「ぶっーーーーー殺すっ‼」」」」

台地を踏み鳴らし、殺せコールが開始される。

「な、なんだこいつら」

状況についていけない傭兵たちを尻目に、年配の獣人族の女は剣を傭兵たちに向けると、

「蹂躙《じゅうりん》を開始せよ！」

重い口調で非情な命を下す。刹那、戸惑っている前方の数人の傭兵たちの身体が空中に浮き上がる。

「はれ？」

傭兵たちの四肢は空中で何かに握りつぶされたかのごとく拉げ、素っ頓狂な声は絶叫へと変わる。

そして——文字通りの蹂躙は開始された。

年配の獣人族の女性シラウスの周囲に生じた冗談じゃない数の黄金の球体、それがまるで誘

導弾のように、エスターク公爵軍の雇った傭兵、兵士たちの両腕両足を打ち抜いていく。

絶叫を上げながら地面をのたうち回る傭兵や兵士など歯牙にもかけず、

「くははは！　逃げられないですよぉっ‼」

血走った両眼で笑いながら戦場を闊歩《かっぽ》するシラウスは、まさに御伽噺に出てくる悪鬼そのものだった。

「ひいっ！」

背中を見せて逃げる兵士たちが両足を打ち抜かれて、バタバタと横たわる。

「戦人ならば逃げずに戦え！　それが我らから奪おうとしたお前たちの義務だ！」

「ば、化け物ぉ！」

絶叫を上げた士官の頬がピンポイントで打ち抜かれて、声にならない悲鳴を上げる。シラウスはその兵士の胸倉を掴むと、

「煩い！　貴様、それでも士官か？　口を動かす前に戦術を組みなおせ！」

怒鳴り声を上げる。泡を吹いて気絶する士官にシラウスは舌打ちをすると地面に放り投げて、

「軟弱者が！」

そう吐き捨てて、歩き出す。

「みぃーーーつけたぁ」

次第に近づいてくる若い女の狂喜をたっぷり含んだ声。兵士たちは白髪の悪魔から逃げるべ

く懸命に走っていた。

「き、来やがったっ！」

「バ、バケモノ女めぇ‼」

百戦錬磨のエスターク公爵軍の兵士たちは悲鳴のような声を上げて、姿を現した白髪のエルフの女に向けて全力で切りかかろうとするが、瞬きをする間もなく、振り下ろした武器を含めて全身が氷漬けになってしまう。エルフの女が歩くたびにその周囲の大地は凍結し、パキパキと音が鳴り響く。

「だめよぉ。あんたたちは私たちから幸せを奪おうとしたんだから。許すわけない。いーえ、許せるわけないわよねぇ？」

もはや戦意すらも消失して地面で震える兵士どもに近づくと、前かがみになってそう尋ねる。

「ゆ、ゆるじで」

涙と鼻水でグシャグシャにしながら、命乞いをする兵士に、白髪のエルフの女性はニコリと笑うとパチンと指を鳴らす。兵士たちの両腕両足が凍結して砕け散る。四肢が砕けて絶叫を上げる兵士に白髪のエルフの女は、侮蔑の表情を向けつつ狩りを続ける。

「くそ！　くそ！　くそぉ‼　どうなってやがる⁉」

少し前から立ち込めている濃密な霧の中を進みながら、長剣を震わせて叫ぶスキンヘッドの中級士官は、もう何度目かの疑問を口にした。

邪悪な悪の巣窟への掃討戦。それはエスターク公爵軍の掲げたいつものただの形式的な御題目だったはず。特にエルディムは非武装国家。もとより精鋭揃いのエスターク公爵軍に抗えるはずはないんだ。だが実際に蓋を開けてみたら、一方的に狩られる立場となる。

「ダメです！　隊長、退路は完全に塞がれましたッ！」

「そんなの見れば分かるっ！」

ジワジワと狭められてくる包囲網に、スキンヘッドの部隊長は裏返った声を上げた。

先ほどから、部下は一人ずついなくなり、今や隊は数人程度となってしまっている。

「無理だ……あんなのに勝てっこねぇ。悪の巣窟ってのは真実だったんだ」

遂に部下の一人が剣を地面に放り投げて、頭を抱えてガタガタと震え出す。その震える部下の兵士の身体が、見えない不可思議なものにより拘束される。

「い、いやだ――」

拒絶の言葉を最後まで発することすら許されず、濃い霧の中に引きずられるように消えていく。

「……」

ガチガチと打ち鳴らされる兵士たちの歯の音がシュールに響く中、濃い霧の中から年端もいかぬエルフの少年がポケットに両手を突っ込んだまま姿を現す。

「な、なんだ、ガキか……」

ほっと胸を撫でおろす兵士の全身が硬直して浮き上がると、その四肢があさっての方向へと向く。冷たい空気の中、鳴り響く悲鳴。

「痛がる余裕があるなら、反撃の一つでもしたらどうだっ⁉　このクソ軟弱な○×▽がっ！」

エルフの少年の怒声と侮蔑をたっぷり有した声とともに、兵士たちの身体は持ち上がり、次の瞬間、濃霧の中に悲痛の声が響き渡ったのだった。


それは一見して脂ぎった中年のオッサンドワーフ。そのオッサンドワーフが紅の被膜で全身を覆いながら、超高速で濃霧の中を疾駆し、エスターク公爵軍兵士の一人の懐に飛び込むとその頭部にエルボーを放つ。兵士は空中で数回転すると、顔面から地面に激突し死んだ蛙のごとくピクピクと痙攣する。

「は？」

現実を上手く処理できないのか、間の抜けた声を上げる隣にいた仲間の兵士の頭部を右手で鷲掴みすると、地面に叩きつける。顔面から地面に衝突し、小規模なクレーターを形成する。

「フシュルルル！」

オッサンドワーフの口から真っ白な息が吐き出され、ギロリと大きくも血走った眼で次の狩りの対象である兵士の一人に狙いを定める。

「うわあぁぁぁぁぁあっーーーーー」

ようやく悪夢のような現実を認識し、一斉にたっぷり恐怖の含んだ悲鳴を上げる兵士たちに、オッサンドワーフは一瞬で間合いを食らい尽くし両手で二人の兵士の頭部を叩く。兵士たちは数回転空中を舞って、地面に叩きつけられピクリとも動かなくなる。

「ひっ‼」

逃げようとする兵士の鼻先スレスレの距離に移動すると、その頭部を両手で鷲掴みする。

「ぎひいいぃいぃいっ！」

悲鳴のコーラスをバックミュージックにオッサンドワーフの膝が兵士の顔面に叩きつけられた。

オッサンドワーフは猫背気味に、さらなる獲物を求めて疾走していく。

「く、来るなッ！」

濃霧の中から現れた銀髪の獣人族の女性に、百戦錬磨のエスターク公爵軍の精鋭たちは、悲鳴のような叫び声を上げながら、弓や炎弾を放つ。しかし、矢は全て黒色の炎により燃え上がって塵となり、炎弾は獣人族の女性に当たると弾け飛ぶ。

「そ、そんな……」

唇を震わせながら、僅かに後退《あとずさ》ろうとした金色の髪を長く伸ばした部隊長の男。しかし、その部隊長の四肢が燃え上がり、一瞬で炭と化す。部隊長から絶叫が上がり、肉が焼かれる痛みからのたうちまわる。

「あぅ……」

兵士たちの真っ白に霧のかかった思考に、視覚と分析というオイルが注がれ、脳は通常運行を始める。そして、部隊の中でも最強であるはずの部隊長が芋虫のごとく、無様にのたうち回る姿をはっきりと認識した。

「嫌だぁぁッ‼」

「た、助け──」

蜘蛛の子を散らすように逃げ惑う兵士たちの行く手を塞ぐように火花が走り、黒炎が包囲する。そして、兵士たちの両腕は瞬きをする間もなく一瞬で炎滅してしまった。

「ゆ、許じて……」

銀髪の獣人族の女は、両腕、両脚を失い、涙と鼻水を流して懇願する部隊長に近づいていく。

「降伏じます！　だがら、たずげでくださいっ‼」

掠れた声で必死に命乞いをする部隊長に近づき、

「助けろぉ⁉　あんたらは私の祖国に攻め入り、滅茶苦茶にしたっ！　おかげで私の娘は奴隷として売られることになってしまった！　おまけに私の娘を誘拐して、夫に卑劣な行為を強要した！　そして、今も私たちを根絶やしにするべく攻め込んできている！　そのあんたらが助けを求める⁉　どの口が言うの⁉」

銀髪の獣人族の女はその胸倉を掴んで激高する。

「ヒイイィッ！」

甲高く泣き叫ぶ部隊長を地面に突き飛ばし、銀髪の獣人族の女性は、暫し身を震わせて佇んでいたが、下唇を噛み締めて濃霧の中に駆けていった。

『ルーカス、どうやら貴様の杞憂だったようだな』

「そのようで」

九死に一生を得たと安堵のため息を吐く兵士たちを尻目に、二人の男が音もなく姿を現す。

『貴様が唯一奴らに課した、戦意のない者は殺すなのルール、本当に必要だったのか？　我は皆殺しにした方が手っ取り早いと思うんだがな』

「ええ、それは彼女たちが彼女たちでいるためには必要なことです」

『それは、御方様《わんかた》の言う戦士の誇りという奴か？』

「いえ、逆ですよ。彼女たちは本来戦士ではない。だからこそ、無抵抗な者を殺してはならないのです」

炎の魔人は眉を顰《ひそ》めると、

『やはり、我にはよく分からん』

さも残念そうに肩を落とし、ため息を吐く。

「はは！　あくまでこれは矮小な私の騎士道のようなもの。あの御方とは大分異なっていると思います。がっかりなされることはありませんよ」

『そうだ。そうだよな！　偉大なる御方を理解するのは我らだっ！』

右拳を強く握りしめる炎の魔人と老紳士は口端を上げると、

「さてと、では処理を開始しましょうか」

地面に転がる兵士たちに近づいていく。

「申し訳ありませんがね、貴方たちの行き先は既に決まっているのです」

老紳士の瞳が闇色に染まり、口角は吊り上がっていく。そして全身から漏れる白色の闘気オーラ。そのまさに人とは言えぬ形相に、兵士たちから漏れる悲鳴。それらは次第に大きくなっていく。

◇◆◇◆◇◆

一際高い大木の上でダイスの副長、神使《しんし》アセチルは地上で起こっている異常事態に、

「あれはどこの勢力なのだ？」

思わず口から疑問の言葉を滑り出した。今もエルディム掃討軍の人間どもの部隊を一方的に蹂躙している者どもは、その強度から見て人間ではなく、アセチルたちと同様、神使《しんし》なのは間違いない。

「だとすれば、道理に合わん！」

あの強度の神使《しんし》の主神が、たかが土着の下級神とは思えない。下手をすれば腐王軍の精鋭並みの強度がある。あれらが腐王軍ならば、納得はいった。だが、生憎あれらはどうみてもアンデッドには見えない。腐王以外の他神の神使《しんし》なのは確実だ。

「そんなわけがあってたまるかっ！」

その到底信じるに値しない己の戯言に声を張り上げた。それはこのアレス様の管理世界であ

るレムリアに、腐王以外の上級神クラスが存在していることを意味する。

上級神クラスは天界でもそう簡単にお目通りができる方々ではない。まさに、この世における絶対的強者の一角。しかも、今も人間相手に暴れまわっている相手は優に千を超えている。そんな出鱈目な勢力、聞いたこともない。

「この戦、いささか分が悪すぎる……」

どう甘く見積もっても、アセチルたちの敗北は必至。あれらに勝利するためには、アレス様がこのレムリアに直接介入する必要がある。要するに、アレス正規軍が直接動かなくては、アセチルたちは敗北する。これは確信に近いことだ。

（コリン様に進言しなくては！）

このレムリアが他の上級神クラスの浸食を受けているのだ。もはや、面子に拘っている状況ではない。直ちに、アレス様に報告してその指示を仰ぐべきだ。もちろん、コリン様は渋るだろうが、何とか説得してみせる。でなければ、下手をすればこのレムリアが他神に乗っ取られるという前代未聞の事態となる危険性がある。

アセチルは背の真っ白の翼をはためかせて、大木から大地に降りたつと、

「この戦は我らの負けだ。自分は今すぐ、コリン様に意見具申をしに向かう。お前たちもアレスパレスへの帰還の用意をしておけ！」

側近にそう告げ、コリン様がいるテントへ向けて飛び立とうとするが、

「それは無理な相談だ」

そんな声とともに、木々の隙間から巨躯の金髪の獣人がのそりと姿を現す。

「賊だっ！　囲めッ！」

アセチルの側近の叫びとともに金髪の獣人族の大男を取り囲むアセチル配下の下級神使《しんし》たち。

側近が獣人族の男に目を細めると、

「アセチル様、こいつ、此度の計画の獣の子供の父親ですよ」

小さな安堵のため息を吐きつつも報告してくる。

「此度の計画の子供の父親……あー、あのガウスとかいう哀れな贄か」

娘の命と引き換えにアメリア王国の貴族に特攻をかけるように強制された獣人族の男。つまり、弱くも下品な獣に過ぎないということ。もっとも、不可解なことはある。

「ただの獣ってわけか」

「マジで警戒して損したぜ」

取るに足らない存在であると認識したせいか、部下たちは次々に好き勝手に感想を口にし始めた。

「お前のような雑魚がどうやってこの戦場に入ってきた？」

アセチルの側近の神使《しんし》が長剣の剣先でガウスの右頬を軽く叩きながら、強い口調で尋問を始める。

「もちろん、こうやってだ」

ガウスが左手でその長剣を反らすとその姿が消える。直後、側近は身体をくの字に曲げながら、背後の人木へと超高速で吹き飛び衝突してグシャグシャになった。

「……」

部隊でも一、二の実力を有する側近のあっけない退場を無言で凝視するアセチルたち。そして、次いで側近がいた位置で重心を低くして右掌底を突き出しているガウスを視界に入れて、

「クソっ！」

最も近くにいた部下が長剣を上段に構えようとした時、その頭部が粉々に弾ける。

「マズイぞっ！　フォーメーションを――」

アセチルが指示を出すのと、闇色の光の帯が周囲を走り抜けるのは同時だった。

気が付くと頸椎がへし折られ、心臓を一突きにされ、脳天から縦断されて、部下たちは皆、ものを言わぬ亡骸となって、地面に伏していた。

「な？」

口から洩れたのは間の抜けた震え声。当然だ。こんな非常識な事態、わけが分からないから。

――下等な獣風情に配下が一瞬で殺されたことが分からない。

――下等な獣風情の攻撃が微塵も視認すらできなかったことに納得がいかない。

――こんな獣風情にこのアセチルがこうして恐怖で指先一つ動けないことがひたすら信じられない。

混乱の極致にあるアセチルを、ガウスは冷めた目で見ると、

「運が悪かったな。他の奴らと違って今の俺には慈悲はない。お前らを皆殺しにするよう、命

じられている」

　アセチルにゆっくりと近づいてくる。

「ま、待て！　待ってくれ！」

　ガウスの歩みがピタリと止まる。全く状況は理解できないが、一つはっきりとしていること。こいつには今のアセチルでは絶対に勝てぬということ。

（逃げねばっ！）

　何とかこの場を誤魔化して離脱し、アレス様にこの件を報告しなければならない。

「自分はアレス様の上級神使《しんし》、コリン様の配下の一人、神使《しんし》アセチル。アレス様は君らの主神殿との対話を望んでおいでだ。取り次いで欲しい」

　もちろん、全くの出鱈目。アレス様が己の世界にこんな危険な他神の存在を認めるはずがない。知ればすぐにでも排除に向けての行動を起こすはずだ。

「カイ様と？」

　カイという神か。聞いたことはないから、土着の神か何かだろう。

「ああ、本来、アレス様へのお目通りは難しいが、君の主神には特別に拝謁することを望まれている」

「カイ様が聖武神に拝謁しろと？」

　俯き気味に両拳を握り絞めて、ガウスは尋ねてくる。

「アレス様は寛大な御方。己より圧倒的に格下の神であっても、ちゃんと話を聞いてくだされるはずだ。だから――」

アセチルの話の途中でガウスの姿が突如消失すると、目と鼻の先で猫背気味にアセチルを見下ろしていた。その形相はまさに悪鬼の形相！

「くひっ⁉」

その悍ましい姿に血も凍りそうな強烈な恐怖が沸き上がり、小さな悲鳴を上げて後退ろうとする。そんなアセチルの口をガウスは左手で鷲掴みにすると軽々と持ち上げてしまう。そして、太い青筋を顔中に張らせながら、ガウスはアセチルを血走った目で睨みつけて、

「死ね！」

短くそう口にすると右肘をひく。

『気持ちは十分分かるが、それには少々聞くことがある。まだ殺すな』

上空から降ってくる声に、ガウスはアセチルから手を離すと、姿勢を正して深く頭を下げる。

突如、黒色の霧がアセチルを襲う。次の瞬間、アセチルの意識はストンと失われてしまった。

◇◆◇◆◇◆

「何が起こっている⁉」

コリンは苛立ち気味にテント内にあった椅子を蹴飛ばしていた。エルディム掃討軍に次々に入ってくる敗戦の知らせ。別に相手が腐王の眷属ならこれも想定内。問題は相手が全くアンデ

ッドには見えないことだ。さらに伝令が大慌てで駆けこんで来ると、

「カートリ伯爵軍が事実上、壊滅いたしました！」

　悪夢に近い報告をしてくる。

「パラディンへの出動要請はっ⁉」

「していますが、相手が魔ではないなら出るつもりはない。此度の戦から手を引かせてもらうそうです」

　くそっ！　パラディンは相手が魔なら、たとえいかなる強者でも戦闘には参加する。信じがたいが、本当に此度の相手は純粋な魔ではないのだろう。

「私はダイスを率いて出陣する！」

　むろん、これは嘘。敵の姿が不明な以上、一度引いて態勢を整える必要がある。このテントの周囲を守護しているコリンの右腕の一柱《ひとり》、神使《しんし》アセチルの部隊はこの上なく強力だ。相手がいかに強者でも時間稼ぎくらいにはなることだろう。

「は！」

　敬礼する兵士たちを尻目に、テントを出るとそこには一人の黒髪の青年が長剣を片手に佇んでいた。この肌が焼けるようなプレッシャー！　こいつはおそらく人ではない。十中八九、コリン同様、他神の神使《しんし》だろう。他神の神使《しんし》に侵入を許すとは、アセチルの奴、後で厳罰に処する必要があるな。

「貴様、どこの神の使いだっ⁉　私はアレス様の上級神使《しんし》コリン！　これはアレス様への宣戦

布告ともとられかねないぞっ！　今ならまだ間に合う、兵を引け！　このままでは全面戦争となってしまうぞっ！」

「聖武神の神使《しんし》ね。どうりで昔の俺が勝てねぇはずだ」

「兵を引く気になったか？　ならば、すぐにこの場から立ち去れ。この件は見なかったことにしてやる」

むろん、こんな危険分子、アレス様に報告しないわけないが。

「いや、それを聞いて猶更引けなくなった。カイ様の顔に泥を塗るわけにはいかねぇからな。何より、お前らアレスの神使《しんし》には散々煮え湯を飲まされた。その選択肢は絶対にありえねぇよ」

「カイ様？　それがお前らの神の名か？」

カイね。そんな名の神、聞いたこともない。おそらく、この世界の土着の神だろう。だが、そうだとすれば、こうも真っ向からアレス様の神使《しんし》のコリンに敵対してくるのは違和感がある。何より土着の神にとっても、この世界の管理神たるアレス様は雲の上の存在。絶対に敵対したくないはずだから。

「神……か。ルーカスたちはそう考えているようだが、俺は違う。どちらかというと、師のような存在さ」

「師？　なーんだ。警戒して損をしたな」

もし神使《しんし》なら口が裂けても己の信じる主神を師などと言わない。つまり、そのカイとやらは神でもなんでもない勢力ということ。おそらく精霊か、幻獣の類だろう。ならば、ここでこいつを排除してもさしたる問題はあるまい。

右手を上げると、黒髪の剣士を取り囲むダイスのメンバー。奴らは全て神使《しんし》で構成されている猛者ぞろい。こんな精霊モドキに負ける道理はない。

「ほう、数だけはいるな」

黒髪の剣士はぐるりと取り囲む神使《しんし》たちを見回すと、そんな感想を述べる。

「殺せぇ！」

コリンが右手を下げつつ命を下すが、誰も微動だにしない。

「どうした⁉　早く、殺せっ⁉」

黒髪の剣士は長剣を振って血糊を落とすと、

「無駄だぜ、そいつらはもう切った」

そんな意味不明な発言をする。直後、ズルッと崩れ落ちていく神使《しんし》たちの首。鮮血をまき散らしながら、ゆっくりと地面へと落下していく。

「な？」

コリンが間の抜けた声を上げた時、黒髪の剣士の姿が消える。そして、背後から蹴り飛ばされ、無様に頭から地面に転がり込む。顔を上げると剣先が喉元に突きつけられていた。

「くひっ⁉」

鷹のような鋭い視線で射貫かれて思わず口から小さな悲鳴が漏れる。奴の動作が微塵も見えなかった。気が付いたら部下は全て死んでいた。もしあれが自分だったら……。

（じょ、冗談ではない！）

勝てる、勝てないではない。仮にも上級神使《しんし》が認識さえもできない使い手など、神々クラスだ。戦うこと自体が愚行に等しい。

「武人としての最後の情けだ！　武器をとって名乗りを挙げろ！」

「私は全面降伏する！」

両手を上げて無抵抗の意思を伝える。相手は神クラスだ。もはや、一介の神使《しんし》が関与してよいレベルを超えている。

「まさか、俺ごときを相手に戦意すら失ったか……俺はお前の部下を殺したんだぞ？」

「私さえいれば、アレス様も交渉に応じる！　部下は必要ない！」

「もういい。お前は俺が剣を振るう価値のない奴だ」

その言葉とともに、再び黒髪の剣士の姿が消失する。

「ぐっ⁉」

胸に生じる焼け付くような感触。視線を落とすと胸から延びる長剣。

「付き従ったお前の部下たちに詫びながら死んでいけ！」

黒髪の剣士の吐き捨てるような声とともに、

「ば……かな」

奴に背後から胸を剣で一突きされたと気が付いた時、視界が縦にゆっくりと引き裂かれていった。

◇◆◇◆◇◆

エルディムの会議室で私とフェリス、そして討伐図鑑の最高幹部どもが、アスタの映し出した映像を見ている。

ちなみに、フェリスはこの国の国民ではないし、ローゼの叔母であることもあり、ギリメカラたちに命じた今回のブートキャンプには不参加とした。ムジナの情報では現国王はフェリスを溺愛しているらしいし、下手に酷使して恨まれてはこの事件を上手く収められない可能性がある。

「カイ、おぬし、シラウスたちに何をしたんじゃっ！」

フェリスが焦燥たっぷりの声を上げる。

「いや、まあ、それを言われるとな……」

流石の私もあれは引く。というか、ドン引きだ。あれでは全くの別人ではないか。

計画ではシラウスたちが王国軍に対して善戦するが強敵に苦戦。恰好よくジグニールが登場というシチュエーションを考えていたわけだが、単にアメリア王国の貴族軍は鬼人と化したエルディム民衆軍に対して逃げ惑うだけ。今や軍として成立しているのはエスターク公爵の本体くらい。まさか、天下の王国貴族連合軍があれほどふがいないとは夢にも思わなかった。

ま、この世界は強者と弱者の差が激しいし、そこまで奇異な話ではないかもしれないが。

「信じられん……こんな出鱈目《でたらめ》なこと……」

両手で頭を押さえながら、しゃがみ込んでブツブツ唸り始めるフェリス。この奇天烈な行為をするところなどはローゼにそっくりだ。

ともかく、例の実験は成功したということだろう。エルディムの者たちは未熟で弱い。私としても短期間で王国軍を圧倒できる実力を得られるとは当初から考えていなかった。そもそも、このエルディムへの試練は自らの手で王国軍を退けることにあり、そもそも強さを得ることにはない。故に、裏技のような方法で無理やり強化することにしたのだ。具体的には、討伐図鑑の者たちに加護を与えさせること。『加護』とは上位の存在が下位の存在に己の力の一部の使用を許可すること。これにより、討伐図鑑の者たちの有する特殊な能力を一部に限り使用可能となった。もっとも、所詮、能力の一部使用の許諾に過ぎない。本家の能力には足元にも及ばない。討伐図鑑の仲間たちは私よりも弱い以上、強者には全く太刀打ちできぬだろうが。

今回は天下のアメリア王国の貴族軍だ。よくて善戦と思っていたが、予想以上に王国貴族軍が弱くて当てが外れてしまった。

「御方様、ジグニールが此度の黒幕と戦うようです」

「ふむ。では確認するとしよう」

「あれはノルンの加護だな。僅かだが時に干渉するか。中々面白いではないか」

　戦闘はジグニールの圧勝だった。不自然な間の消失があった。あれは時の干渉だ。あのイージーダンジョンでも暫し、時の能力を持った魔物に襲われたっけな。

「マスター、貴方は今恐ろしい生物を作り出してしまったことを理解しておいでであるか？」

「うん？　単に時に干渉しているだけだろ？」

　時の干渉は対策を立てれば簡単に破れてしまう代物だ。というかあのダンジョンでの戦闘では空間系や時間干渉系の対策は必須といってよい。その程度で戦闘に勝てるようなら世話はないのだ。現に討伐図鑑の幹部クラスのものたちなら、皆問題なく防ぐことはできよう。

「それ、マジでおっしゃっているのであるか？」

　頬を引き攣らせながら尋ねてくるアスタに、

「闘争は能力だけでは決まらん。ジグニールはまだまだ戦闘技術が未熟だ。ノルンの加護で力を得ようと大した意味はない」

　噛みしめるように断言する。

「もういいのである。それより、そろそろあれが動くようである」

　アスタは大きく左右にかぶりを振ると、隅にある画像に視線を向ける。そこには多数の魔物がエルディムへ向けて襲来する映像が映し出されていた。

「ふむ、あの魔物どもはエルディム民衆軍には無理だな。アシュは？」

「今ここに呼んだところである」

　丁度会議室の大扉が開いて、アシュと薄茶色の髪をおかっぱ頭にし、背に羽を生やした少女ハジュが入ってくる。ハジュは私の前で跪くと首を深くたれる。うーむ。どうして、魔物たちは私にこうしたがるんだろうな……。

「アシュ、そろそろ出番だ。本当にいいのだな？　私はあのマーラとかいう魔物以外はたとえ負けそうであっても助けんぞ？」

どうやらあのマーラという魔物はギリメカラたちが余計な気をまわして私の遊び相手に呼び出したものらしい。全く、奴ら私をバトルジャンキーか何かと勘違いしてやしないか。

「望むところなのだっ！」

凛とした表情で大きく頷く。アシュの薄っすらと青みがかった肌。これは魔族の証。まだ彼女は記憶を取り戻してはいないから真偽は不明だが、外見からいって闇国の魔族出身だろう。

魔族はこのエルディムでも受け入れられるかが不明なのだ。ゆえに私は策を弄することとした。

正直なところ、アシュが魔族であることはかなり前から気付いていた。そしてムジナからの情報では闇国でクーデターがあり、現在闇の魔王アシュメディアが行方不明であるとも。もちろん、アシュはアシュメディアではあり得まい。仮にも四大魔王がこんなに弱いわけもないしな。

「奴らがアメリア王国の貴族軍を襲撃したところで、お前が助けろ。あとの御膳立ては我らがする！」

今のアシュはどうみても魔族の外見だ。その魔族に助けられることは貴族どもの魔族への認識を否応でも変化させる。それはこれからの激動の変革の呼び水となる可能性を秘めている。

それを前提に提案するとアシュは此度の作戦への参加を了承したのだ。

「行こう、ハジュ！」

『了解かしら！　それでは御方様！』

左手を後ろに右手を前にして優雅に一礼すると、ハジュの姿は消失してアシュの両眼が金色に染まり、右手には奇妙な形の鎌が出現する。これこそが、アシュとハジュの二人が同化した姿。相乗効果により、力は以前とは別次元のものとなっている。あれなら、確かにあのマーラとかいう魔物以外は楽勝だろうさ。

アシュが会議室の窓から外へと姿を消す。

「さあ、このゲームもクライマックスだ！」

私も最後の役目を全うすべく、会議室を後にした。

◇◆◇◆◇◆

――アメリア王国エスターク公爵軍本陣
（なぜこうなった？）
長身の貴族ガラ・エスターク公爵はカールした髭を摘まみながら、自問自答していた。
当初はエルディム民衆軍という戦闘の素人の集団から、神の地を取り戻すという簡単な作戦だった。難解なのは、それに至る経緯だったのだから。だが、計画に一粒の不純物が混じる。

それはコリン卿から持たされた情報で、この件に強大な悪が加担しているという荒唐無稽なもの。もっともガラを始め、誰も真剣に受け取らなかった。だが、結局化け物のような民衆により、エルディム掃討軍は大打撃を被り、同時にあのコリン卿の戦死の凶報が届く。もはや戦略的にも戦術的にも敗北は必至。王都に戻ってこの件を上申しなければならない。そう考えていた時、南から突然生じた怪物どもにより、エスターク公爵軍は壊滅の危機に陥っていたのである。

地響きを上げなら身体中に顔が浮き出た巨人がまるで王国軍をアリでも踏み潰すかのように踏み潰す。

同じく、空から飛来する人の頭部の怪鳥が飛来しては王国軍の兵士たちを食らっていく。

さらに、十本の手を持つ巨大な鬼が金棒を地面に叩きつけた。たったそれだけで、大きなクレーターが形成されて王国の一個中隊がこの世から消滅する。

「狼狽えるなっ！　我らはエスターク公爵軍だ！　毅然として行動しろ！」

ガラは部下たちを叱咤する。そう虚勢を張ってはみたものの、膝はさっきからカタカタと笑っている。

本能で分かる。あれらは邪悪な魔族でもなければ、魔物や魔獣でもない。この絶望的な感じをあえて言葉で表すならば、『神』が最もふさわしかろう。この世の理の埒外にいる存在だ。どう頑張っても、ガラたち小さな人間ではあれらに勝てない。いや、より正確に言えば、エルフだろうが、ドワーフだろうが、最強の四大魔王だろうが、あれに抗えることはない。おそらくそういう次元じゃないんだと思う。

「もはやここまでか……」

上着のポケットから溺愛している幼い息子からの贈物である、手作りの人形を取り出す。息子はガラに似ず勇ましさなど皆無だったが、心優しくこのように手作りの人形を毎回作ってくれる。毎度、そんなことは貴族のしかも男子のやることではないと叱っても止めようとしない。だが、拒絶はしていたが、ガラはその行為に確かに癒されていたのだ。

「欲など出すべきではなかったな」

コリン卿の口車に乗ったのが運の尽き。いや、それも責任転嫁か。あの神の地を取り戻すのは先祖以来の悲願。ゆえに碌な下調べもせずに、一つ返事で乗ったガラの落ち度だろう。

「私だけならよかったのだがね。お前たちすまないな」

部下に謝罪の言葉を述べると、全員、王国式の敬礼をしてくる。そして、十本の手を持つ巨大な鬼が大きく金棒を振りかぶるのが見える。

「お前、ラーを頼んだぞ」

妻に己の一人息子を頼みながら瞼を閉じようとした時、黒色の光線が巨大な鬼の頭部に突き刺さり、一瞬でその全身が塵と化す。

「は？」

上空で浮遊する物体は、長い黒髪に薄っすらと青みがかった肌の少女だった。黒髪の少女は右の人差し指で北のエルディムを指すと、

「退路はボクが作る。早く、エルディムまで退避するのだ！」

呆気に取られているガラたちに、

「早くするのだ！　エルディムとは既に話はついているっ！」

そう叫ぶと黒色の閃光となって、人面の巨大な怪鳥と身体中に顔が浮き出た巨人は一瞬で塵と化す。そして今もこちらに向かってくる南方の軍勢へ向けて攻撃を開始した。

「エスターク公爵閣下、あれは魔族……ですか？」

「そのようだな」

あの薄っすらと青みがかった肌は魔族の証。間違いない。彼女は魔族だ。なら、なぜ魔族が天敵ともいえる我らアメリア王国軍を救う？　いや、今は彼女からもらった生存の機会を最大限活用すべきだ。

「直ちに全軍にエルディムまで退避するよう指示を出せ！　殿は私が務める！」

「はっ！」

部下たちは一斉に敬礼すると、エルディムへ退避するべく動き出す。

「人類を滅すべく終末の神が大挙して降臨し、それを人類の天敵たる魔族が救うか。全く、この世は何が起こるか分からぬものだな。だが――」

ガラは今まで信じていた常識という壁が、ガラガラと崩れていくのを感じていたのだった。

◇◆◇◆◇◆

──悪軍前線

山のように大きな岩の怪物の身体の中心に黒色の光線が突き当たると、一瞬で粉々の粒子まで分解してしまう。

『来るなッ！　来るなぁっ！』

蜘蛛姿の悪軍将官が必死な形相で拒絶の声を上げながら、己の最大の攻撃手段である呪いの弾丸を五月雨に撃ち放つが、一発たりとも当たらず、代わりに黒色の閃光にその胴体を打ち抜かれてあっけなく塵と化す。

『あの大佐が⁉　に、逃げろ──』

背を向けて逃げ出そうとした蟹《かに》の怪物も、黒色の光に貫かれてサラサラと空へ消えていく。

一筋の光の線が戦場となった空を超高速で疾駆して、悪軍の上位、下位問わず一撃で滅していく。

（この力、以前の比じゃないのかしらっ！）

アシュと完全同化している波旬《はじゅん》は内心で歓喜の声を上げていた。この闇色のオーラ、これは波旬《はじゅん》の親愛の義兄であるギリメカラの滅びの力。この力、故に世界に危険視されて、あの悪質なダンジョンへと封じられてしまっていた。封印は天と悪の両者の陣営の総大将の意思が働いている以上、マーラもこの封印に同意しているのが道理。ギリメカラは波旬《はじゅん》にとって唯一ともいえる肉親だ。一生会えないなど御免被る。故にマーラの目を盗んでこの世界にあるといわれる、あのダンジョンへ入ろうと思っていたのだ。もちろん、今のマーラの血も涙もない性格は十分承知している。この企みをマーラに察知されればまず処分される。その危険を冒《おか》しても、波旬《はじゅん》はあの義兄に会いたかったのだ。

（これがあの御方の配下に参列するということなのかしら！）

カイ・ハイネマン、それが義兄であるギリメカラが信じる崇敬の存在。義兄はかなり頭が固い。良く言えば純真、悪く言えば単細胞。そんな義兄がマーラ以外に首を垂れるという事実がどうしても信じられなかったが、一欠片でもその本質を垣間見れば、嫌というほど理解できてしまう。何よりあの御方、カイ様は【神々の試煉《ゴッズ・オーディール》】を解放し、あろうことか完全支配してしまったのだから。

【神々の試煉《ゴッズ・オーディール》】とは、悪軍の神々《猛者》どもさえも震えあがる最悪のダンジョン。資格のあるものしか入ることは許されず、一度入れば大神になるまで出られない。そして、その難易度の高さは常軌を逸している。というか、クリアできるように作られてはいないとのもっぱらの噂だ。その理由の一つがそこに守っている存在たちにある。

あのダンジョンは過去に天軍と悪軍の総大将の二者が【神々の試煉《ゴッズ・オーディール》】に強制収容されるべき猛者たちを選択して創り出されたもの。

建前上は大神を作り出すダンジョンだ。選ばれるのは最高ランクの武功を上げた闘神や神話上の怪物たちのみから構成されていなければならない。そのどうでもよいお題目を遂げるために、天と悪の双方に手に負えないと判断したイレギュラー的存在を封印してきたのだ。要するにあのダンジョンの真の目的は天軍と悪軍のバランスを崩す恐れのあるイレギュラー的存在を封印することにより、両者の力の拮抗を図ることにある。

カイ様は決して交じり合うことはないこの世のバランスブレーカーたちをこの世に解放しただけではなく、屈服させてしまった。いわば、この世のバランスブレーカーたちで作る第三勢力。新入りの波旬《はじゅん》が参列しただけで、この圧巻の強さを得たのだ。強さ的にも三大勢力のなかで断トツであることは間違いない。

（ハジュ、あそこに奴らの本陣があるのだっ！）

浮かれるハジュをたしなめるかのように相棒《アシュ》がイメージを送ってくる。あの六つの目と大口を持つ巨大な獣の神は中将、シロゥベアー。悪軍の中でも、根っからの戦争屋。特にシロゥベアーの部隊は悪軍でも最精鋭で構成されており、本来たった一体でもこの世界に降臨すれば破滅させるだけの力を有している。

アシュはシロゥベアーたちの前に降り立つ。アシュが今から伝える言葉は、手に取るように分かる。そしてその提案がシロゥベアーに決して受け入れられることはないことも。

「無意味な争いは好まないのだ！　直ちに、降伏するのだっ！　もし全面降伏すれば、これ以上、追撃することはないのだ！」

（やっぱりなのかしら……）

アシュには話が通じる相手ではないと何度も説得を試みているが、結局納得した感じはなかった。おそらく、前線を全滅させたのは、相手に勝てぬと理解させた上で降伏を促すためだろう。

シロゥベアーは暫し、目を細めてアシュを見ていたが、

『このオレの部下に、敵前逃亡する卑怯者はいない！』

大木のような棍棒をアシュに向けると、予想通りの台詞を口にする。直後、アシュを取り囲むシロゥベアーの部下の精鋭たち。その運命に取り組むような表情からも、玉砕覚悟の特攻というやつだと思う。まあ、今のアシュとシロゥベアーたちとでは強さの器自体が違う。それはそうなのだろうけども。

「どうしたら、引いてもらえるのだ？」

苦渋の表情で尋ねるアシュに、

『逆に聞くが、それほどの強さを持ちながら、なぜためらうことがある？』

波旬《はじゅん》もずっと疑問だった事項を聞き返す。

「力を持っていることは振るう理由にはならない！」

全く甘い考えだ。でも、だからこそ、カイ様はアシュにこの役を委ねたのだと思う。アシュの返答に、シロゥベアーは頬を緩めて何度か頷いていたが、

『面白いこと言う奴だ。お前、その言葉の重み、理解して口にしているか？』

突然神妙な表情へと変えると、そう問いかける。

「もちろん、ボクは本気なのだっ！」

シロゥベアーは大きく瞼を閉じて、暫し考え込んでいたが、

『いいだろう。自滅はオレの主義じゃねぇ。お前の話に乗ってやる。ただし、お前が三つの条件を飲んだらだ』

そんな意外極まりない台詞を言い放つ。

（どういうことかしら？）

シロゥベアーは生粋の武神。奴が戦わずして降伏を受け入れるとは到底思わなかったから。

「その条件とは？」

『一つ、オレの率いる本隊への攻撃の即時中止。二つこの戦場を事実上仕切っている魔縁とその配下の殲滅だ。魔縁の部隊はこの先に配置されている。俺たちが戦いを止めれば、魔縁はオレたちを裏切りものとみなして攻撃をしかけてくるだろう』

「もう一つとは？」

『マーラ大将閣下の打倒』

シロゥベアーの部下たちから上がる驚きと恐怖の混在したざわめき。そんな中、

「全く構わんぞ。そのマーラという魔物は今から私が処理するつもりだし」

背後から聞こえる声に、アシュが振り返るとカイ様が微笑を浮かべながら佇んでいた。

『カイ様！』

思わず、同化を解いて地面に跪く。

『波旬《はじゅん》殿？』

眉を顰《ひそ》めて驚愕の声を上げるシロゥベアー。そして跪く対象のカイ様へ視線を向けた途端、のけぞり気味に飛びぬくと、重心を低くしてその顔から滝のような汗を流し始めた。

『――!?』

「ほう、この私に気付くか。能力制限は十分効かせたはずなんだがね。アスタ、お前、どう思う？」

カイ様は興味深そうにシロゥベアーを凝視しながら隣のアスタ様へ尋ねると、

「スキルや能力ではない。きっと、野生の勘というやつである」

アスタ様は眼前に出現させた小さな魔法陣を通してシロゥベアーを凝視しながら返答する。

「野生の勘ねぇ。中々希少かもしれんし、こいつらの目は腐ってはいない。そうだ。いっそのこと、お前らアシュの配下になれ。もちろん、この世界での悪ごっこはご法度《はっと》だぞ？」

『この娘の部下……でありますか？』

カタカタと震えながらシロゥベアーは問いかける。

「うむ。むろん、悪ごっこをしないではいられないという不憫な病気にかかっている奴は、ここで私が処分させてもらうがね」

そんな傲慢以外の何ものでもない台詞を吐く。

『いえ、この本陣の軍はオレの直轄。そんな軟弱者はいやしません』

「その発言からすると、私の提案を許諾するのだな？」

シロゥベアーは跪くと、

『はい。仮に貴方に逆らうようなら、そんな馬鹿はいっそ死んだ方がよほど良い。喜んで、この娘に絶対の忠誠を誓いましょう』

話についていけない部下たちをシロゥベアーが睨みつけると大慌てでカイ様に平伏する。

「話はついた。この本陣以外の魔物を殲滅して、この先の奥にいる魔縁を殺せ。それでここの戦いは終わりとなる」

「分かったのだっ！　ハジュ！」

『了解かしら！』

大きく頷くとアシュの肉体へと同化して、波旬《はじゅん》たちは最後の戦いに身を投じた。

◇◆◇◆◇◆

『前線は完全消滅。敗走すら許されず、既に悪軍の半数が壊滅。全て一撃で消滅しております』

『シロゥベアーの本隊は何をやっているんですっ⁉』

シロゥベアーは根っからの軍属。いくら敵が強力でも、何らかの動きがあるはず。

『そ、それが……』

口籠《ごも》る側近に、

『今は緊急事態です！ はっきりなさいっ！』

『は！ 先ほどシロゥベアー中将からの念話で、「我ら本軍は此度悪軍から永遠に離脱する」との申告がありました！』

『はあ？ もう一度繰り返しなさい』

ちょっとやそっとのことでは眉一つ動かさない魔縁は素っ頓狂な声で質問をしていた。当然だ。シロゥベアーは『義』を重んじる悪軍の中では異色の存在。よほどの理由がなければ簡単に裏切ることとは程遠い奴だから。何より、シロゥベアーならば、マーラ様に逆らうことは破滅と同義であることくらい理解して然るべきだから。

（六天神にでも唆されたか？）

いや、元々天軍であったシロゥベアーが悪軍についたのは、そもそも天軍に強い恨みがあるから。だとすると――いや、裏切者の処分は後回し。今はこの危機の回避が最優先だ。

『敵はどこまできている？ 我が軍の残存兵力は？』

『シロゥベアー中将が離反したことから、残りはこの御殿前のみです！』

この圧倒的ともいえる制圧力。こんなことができるのは天軍くらいだ。シロゥベアーは元天軍。アキレス腱的な存在がいて、此度それを天軍に利用されたとしてもさして奇異ではないか。

『敵の総数は？』

『た、たった一柱です！』

『は⁉』

再度裏返った声を上げる。シロゥベアーが不参加とはいえ、一人でマーラ軍全てを一撃のもとに殺すなどそんなの魔縁であっても不可能なはずだから。つまり、それが真実なら――。

『六天神ですか!』

いや、その中でもこれができるものは限られている。六天神最強のデウスと、インドラ、トールのみ。だとすると、もはや魔縁では手に余る事態だ。マーラ様に直々に手を下してもらうしかあるまい。マーラ様は、性格はかなりあれだが、強さだけなら奴らに匹敵する。負けはしまい。

『私はマーラ様に上申してきます。お前たちはできるだけ応戦を――』

魔縁がそう指示を出そうとした時、黒色の閃光が尋常ではない速度でジグザグに空を駆け巡り、この場を守っている魔縁の眷属たちに衝突して塵と変えていくのが視界に入る。

『あ、あれは私では無理だ!』

全身に無数の虫が這いずり回るような恐怖から後方に逃れんと必死に跳躍する。あれだけの距離があり、まだ数多くの悪軍将兵がいたはずなのに、黒色の閃光は悪軍を殺し尽くして既に魔縁の目と鼻の先まで存在していた。

『ば、馬鹿なぁっ!』

黒色の鎌を振り上げる黒髪の少女の姿を網膜が焼き付けた直後、魔縁の存在は塵と化した。

◇◆◇◆◇◆

砂漠の中心に聳え立つ悪趣味な怪物を象《かたど》った御殿の最上階にある豪奢な部屋の玉座にマーラは踏ん反り返っていた。

マーラにとってこの人間界などただの遊びの場。もとより、己に抗える者すら限られているのだ。ゆっくりたっぷり時間をかけていたぶり、この世界の文明を滅ぼしてやろう。それこそが、悪に課せられた使命。

シロゥベアー中将など、悪軍の中にはその使命に疑問を感じているものもいるようだが、マーラはそうではない。むしろ、快適に感じている。なぜなら、マーラの力の源は他者の絶望や悲観、苦痛などの悪感情。それを糧に永遠なる強さを得る大神だ。悪感情が人間界に溢れている以上、ここはマーラにとってまさにパラダイスなのだ。なにせ、この世界の人間どもを利用してこのような最高の趣向をこれから沢山行うことができるのだから。

『マ、マーラ様、お助けくださいっ！』

建物中ではマーラ直属の配下六柱が目隠しをされて床に正座させられている。配下の半数は鋭い無数の長い針に串刺しになって既に絶命している。

『ダーーメでひゅ。君らはマーラ様の期待を裏切ったでひゅ』

でっぷり太った体躯に禿げ上がった頭の男が欠けた歯で活舌が悪い台詞を紡ぐ。こいつはマーラが重宝している拷問官サドス。戦闘はからっきしだが、拷問の腕だけでは超一流なのでずっと傍に置いている。

『マーラ様の現界はなされたではありませんかっ！』

目隠しをされた状態で生存している三柱の一柱の大男の眷属がそう声を張り上げる。

『だが、お前たちは何もしなかった』

『それは誤解です！　ちゃんと動いておりましたっ！』

『今回の件、ロプト大将閣下が関わっておいででひゅね？』

『っ⁉』

サドスの尋問にようやく自分たちが殺される理由に思い当たったのか、カタカタと全身を小刻みに震え出す。

『ほーら、顔色が変わりまひゅたぁ？』

笑顔で醜悪に顔を歪ませてサドスは顔を覗きこみながら、腹部に針を突き刺した。絶叫を上げる配下の一人。

『きひゃははは っ！　ボクちん、この歌声がとっても、とーーっても大好きなんでひゅ！　それでぇ、ロプト大将閣下の目的はなんでひゅうかぁ？』

無論、こんな問答に意味などない。何せ、ロプトの考えはいたってシンプル。戯れ以外の意味などおそらくないのであろうから。つまりだ。これはマーラの遊び。無様に恐怖し、絶望するさまを嘲《あざけ》り笑う、エンターテインメントってやつだ。

『殺せ……』

針を突きつけられていた大男の眷属がボソリと口にする。

『んーー？　なんでひゅかぁ？　ボクちん、聞こえなかったでひゅ？』

マーラの眷属が大きく肺を膨らませると、

『早く殺せと言ったのだっ！』

大声を張り上げた。大音量によりサドスの鼓膜が破裂し、耳から血が出てのたうち回る。大方、音声に衝撃破でも含ませていたのだろう。

『きしゃまぁっ！』

潰れた左耳を押さえながら、大男の眷属を蹴ろうとするが、その右足を掴まれてしまう。

『は、はなしぇっ！』

大男の眷属は必死の形相で叫ぶサドスの右足を両手で捩《ね》じり上げる。雑巾を絞ったようにぐしゃぐしゃの肉塊となるサドスの右足。

『ボクちんのあじがぁっ！』

大男の眷属はふらつきながらも立ち上がると、みっともなく悲鳴を上げるサドスの首を蹴り上げる。ボキンとサドスの首が明後日の方向に折れ曲がり、糸の切れた人形のように床に崩れ落ちる。

大男の眷属は目隠しを取り去るとサドスに唾を吐きかけて、今も正座している二人の眷属に視線を移す。

『そうだな。もういいよな』

大人しく正座していた他の二人の眷属も大きく頷きそう呟くと、勢いよく立ち上がり、目隠しを外す。

大男の眷属は姿勢を正すとマーラに人差し指を向け、

『マーラ様、我らは今まで貴方に忠誠を誓ってきた。たとえ仲間がいかなる処遇に遭おうとも、貴方がかつての悪の矜持を持った貴方に戻ると信じてっ！　でも我慢にも限度があるっ！　幼子を殺し、女をいたぶり殺し、配下さえも己の快楽のために殺す。今の貴方は悪ですらない！ただの外道だっ！』

口汚く捲し立てる。その不敬を働いた眷属をただマーラは眺めていた。

（なんだ？　これは？）

突然歪んだ視界から色が消え、場所が王宮のような場所へと変わる。

――我らが君よッ！　いけませぬっ！　それをしては――。

あいつが必死の形相で叫んでいた。そいつは過去にマーラが自ら切り捨てた片腕にして半身。

色が元に戻り、その感情の激流を右手で胸を押さえて誤魔化す。

（そうだ！　こいつらは俺に不敬を働いた！　俺は今、怒るべきなのだっ！）

その正体不明な激情を否定すべく、立てた人差し指と中指を振ると眷属どもの全身が弾け飛ぶ。普段ならそれだけで、綺麗さっぱり殺せるのに、マーラに不敬を働いた大男の眷属だけはまだ息があった。

『くそがっ！』

苛立ち気に確実に殺そうと指を鳴らす直前に、その姿が消失する。そして、今も息も絶え絶えとなった大男の眷属は、灰色髪の子供によって床にゆっくりと寝かされる。

『ん？　なんだ、お前？』

一度も目にしたこともない奴だ。強者の威風は全くない。というか、何も感じぬ以上、ただの人間だろう。魔縁が持ってきた此度の絶望の催しの材料というやつかだろうか。

「悪いな。お前の魂はほとんど死んでいて修復は不可能だ。もう、長くない。何か言い残すことはないか？」

灰色髪の小僧はしゃがみ込むと穏やかな口調で尋ねる。大男の眷属は、灰色髪の子供の上着を掴むと、

『あの御方の……マーラ様の目を覚ましてくれ！　頼む！』

そんな意味不明な懇願をすると、脱力してしまう。

『お前、俺を誰だと思ってるっ⁉』

怒声を浴びせて玉座から立ち上がった時、

「少し待っていろ。今、思う存分相手をしてやる」

視線を向けられただけで、まるで金縛りにあったかのように指先一つ動かすことができなくなってしまう。この感覚は遥か昔に味わった感覚。すなわち――恐怖。

『お、俺は六大将、マーラだぞっ！』

本能が煩いくらい警笛を鳴らす中、人間の子供にしか見えない雑魚に怯えているという事実に、強烈な羞恥心と屈辱を感じて声を張り上げていた。

「了承した。あの馬鹿はしっかりと目を覚まさせてやることにするよ」

大男の眷属の両目の瞼を閉じると、ゆっくりと立ち上がり、マーラに向き直る。さらに警告を発する本能に自然と久々の構えをとっていた。

「自己紹介がお望みだったな。私はカイ・ハイネマン。人間の剣士だ。人間の、というところが極めて重要だぞ」

あまりのバカげた返答に、警戒心は吹き飛び怒りが沸々と湧き上がる。当然だ。それはこの六大将マーラが人ごとき下等生物に恐怖を覚えているということに等しいから。何より、こいつからは全く強さというものを感知できない。雑魚であることは間違いないはずなのだ。

『不快な雑魚餓鬼だっ！』

馬鹿馬鹿しい。この六大将マーラがこんな人のガキに恐怖などするはずがないのだ。大方、さっきの意味不明な光景が影響でも与えているのだろう。だから――。

『もういい。死ね！』

こんな人間を連れてきやがって。後で魔縁の首でも跳ねておくことにしよう。

右手をパチンと鳴らす。刹那、景色が二転三転し、背後から壁に叩きつけられていた。

『ぐごっ！』

混乱する頭でうめき声を上げつつ顔を上げると、カイ・ハイネマンが羽虫でも見るかのような目でマーラを見下ろしていた。

『貴様――』

罵声を発しようとした時、カイ・ハイネマが顔を蹴り上げる。久方ぶりに味わう鈍い痛みが脳を刺激する。

「お前の部下からの最後の頼みだ。今からお前を徹底的にぶちのめして、その腐りきった根性を叩き直してやる」

一方的にそんな傲慢な宣言をすると、つま先でマーラを蹴り上げる。凄まじい速度でマーラの全身は砲弾のように一直線に壁を突き抜けて、砂漠を何度もバウンドしていく。

吐血をしながら立ち上がろうとすると、今もマーラを見下ろしている怪物と視線が合う。

『ひっ⁉』

己の口から出たのは、凡《およ》そ六大将とは思えぬ無様な悲鳴。

（ふざけるなよっ！）

直後、襲う狂わんばかりの羞恥心から、背後に飛び退くと、

『くそがぁぁっ！』

獣のように吠える。これで確定だ、マーラの本能が正しかった。カイ・ハイネマン。こいつは強い。多分、マーラが今まであった誰よりも。これほど強ければ悪軍はもちろん、天軍内であっても噂くらいにはなるはずだ。つまり、こいつは完璧なイレギュラーな存在の可能性が高い。

「早く本気を出せ。仮にもお前はあいつらが私の遊び相手としてこの地に呼んだ存在だ。この程度ではないのだろう？」

まるで見透かしたかのような発言に、

『ほざけぇっ！　後悔するなよっ！』

マーラの奥の手であり、魂に根差した『超神技――【万欲悪道】』を発動すると、全身が赤く染まっていく。【万欲悪道】は、文字通り、己が集めた悪感情を対価として己の欲を叶える奇跡。その奇跡には限界がなく、世界との契約によりあらゆるものがその法則に従うことになる。ただし、この【万欲悪道】にも欠点がある。己の想像以上のことはできないということ。この怪物、カイ・ハイネマンは強い。もし、【万欲悪道】での攻撃手段にこの怪物が強い耐性を持っていれば、マーラは敗北する。それに対して己を強化すればこのデメリットはほぼ考えなくて良い。今回のマーラの欲はマーラの全ステータスの各四乗。悪感情を使い、世界と契約して力を得る。この力ならばたとえ、あの悪軍最強の総大将でも瞬殺のはずだ。その代わりあとの反動は相当なものだろうが、この怪物に勝利できるのなら安いものだ。

「ほう、話にならん雑魚から辛うじて私が感知できる強さにはなったな。ではさっそく見せてもらおう」

カイ・ハイネマンは木の棒を取り出すと、肩でポンポンと叩き、次の瞬間、その姿が消失する。

「うおっ！」

突如、眼前に現れるカイ・ハイネマンに悲鳴染みた声を上げて右手の【五指壊】を発動し振り下ろすがあっさり空振りする。直後凄まじい衝撃が腹部に生じ、マーラの全身は遥か上空に上がっていく。

「ぐっ！」

懸命に空中で身体を回転して自由を回復しようとした時、眼前に生じるカイ・ハイネマン。

「ぎいっ！」

必死だった。目と鼻の先にいる怪物から逃れるべく両手の【五指壊】を振るうが、その右腕に降り立っているカイ・ハイネマン。特殊な技術なんだろうが、奴の体重はおろか乗っている感覚すら感じない。

「ちくしょうがっ！」

直後顔面に奴の木の棒がクリーンヒットして、地上へと高速落下する。凄まじい衝撃に、血を吐きながら立ち上がり、構えるが、背後から髪を掴まれて地面に叩きつけられる。大規模なクレーターが生じ、目の前に火花が散る。消えかける意識の中、必死に振り払うべく暴れるがやはり空振りする。直後、蹴り飛ばされて、再び上空へ上げられてしまう。そして、案の定、眼前で右足を高く上げているカイ・ハイネマンの姿が視界に入る。

「ば、ば、化け物めぇぇえっ！」

マーラの叫びの直後、カイ・ハイネマンの振り上げていた踵がマーラの脳天に直撃して、大地まで高速回転して直撃する。

霞む視界の中、強烈な生存の本能により懸命に立ち上がろうとするが、

「立て！　お前に拒否権はない！」

そんな悪夢のような台詞を吐くと、カイ・ハイネマンは右手に持つ木の棒でマーラを叩きつけたのだった。

マーラにとってそれは永遠とも思える地獄の始まりだった。

どれくらい時間がたっただろう。一切の抵抗さえ許されず、カイ・ハイネマンにひたすら殴られ続けた。【万欲悪道】の効果などとっくの昔に切れてしまっている。今、マーラが辛うじて生きているのは、目の前の怪物のただの気まぐれ。何せ、この真正な怪物からしたら、マーラなど道端にいる蟻も同然のただの雑魚。もし奴が本気になれば一瞬で勝負は決していたのは間違いない。

『カイ・ハイネマン、お前、どこの体系の神だよ？』

血反吐を吐きながら、バラバラになりそうな身体にムチ打って立ち上がり、今最も疑問に思っていたことを尋ねていた。正直、マーラにはこいつに勝利し得る存在が思い描けない。まさにこの世の最強の生物。これほどの実力だし、いくらイレギュラーでも出身の神話体系くらいあるはずだ。

「神？　そんなもののわけがあるか。最初に言ったように私は人間だぞ」

カイ・ハイネマンは鬱陶《うっとう》しそうに返答する。

『人間？　んなわけ、ねぇだろ！』

そんな馬鹿なことがあるはずがない。人では神には勝てぬ。それは真理だ。だから、奴が超越者《トランセンダー》なのは間違いない。そのはずなのに、なぜだろう？　どうしても確信は持てなかった。

「私の出自などどうでもいい。それよりも、どうやら目は覚めたようだな？」

『はあ？　知らねぇよ』

そう悪態をついてはみたものの、今までの己に強烈な違和感を覚えていた。マーラは確かに悪だ。それは間違いない事実。だが、あいつらの最後の言葉通り、悪の矜持というものを持っていたのではなかったか？　いやそれを言うなら、そもそも、マーラはなぜ悪軍などという質の悪い組織に与したのだ？

『ぐっ⁉』

――歓迎するよ。お前はこれから悪軍のメンバーだ。

割れるような頭痛とともに、手を伸ばす男の右手をマーラは振り払って、

――勘違いするな。お前ら稚拙な悪とやらになるつもりは毛頭ない。俺は己の目的のため悪道を貫く。

青臭い台詞を口にした。そうだ！　なぜ、今の今まで忘れていたんだ？　マーラが信念の大きく違う悪軍に入った理由は、あいつらを守りたかったから。

『くははっ！　俺はその守りたかった奴らを殺しまくっていたってのか？　マジで滑稽すぎて笑えてくる！』

気が付くと頬を涙が伝っていた。だってそうだろう？　笑えるくらい、道化もいいところだから。

（あの野郎に何かされたか）

確かに長い年月は流れたが、それだけでこうも変わるまい。何より、不自然な記憶の消失がある。おそらく、あの時マーラは悪軍総大将に何かされたんだろう。

「お前なりの事情はあるんだろう。だが、罪は罪だ。ケジメは付けさせてもらう」

カイ・ハイネマンの雰囲気が一変する。

『ほざいてろ！　俺を誰だと思っている⁉　悪の王、マーラ様だぞっ！』

名乗りを上げげつつ、カイ・ハイネマンへ構えを取り、神器【ノア】を右手に顕現させる。この円盤状の神器【ノア】はマーラの魂の一部であり、マーラの意思一つでいかなる兵器をも形成することが可能なのだ。ほら、このように——。

「随分と変わった武器だな」

マーラの右手で円盤状の武器が槍状へと変化するのを眺めながら、カイ・ハイネマンが興味深そうに呟く。

『これは俺の相棒だ』

最後に【ノア】に触れたのはいつだっただろうか。全く、相棒の存在すら忘れちまっていたとはな。だが、言い訳はしない。どんな理由があるにせよ、これはマーラが選んだ道であり、選択だ。

「相棒か……いいだろう。お前を私の敵と認める。全霊をもって挑んで来い！」

カイ・ハイネマンは木の棒をしまうと、背中から長刀を抜き放つ。

（くはっ！　はは、なんだありゃあ、今まで微塵も本気じゃなかったってことかいっ！）

カイ・ハイネマンの全身から立ち上る黒と赤の闘気が奴の全身に絡みつき、触れる一切を塵と変えてゆく。あれはまさしくこの世で最強の生物。勝つか負けるかではない。あれに挑むこと自体が最大の失態だ。

（なーに、どうせなら、掠り傷一つくらいつけてやるさぁ！）

それがどれほどの奇跡なのかは理解している。だが、やり遂げて見せる。それがマーラの最後の意地。

様々な術により自身を向上させる。そして、最後に残った悪感情を全て使い【万欲悪道】を発動し、たった一撃に限定して十乗まで全ステータスを上昇させる。重心を低くして槍を限界まで引き絞る。

『六大将マーラ、参る！』

地面を渾身の力で蹴って奴に向けて跳躍し、奴の身体の中心目掛けて槍を放つ。槍は奴の胸に吸い込まれていく。

「【真戒流剣術一刀流】、漆《しち》ノ型――世壊」

カイ・ハイネマンの言霊が木霊し、槍は奴の目と鼻の先で弾けて細かな粒子となってしまう。

『やっぱ、【ノア】でもだめだったか……かすり傷くらいは付けたかったんだがよ』

「いや、今の最後だけは中々よかったぞ」

そんな奴らしからぬ褒め言葉を口にする。

『なぜだろうな。お前のその世辞がとても嬉しく感じるぜ』

「別に世辞を言ったつもりはないんだがね」

『最後に聞かせろよ』

どうせなら、この怪物に聞いておこうと思う。

「なんだ?」

『お前は悪を滅ぼすつもりなのか?』

「悪? あー、そういえばお前ら魔物たちの間で、悪だの天だのという妄想が流行っているらしいな」

『妄想? お、お前、それ、本気で言っているのか?』

「当然だ。悪や善など立場や感性によって変わる相対的でかつ朧なものだ。そんな抽象的な理由で滅ぼすわけがあるまい」

『なら、なぜ俺たちを襲う?』

「それはお前たちが私を不快にさせるようなことをするからだ。私は敵対した奴には一切の容赦をするつもりはないからな」

不快にさせるからか……笑えてくる。この怪物からしたら、この世の恐怖の象徴たる悪軍も妄想癖のある哀れな生き物に過ぎないようだ。こいつにとっては悪も善もない。自らの快と不

快、それのみが全ての指針であり、今後もそれに基づき行動するのだろう。

『本当に傲慢で利己的な理由だ。だが、きっとお前はそれでいいんだろうさ』

崩壊する己の身体。もうあと僅かでマーラは滅びる。そのはずなのに、今は妙に清々しく感じていた。理由も分かっている。最後にやっと己を取り戻したから。そして、その切っ掛けを作ったのは、この目の前の男、カイ・ハイネマン。こいつと出会わなければずっと、あの悪夢の中でさ迷っていたのかもしれない。

（それはぞっとするな……）

マーラをカイ・ハイネマンと引き合わせたと思しき奴が、佇んでいるのに気付く。それは過去に切り捨てたマーラの半身であり、右腕だった奴。

（そうか、お前だったのか）

かつての親愛なる部下に、目を覚ます機会をくれたことについて礼くらい言っておこうと思う。

『ありがとうよ』

奴に右手を挙げて感謝の言葉を述べた時、マーラの意識は真っ白に染め上げられた。

◇◆◇◆◇◆

右手を上げて塵と化すマーラに頭を下げているギリメカラ。事情は知らぬし、あえて聞こうとも思わぬが、ギリメカラにとってマーラが特別な存在なのは見て取れる。そういや、ダンジョンでギリメカラと出会った当初、己の主と言っていた名って、マーラだったな。もしかしたら、マーラをあえてこの世界に呼んだのも、あいつの目を覚まさせるためか。ならば少なくとも願いは叶ったのだろうさ。何せ最後のマーラの目だけは濁ってはおらず、戦人の目をしていたからな。

『御方様、我がかつての主《あるじ》を救っていただき、心から感謝いたします』

ギリメカラは私に跪くと首を深く垂れる。

「ギリメカラ、お前にとってそいつはどんな奴だった？」

『傲慢で、強情で、でも悪としての筋だけは違わぬ男でありました！』

悪としての筋を違わぬか。最後の奴の姿こそが、本来の奴だったのかもしれぬ。ま、己の行動には責任がつき纏う。いかなる言い訳をしようと、奴が配下の信頼を失うような所業をしていたことには変わらない。しかし、もし真に救いようのない外道なら、マーラの配下のアイツが部外者の私にあんな頼みをするはずもない。ま、それ以前に私の意思に基本忠実なギリメカラがこんな利己的な行動をとることが、そもそもあり得ないか。おそらく、ギリメカラたちにとってマーラとは主であると同時に——。

「マーラはお前にとっての友だったのだな」

『はい……』

震える声での返答。そして、何かを必死にこらえるようなギリメカラに私は大きく息を吐き

出すと、

「ギリメカラ、我慢するな。友が旅立った時は、泣くものだ」

諭すように語り掛ける。

『もったいないお言葉……』

ギリメカラは声を震わせてそう口にすると、その姿勢のまま小刻みに身を震わせる。初めて目にする部下の姿をじっと見守っていた。きっとそれが、こいつの今の主《あるじ》の責任であり義務なのだと思う。

黙って男泣きをするギリメカラを眺めていた時、

『マーラの魂が出現しました。図鑑に捕獲しますか?』

との透明の板が眼前に突如生じる。

「ふむ……」

マーラのいた場所を見下ろすと、塵となった砂漠に一凛の真っ黒な芽が頭を覗かせていた。

それらは急速に成長を遂げていく。

「おい、ギリメカラ、それを見ろ」

『は!』

私の指摘にギリメカラは右腕で涙をぬぐうと視線をその植物に向けて、

『こ、これはっ⁉』

驚嘆の声を上げる。それは真っ黒い花のようなものだった。その花が開き、そこに赤ん坊がチョコンと乗っていた。

「まいったな。こう来たか」

原理は不明だが、ギリメカラが驚いている以上、これは通常あり得ぬ事態なのだろう。おそらくこれを為したのは討伐図鑑だ。魂の情報から勝手に肉体を再構成でもしたんだろうさ。

「流石に赤子を見捨てるわけにはいくまいよ」

そして、人類を害しようとしていたマーラをこのまま放置するわけにもいかぬ。

「これって質の悪い脅迫だと思うんだね」

当初から暴走する図鑑だったが、最近拍車がかかってきたな。だが、討伐図鑑はある意味、私そのもの。傲慢で我儘に強引に私の願望を叶えようとするきらいがある。私は心の底ではこの結末を望んでいたということなのかもな。ま、今更考えることでもないか。

私は眼前にある選択の、『はい』を押して、

「ギリメカラ、それはマーラの生まれ変わりらしい」

『は？』

素っ頓狂な声を上げるギリメカラに、

「どうやら図鑑に登録されてしまったようだ。見たところ、赤子のようだし、お前らの派閥で面倒をみてやれ」

そう指示を出すと背を向けて歩き出す。

『ありがたき……幸せ。御方様、この御恩、決して、決して忘れませぬ！』

歓喜と嗚咽の入ったギリメカラの声を最後に、私はアシュたちの待つ砂漠の入り口へ向けて歩き出した。

# エピローグ

――アメリア王国第一会議室

「はあ? ムジナ、もう一度説明しろ!」

アメリア国王――エドワード・ロト・アメリアが報告をしたアメリア王国筆頭諜報員――草であるムジナに聞き返す。ムジナは肩を竦めると、

「四聖ギルド、ダイスがエスターク公爵らギルバート派の高位貴族を唆して、エルディムを攻めました」

報告を口にする。

「それは俺が許可を出したことだ。そこじゃねぇ!」

王国内のサウロピークスという一都市が民衆も含めて消滅し、第三者たるバベルの調査団が処刑場でエルディムの国章の入った衣服を発見したのだ。あの状況下ではアメリア王国としても見て見ぬふりなどできぬ。出兵はある意味仕方なかった。

もっとも、全てが終わった後、サウロピークスの民衆と駐留軍はともに近隣の森で無事発見、保護されたわけだが。

「狂犬《ハウンドドッグ》と中央教会の司教プレトがエルディムを襲うが撃退。さらに、エルディム民衆軍が貴族連合軍を破り、ダイスのリーダーコリン卿も戦死。そこに未知の魔物が襲来して貴族連合

軍は一時壊滅しかかりますが、魔族の娘により助けられて今はエルディムに保護されております」

ムジナは先はどと同じ内容の台詞を紡ぐ。

「どうしたらそうなるんだ？　貴族連合軍の敗北？　突如襲来した魔物？　それを魔族の娘に助けられる？　そもそもエルディムは非武装国家ではなかったのか？」

「ええ、エルディムは他国の力を借りて辛うじて存続している力のない国でした。ですが陛下、今回の一連の事件にはカイ・ハイネマンが関わっていたのです」

直立不動により王の傍で控えていた黒髪の巨漢の男アメリア王国宰相――ヨハネス・ルーズベルトが返答する。

「カイ・ハイネマン、奴はただ強いだけの男かと思っていたのだが、違うのか？」

「はい。おそらくこの一連の結末は全てカイ・ハイネマンの目論見通りなのでしょう」

「目論見通り？　このふざけた結末がか？」

「ええ、おそらく彼としてはローゼ殿下の王位承継戦で不純物を排除して、ルールを公明正大なものに持ってくる。その程度のもの。あとの結果は全て付録。だが、その付録が此度は大きすぎた」

右手に持っていたヨハネスは懐から複数の書簡を取り出し、エドワードへ渡してくる。

普段の能面のような男の顔に張り付く悪質極まりない笑み。この鋼の精神を持つ怪物宰相をここまで狂喜に走らせるのだ。大方、ここには目が飛び出そうなことが書いてあるんだろうさ。

恐る恐る文書に目を通して、あまりの異常な事実に吹きそうになる。

「へ？　ちょ、ちょっと待て、これは真実かっ⁉」

いくらなんでもこれはない。これだけはあり得ない。こんなことがあってたまるか。

「ええ、真実です。エルディム国の全民衆はローゼマリー殿下の治めるイーストエンドの領民となることを誓いました。その結果、現在のエルディムの領土を放棄するとのことです。国際法的にあそこは我が国の領土となりました」

あの国の領土の地下にはあの伝説の精神感応金属オリハルコンがとれる鉱脈がある。オリハルコンは魔法武器の原料となりえる原石。独占したかったバベルと東の大国ブトウとエルディムの利益が合致して、あの独立国家は存在していたのだ。そのオリハルコンの対価としたら、ローゼの治めるイーストエンドの編入など実にささいなこと。認めざるを得ない。

「しかし、エルディムはそれでいいのか？　奴らはこの度の戦に勝利したのだろう？」

「ええ、エルディムの民衆はもはや、誰かの庇護を受ける必要がなくなった。そういうことでしょう」

「庇護を受ける必要がなくなった？」

「ギルバート派の高位貴族の軍を圧倒するような国においそれと戦争などしかける阿呆がいると思いますか？」

「だとしたら、猶更分からん！　なぜ、自らの国を捨ててローゼの下に就こうとする⁉　しかもあんな何の資源もない土地に？」

「おそらく、それもカイ・ハイネマンが原因でしょう。まことに不敬な発言となりますが、ローゼ殿下にはまだ国を捨ててまで仕えるだけの魅力はありませぬ」

「それはそうだろうよ！　なら、このエスターク公爵からの魔族との講和の提言はどうなる？奴はギルバート派。つまり、勇者マシロのバリバリの信望者ではなかったかっ⁉」

「エスターク公爵はギルバート派からの脱退を宣言しております。おそらく、あの戦場で何かを見たのでしょうな」

「それもカイ・ハイネマンが原因ということか？」

「はい。ついでに言えば、あの『神の盃』という愚物どもの摘発にも彼が一枚噛んでいるとか」

「オーブツ侯爵もあれに喧嘩を売って潰されたと？」

「おそらくは」

返答をぼやかしてはいるが、この様子からいって、ヨハネスはカイ・ハイネマンの関与に確信を持っている。

『神の盃』がアメリア王国の守護霊に等しい精霊を拉致してよからぬことを企んでいるという噂はかなり前から耳には入ってきていた。だが、あまりに突拍子もないことであるうえに、証拠もなく王国は今まで何も動けなかったのだ。

此度、奴らは運悪くカイ・ハイネマンの目に留まってしまう。結果、首謀者のオーブツを始め、高位貴族が一連の事件で死罪、家ごと取り潰しとなって『神の盃』という組織は跡形もなくこの世から消滅する。

「カイ・ハイネマン、奴は一体何者なんだ?」

「その答えは、陛下御自身でご確認いただきたく」

ヨハネスは口を堅く閉ざす。雰囲気で分かる。これ以上は何を聞いても知りたい情報は得られまい。

「カイ・ハイネマンか。どうやら、とんだ台風の目のようだな」

エドワードはまだ微塵も理解してはいなかった。カイ・ハイネマンという真正の怪物がこの世界にこの後、どんな波乱をもたらすかを。だが、この時世界はカイ・ハイネマンという怪物を明確に認識したのであった。

◇◆◇◆◇◆

――グリトニル帝国天上御殿
「失敗したとぬかすかっ!」

皇帝は坊ちゃん刈りの男性ラムネラに罵声を浴びせる。

「はい。サードと野獣《ビースト》は死亡。おそらくカイ・ハイネマンに殺されました」

「おそらくだとっ! 余は奴を見張れ、そう命じたはずだっ!」

「ええ、逐一見張ってはいました。でも、多分、あれは……」

口籠るラムネラに、皇帝の額に太い青筋が張り、

「はっきりしろ！　今度あいまいな発言をすれば即処分するぞ！」

「はっ！　至る所で不自然な箇所が目立ちました。あれは幻術か何かで虚偽の光景を見せられていたんだと思います」

「あんたの遠見って確か数キロ離れても可能よね。誤魔化すってそんなこと可能なの？」

「だから信じられなかったのさ。でも、もしもそんなことを平然とやってのけていたのならカイ・ハイネマンとは――」

ラムネラそう言いかけた時、グリトニル帝国天上御殿の床に魔法陣が浮かび上がる。

フォーが皇帝を庇うべく移動して、他の六騎将たちも距離をとる。

床の魔法陣から湧き出てくるのは人の生首。その首の主は元エンズの師、サード。

『帝国の皆さん、初めまして。私はカイ・ハイネマン。色々裏で動いてくれたようでご苦労さん。もとより関わるつもりなどなかったのだがね。これ以上つき纏われるのも鬱陶しいから忠告しておくことにした』

サードは一度言葉を切ると、眼球を皇帝にギョロリと向けると、

『これ以上、私の周りを嗅ぎまわるな。敵対するな。不快にさせるな。これは提案ではなく命令だ。もし、貴殿らが背けば粉々に砕く。それこそ、かけらも残さず念入りにな。では諸君らの賢明な選択を祈る』

サードの顔が膨れ上がるとパシュンと破裂する。

「……」

誰も一言も口にしない。いや、できない。征服帝と称され今まで恐怖など無縁だった皇帝アムネスすらも、顔中に大粒の汗を張り付けていた。

「カイ・ハイネマン。なるほど、強い、弱いではない。思考からいってこいつは、人ではない。おそらく、超越者《トランセンダー》だろう」

フォーが口を開く。この悪質な現場を見ても冷静でいられるところが、フォーもまた普通じゃないともいえるわけだが。

「超越者《トランセンダー》？」

「ああ、我らが神と呼んでいるものだ。しかも、善なるものではなく、真逆なものだろうな」

「フォー、お前なら勝てるか？」

どこかすがるようなアムネスの疑問に、

「もちろんだとも。俺もまた――」

全て黒装束に覆われて表情は分からないが、おそらく今フォーは笑っているのだろう。

やはりだ。フォーは異質だ。その強さの底が見えないことも異常だし、あれを見ても大して動揺していないことも異常。全てがラムネラたちとは一線を画している。

「フォー、ならばおぬしに命じる。いや、頼む！　奴を、カイ・ハイネマンを我らが陣営に引き入れろ！　手段は問わぬ！　余が持ついかなる領地も財もいくらでもくれてやるっ！」

「了解した。敵対しないことが前提ならば話が早い。引き受けよう。ラムネラ、お前には引き続き動いてもらうぞ」

やはりこの流れか。断りたいところだが、可能とは思えない。

「分かりましたよ。やります。やればいいでんしょ」

やけくそ気味に了承したのだった。

◇◆◇◆◇◆

——イーストエンド
あれから二週間がすぎる。

「皆さん、私の領地の領民になるなんて、本当によろしかったのですか？」

ローゼがためらいがちに尋ねるが、

「は！　我らが至高の御方のお傍に仕えられるのが自分たちの喜びでありますれば！」

シラウスが声を張り上げる。性格が百八十度変わっているんだが？　恨めし気に背後に控えるギリメカラを振り返って睨みつけるが、シラウスたちに満足そうに頷くだけ。

そう。私的にはエルディムに自ら生き延びる力を与えることが目的だったのだが、ギリメカラの教育が行き届きすぎて、なぜか私に仕えるという事態になってしまったのだ。もちろん、当初は断ったが途轍もなくしつこいので、仕方なく折れて今に至るってわけだ。

イーストエンドは密林と荒野しかない。ゆえに森の一部を伐採して、エルディムの建物ごとアスタの転移能力で転移させた。もろもろ設備など整えて、ここではエルディムと変わりない生活が送れることとなった。もっとも、外貨の獲得や人員の確保などまだまだ課題は山積みだが、一応の領地のようなものが得られたってわけ。

「ところで、エスターク公爵のギルバート派からの離脱に、以後の商業など交流の約束。あの頭の固い御仁を一体、どうやって説得したのです？」

「別に。ただ、己が正しいと信じていたものを粉々に砕いてやっただけだ」

エルディムを攻めようとしたエスターク公爵を始めとする貴族連合軍は全て降伏した。

基本、エルディム民衆軍は貴族連合軍を殺しまではしなかったようなので、サトリに思考を読ませて盗賊まがいのことをしようとした質の悪い傭兵や兵士ども以外、全員私が所持するポーションで回復させて解放してやった。あの程度のポーションならこのイーストエンドにある材料で作れるような類のものだ。別に大した損はない。

貴族連合軍の連中は以来、まるで借りてきた猫のように大人しくなってしまう。あの魔族のアシュによる救出劇はよほど衝撃的だったのだろう。異種族の多いエルディムの民衆と積極的に関わり、皆最終的には酒を飲み交わすようになって領地へ戻っていく。

「あの子ですね？」

「まあな。ところでお前はアシュが魔族と知ってもあまり態度が変わらないのな？」

「そりゃあ、カイと一緒に居れば魔族なんて可愛いものですし」

「それもそうか」

私の配下には竜やら、鮫男など色々異形が多いからな。今更実は魔族でしたと言われてもあーそうでしたか、という感覚しか湧かないんだろう。

「それに、私は魔族と手を取り合う未来も模索していきたい。そうずっと思っていましたから」

ローぜらしいな。だからこそ、こんな面倒なことに付き合ってやっているわけだが。

「ちなみに、ミュウたちはどうしている？」

ギリメカラたちがあらかじめ保護していたミュウの父親ガウスは、どうやら別ルートでギリメカラのブートキャンプに参加し、あの戦場でそれなりの活躍をしたようだ。

「もちろん、仲良くやっていますよ」

正直ミュウとミィヤには父親だけでも元の状態のまま返してやりたかったのだが、その希望とは真逆の結果となってしまった。まあ、子供の前では以前とあまり変わっていないようだし、今のところ大した支障はないようだ。

「ギリメカラ、あの赤子は元気か？」

『は！　心身ともに健やかに育っています』

「今週はどこにいるのだ？」

『今週は女神連合の下でありますッ！』

悔しそうに返答するギリメカラ。

マーラは心まで完璧に赤子となってしまっていた。ただ、ギリメカラやハジュに懐いているから、潜在意識のようなものはあるようだ。ともあれ、ギリメカラ派の連中に全うな子育てはどう考えても無理だ。子供は教育が最も重要だし、女神連合に協力を指示したら、どうやら彼女たちの母性本能を刺激したようで、ギリメカラ派と女神連合で赤子を取り合う事態となってしまう。仕方なしに私が仲裁に入り、ギリメカラ派と女神連合で一週間ずつ育てることで合意したのだ。

「そうか。私もあとで顔を出す」

『ありがたき幸せ！　マーリも大層喜ぶと思います』

ギリメカラが姿勢を正すと、頭を深く下げてくる。ちなみに、マーラでは何かと問題があるということなので、私がマーリという名をつけたのだ。

「では、私はいくぞ。ファフが腹を空かせて待っているからな」

「はい。ご苦労様です」

右手を上げて扉を出ようとした時、

「カイ」

「ん？」

肩越しに振り返ると、ローゼは頭を下げて、

「いつもありがとう」

感謝の言葉を述べてきた。

「お前らしくなくて若干気持ち悪いが、ありがたくもらっておくとしよう」

そんな憎まれ口を叩くと、その場を後にする。

建物を出ると西に傾いた日の光を受けて、遠方の山肌が橙色に映るのが見える。

その入り口には黒髪の少女が佇んでいた。

「おう、アシュ、どうした？」

「一緒に帰ろうと思ったのだ！」

私の腕にしがみつくと顔を押し付けてくる。全く、こうしているとファフと変わらんな。

結局、アシュはイーストエンドでも私たちと同じ建物に住んでいる。ま、ファフにアスタ、アンナ、ローゼも住んでいるんだが。

「シロゥベアーたちとは上手くやっているかね？」

「うん！　みんないい奴らなのだ！」

満面の笑みで返答するアシュの頭にそっと右手をのせる。

シロゥベアーたちも討伐図鑑に登録した上で、アシュの配下となった。ま、最近では自らをアシュの親衛隊と称しており、純粋な配下とは言えなくなっているようだが。

「そうか。そうか。それは良かった。ところで、今日の晩御飯は何にするかね？」

「今日は生姜焼きにするのだ！」

「そうだな。ファフも肉が好きだしな」

夕日に照らされながら、私たちは料理話に花を咲かせながら、帰路につく。

## あとがき

こんにちは力水です！

二巻に引き続き、三巻でもお会いできて感謝感激しています！　今、三巻の最終原稿を提出して、ほっと一息ついているところです。

三巻はWeb版ではない全く新しい物語でしたが、お楽しみいただけたでしょうか？

三巻ではギリメカラが元主人であり、友でもあったマーラを救おうとする物語として書きました。ギリメカラはカイならば、マーラの目を覚ましてくれる。そう信じて彼を現界させたわけです。その期待は叶えられ、マーラは最後の最後で己を取り戻して、カイに敗北。そして赤子の姿となって記憶を失い友の元へ帰還します。

もちろん、アシュとカイとの出会いやジグニールのヒーローとしての成長なども重要なファクターとしてありました。

当初はもっと粗くも拙い物語だったのですが、担当編集様の妥協の一切ないアドバイスで何回も書き直してこのような形へと最終的に落ち着きました。結果、個人的にはかなりいい感じの仕上がりになったかなと。

ここでお知らせがあります。この『超難関ダンジョン』のコミックが、双葉社様のアプリの『マンガがうがう』で連載中です。ぜひぜひ、ご覧いただければ嬉しいです！

それでは最後に謝辞を述べさせてください！

今回も素敵で格好いいイラストを提供していただいた瑠奈璃亜先生！　本作のキャラデザは完璧に先生におんぶ抱っこの状況でした。先生の素晴らしいアイデア、本当に助かりました。どうもありがとうございます！

容赦のない、ありがたいアドバイスをしていただいた編集担当N氏。特に今回は完全新作でもあり、私もかなり不安でしたが、N氏のご尽力のおかげでかなり満足のいくものを作ることができました。ありがとうございます！

三巻を世に出していただいて、おまけにコミック化までしていただいた双葉社様、心から感謝いたします。

そして何により、この三巻を手に取っていただいた読者の皆様。皆さまの応援のおかげで三巻を刊行することができました。日々、こうして書き続けられるのも読者の皆さまに読んでいただけるからに尽きます。感謝の気持ちで一杯です。どうもありがとうございます！

それでは四巻でまた皆さまにお会いできるのを心から楽しみにしております。

モンスター文庫

魔法学園の大罪魔術師
～大罪に寄り添う聖女と、救済の邪教徒～
1
楓原こうた
ill トモゼロ
魔法という物が世界に浸透しているこの世界。それなのに、魔法が使えず普通な生活を送っていた少年がいた。名をユリス・アンダーブルク。しかし、彼は編み出した。体内の魔力を使い世界に干渉する魔法とは違い、空気中にある魔力を使い世界に干渉する――魔術を。そして、後に襲われている聖女セシリアを偶然助けることに。しかし、助けたまでは良かったが、何故かユリスの家から出て行こうといないセシリア。そんなセシリアと楽しい生活を送っていたユリスは父からセシリアと一緒に魔法学園に入学しないかと言われる――。魔術を極めし少年の学園ファンタジー開幕！
モンスター文庫

発行・株式会社　双葉社

モンスター文庫

異世界最強の嫁ですが、夜の戦いは俺の方が強いようです
〜知略を活かして成り上がるハーレム戦記〜
1
シンギョウ ガク
画 をん
異世界に転生したアルベルトはアレクサ王国で安泰な生活を目指していた。しかし、地上最強生物で鮮血鬼と呼ばれる鬼人族の女性マリーダに攫われ、しかも襲撃の手引きしたとして、王国から指名手配されてしまう。元の国に帰れなくなったアルベルトはエランシア帝国で生活していくことを決める。魅力的な肉体を持つマリーダとの営みなど良い思いをしつつ、現代知識を活かして、内政、軍事、謀略などで大きな功績を挙げる!? ちょっとエッチなハーレムコメディー開幕!
モンスター文庫

発行・株式会社　双葉社

# 超《ちょう》難《なん》関《かん》ダンジョンで10万《まん》年《ねん》修《しゅ》行《ぎょう》した結《けつ》果《か》、世《せ》界《かい》最《さい》強《きょう》に
# ～最《さい》弱《じゃく》無《む》能《のう》の下《げ》剋《こく》上《じょう》～③

Mり01-03

2022年12月3日　第1刷発行

著者　力《りき》水《すい》

発行者　島野浩二

発行所　株式会社双葉社
〒162-8540
東京都新宿区東五軒町3-28
電話　03-5261-4818(営業)
　　　03-5261-4851(編集)
http://www.futabasha.co.jp
(双葉社の書籍・コミック・ムックが買えます)

印刷・製本所　三晃印刷株式会社

フォーマットデザイン　ムシカゴグラフィクス



ISBN978-4-575-75317-2　C0193
Printed in Japan